噺本と近世文芸

表記・表現から作り手に迫る

藤井史果
Fujii Fumika

笠間書院

噺本と近世文芸　表記・表現から作り手に迫る　目次

はじめに

噺本は、「笑い」を主題とし、近世の初頭から後期にいたるまで、盛衰を繰り返しながらも絶えることなく書き継がれた文芸である。この噺本については、これまで書誌学的研究や国語学的研究、落語をはじめとする舌耕芸との関係、また雑俳・川柳との関わりなど、さまざまな観点から研究が試みられているが、依然として十分な検討がなされているとは言い難い。

噺本に集録された小咄はその性質上、再録や改作も多く、個々の咄の創作者を特定することが難しい。また、それらの小咄を選択したと考えられる編者に関しても、その経歴や関与の度合については不明な点が多いことから、著名な人物の手によるものを除き、その作意や創意に焦点を当てて論じられることはほとんどなかった。

目新しい笑話を収集し、書き記すことに主眼をおく噺本において、たしかに編者の影は薄く、その独創性を見出すことは容易ではない。また、一口に噺本といっても、その時代や地域、そして何より作り手によってその成立の背景や過程は大きく異なっており、一様に論じることができるものではない。しかし、これらの噺本を単なる笑話の記録や寄せ集めではなく、文字化された「記載文芸」(1)として捉え、一作にまとめた編者の存在を意識して読み直すと、これまでみえなかったさまざまな特色が浮かび上がってくる。

そこで本書では、この噺本について「作り手の意識」を軸に据え、従来看過されることの多かった表記や表現の観点から検討を行い、その文学史上における意義を考察するとともに、まだ不明な点の多い噺本の作り手について具体的に明らかにし、噺本研究の多様な可能性を提示することを目的とする。

以下に各章の概要について記しておく。

第一部第一章では、噺本のおもな先行研究を概観し、本書で取り上げる問題について確認する。また、第二章では、いまだ定義が曖昧な「はなし」の語について、噺本における作り手の用字意識に着目し、具体的に考察を加える。

第二部第一章では、作り手の〝編集〟作業に対する認識が、意識的あるいは無意識的に反映されていると考えられる会話体表記に注目し、その用法の変遷と意義について論じる。また、これらが現代の文章における会話体、すなわち台詞の表記とも深い関わりをもつことを併せて考察する。

第二章では、第一章で明らかとなった噺本における会話体表記の用法について、具体的な人物の作品を取り上げ検証する。天明・寛政期に入ると、噺本の作り手には著名な戯作者や画工の名がみえるようになる。ここでは、朋誠堂喜三二、感和亭鬼武、山東京伝、曲亭馬琴、十返舎一九といった人々の手がけた作品に注目し、その表記の傾向について検討することで、当時さまざまな文芸に筆を揮っていた戯作者等の手法および意識の一端を明らかにする。

第三部・第四部では、先の二つの章で指摘した噺本の特色をもとに、これまで謎に包まれていた二人の噺本作者に焦点を当て、それらの作品にうかがえる手法の特徴を具体的に検討し、その実態について解明する。

まず、第三部第一章では、安永期に突如として現れ、数作の洒落本を執筆するも、多くの謎を残したまま姿を消した「山手馬鹿人」について疑問を呈した。この「馬鹿人」の号については、長く大田南畝の別号と考えることが定説であったが、その名を序において確認することのできる唯一の噺本『蝶夫婦』（安永六年〈一七七七〉）を、書誌および表記の観点から検討すると、実際には本作が「山手馬鹿人」の単独作ではなく、異なる二人の人物が携わった二編から成る作品であることが確認できる。ここで明らかとなった特徴を、その嗣足改題本である『話句翁』（天明三年〈一七八三〉）や、南畝が手がけたとされる他の噺本と照らし合わせると、両者には明確な相違が見てとれる。これらを踏まえたうえで、これまで南畝作と認識されてきた『甲駅新話』（安永四年）をはじめとする洒落本を、序跋、筆跡等の面に注目してあらためて検証を行い、「山手馬鹿人」の号が実際には大田南畝とは異なる人物を示すものであることを論証する。

第二章では、前章においてその存在が明らかとなった「山手馬鹿人」の作品について、他の洒落本および噺本との比較検討を行い、会話体、とりわけ方言描写の表記手法において共通する大きな特色があることを確認する。また、馬鹿人作品にみえる滑稽味溢れる表現が、後に万象亭の『田舎芝居』（天明七年）や十返舎一九の『東海道中膝栗毛』（享和二〈一八〇二〉～文化六年〈一八〇九〉）といった、田舎に取材した作品にも多大な影響を与えるものであったことを指摘する。

第三章では、前二章における成果に基づいて、これまで南畝作として高い評価を受けてきた一連の洒落本を、馬鹿人の作品として捉え直し、その文体の特色を検証するとともに、人物描写、なかでも「子ども」の描き方が特徴的である点に着目し、従来の会話体洒落本の型を踏襲しながらも、滑稽味と新しさを追求し続けた、洒落本作者としての「山手馬鹿人」の輪郭を浮き彫りにする。

第四部第一章では、寛政～文化・文政期に十数種もの著作を残している噺本作者「瓢亭百成」について考察する。寛政期以降、記載文芸としての噺本が少しずつ衰退し、焼き直しや剽窃がもっぱらとなりつつあったなか、百成は、「咄の会」にも噺家の部類にも属さず、独自の個人笑話集を執筆し続けており、噺本史においても注目すべき人物といえる。しかしながら、この百成の文芸活動の実態については、これまでほとんど解明されてこなかった。本章では、百成の著作を形式および内容の観点から検討することで、そこに表れる百成の執筆への意識について考察する。また、これらの作品と先行および後続の文芸作品との影響関係について考察を加えるとともに、現代に息づく古典落語との関わりについても指摘する。さらに、上毛の地で名主という立場にあった百成がどのような形で、中央文壇との繋がりを維持し、文化的ネットワークを築いていたかについて明らかにする。

第二章では、瓢亭百成の噺本について紹介する。百成の著作については、『日本小説年表』に記載はあるものの、現在、その所在が不明となっている作品も多い。そこで、改題本『華の山』（文化二年）の存在が判明したことにより、今回はじめて百成の作品であることが明らかとなった『福山椒』（享和三年）をはじめ、『百夫婦』（文化元年）・『舌の軽わざ／とらふくべ』（文化三年）・『瓢孟子』（文政七年〈一八二四〉）・『初夢漬』（文政十三年）という未翻刻の噺本六点の書誌および翻刻を掲載する。

注

（1）武藤禎夫氏は噺本について、「記載文学」（『江戸小咄の比較研究』東京堂出版、一九七〇年）の呼称を、小高敏郎氏は、「記載文芸」（『江戸笑話集』日本古典文学大系第一〇〇巻、岩波書店、一九六六年）の呼称を用いている。また、『大辞泉』では「口承文学」の対として「記載文学」の語を立項する。

本書では、特に「文字で記された笑話」を主体とする文芸としての噺本について、落語や講談などの話芸を指す「舌耕芸」やそれを前提とする「舌耕文芸」の対となる語として「記載文芸」の呼称を用いることとする。

凡例

・「はなしぼん」の表記に関しては、武藤禎夫氏の定義（『日本古典文学大辞典』）に基づき、便宜上、総称した文芸名として「噺本」を用いる。また、個別の笑話を指す語としては「はなし」「噺」「咄」「話」など、さまざまな表記が存在するが、本書では「咄」の語を使用する。

・本書における引用は、特に言及したものを除き、噺本に関しては『噺本大系』全二十巻（武藤禎夫氏・岡雅彦氏編、東京堂出版、一九七五〜一九七九年）に、洒落本に関しては『洒落本大成』全三十巻（洒落本大成編集委員会〈代表水野稔氏〉編、中央公論社、一九七八〜一九八八年）に拠った。

・各章初出の作品に関しては、初回のみ角書を明記し、以降再出の場合は書名のみを記した。

・引用部分に関しては通読の便宜を図り、私に句読点を付した。

・〽や□をはじめとする会話体表記の形態および位置に関しては、本書の目的上、原文のまま引用した。

・本書における「噺本の作り手（作者）」とは、噺本に収められている個々の笑話の創作者ではなく、武藤禎夫氏が「噺本概説」（『江戸小咄辞典』東京堂出版、一九六五年）で言及しているように、「当時伝わっている笑話を採録して咄本に仕立てる」もしくは、「同好の士の創作を選択して一本にする」作業を担った、噺本の「編者」を指すものとする。

・引用文に現在では不適切とされる表現が一部含まれているが、作品執筆当時の時代背景やその資料性に鑑み、原文のまま掲載することとした。

第一部　「はなし」の定義

第一章　噺本研究史

はじめに

噺本は、一作に複数の短い笑話を収載する近世文芸の一ジャンルである。江戸期を通じて生み出された噺本の数は一二〇〇～一三〇〇種に近く、咄の数は五～六万にも上るといわれる。[1]約二六〇年の間、盛衰を繰り返しながらも、素材や表現、形式などにおいて、その時代や土地の空気を反映しつつ、変化を遂げることでその命脈を保った噺本であったが、「笑い」に主眼を置く卑俗な文芸として、長く正当な評価がなされてこなかった。

しかし、宮尾しげを氏、武藤禎夫氏等の手によって噺本研究は大きな進展をみる。宮尾氏は戦前から噺本の収集と紹介に尽力し、噺本研究への道を開いたが、戦後も『江戸小咄集』全二巻（平凡社、東洋文庫一九二・一九六、一九七一年）に「定本笑話本・小咄本書目年表」を掲載、近世初頭から幕末・明治に至るまでの噺本の一覧を可能にするなど、その後の研究に資すること大であった。一方、武藤氏も一九六五年に『江戸小咄辞典』（東京堂出版）を刊行し、この未開の分野の本格的な研究に着手した。また、一九六六年には『日本古典文学大系』（岩波書店）に、小高敏郎氏校注の『江戸笑話集』が加えられ、続いて武藤禎夫氏・岡雅彦氏の手によって『噺本大系』全二十巻（東京堂出版、一九七五～一九七九年）が刊行されたことは、噺本についての議論を進める上で大変画期的であり、大きな意義をもったといえよう。こうして噺本研究の礎が築かれ、その環境や条件が整ったことにより、以後さまざまな角度から研究が進められるようになった。

本章では、このように発展した噺本研究のなかでも、本書の主旨である「噺本の作り手とその意識」に関連する先行研究を概観し、その問題点について確認する。ここでは、次に示す武藤氏の時期区分に基づき考察してゆくこととする。(2)

《前期》
初期噺本　元和〜延宝
軽口本　天和〜正徳
後期軽口本　享保〜明和

《後期》
江戸小咄本　安永〜天明
中期小咄本　寛政〜文化
後期小咄本　文政〜慶応

右の区分は近世の噺本を、おもに上方で板行された作品を中心とする「前期」と、おもに江戸で板行された作品を中心とする「後期」とに大別し、さらにこれをそれぞれの作品のもつ傾向から大きく三期に分類している。本章ではこの区分を踏まえ、各期の特色および関連する先行研究を確認してゆきたい。

一、前期噺本

初期噺本

近世における噺本の源流は、『戯言養気集』（元和元〈一六一五〉〜寛永元年〈一六二四〉頃、作者未詳）・『きのふはけふの物語』（寛永初期成立カ、作者未詳）・『醒睡笑』（元和九年序、安楽庵策伝）に求めることができる。とりわけ、談義僧であった安楽庵策伝自身が「反故の端に」書きとどめておいた「小僧の時より、耳にふれておもしろくおかしかりつる事」を集録したとする『醒睡笑』は、一〇〇〇話を超える咄を収載するだけでなく、それらを各話の要素によって四二項目に分類するという画期的な試みがなされており、後の噺本や落語にも多大な影響を与え、「噺本の祖」と位置づけられている作品である。

江戸末期の噺本『落噺千里藪』（弘化三年〈一八四六〉花枝房円馬作、月亭生瀬校）中の凡例「噺のはなし」にも「落し咄のはじまりハ、詳かならずといへども、東都の本に、天正元和の頃に、安楽庵策伝といふて咄の上手、茶の妙手あるといへり」とあり、時代が下っても策伝がその始祖として認識されていたことがわかる。

この『醒睡笑』は、笑話だけでなく、信長や秀吉といった戦国武将をはじめ宗祇や細川幽斎といった著名な連歌師、歌人、僧侶ら実在する人物の逸話も多く収めるなど、純然たる笑話集とは言い難い側面をもち、仮名草子として捉えられることも多く、従来、さまざまな観点から検討が加えられている。策伝自身についても、鈴木棠三氏（『醒睡笑　戦国の笑話』平凡社、一九六四年・『安楽庵策伝ノート』東京堂出版、一九七三年）、関山和夫氏（『安楽庵策伝　咄の系譜』青蛙房、一九六七年・『説教の歴史的研究』法藏館、一九七三年、等）による議論によって研究が深められている。また、岡雅彦氏は本作にみえる作り手の意識に注目し、考察を加えている（「醒睡笑の編集意識—広本と狭本の狂歌の扱い方を中心にして―」『近世文学研究』第三号、一九六八年）。

その後、寛永〜寛文期になると、噺本の作り手には中川喜雲や浅井了意、苗村常伯といった、現在、仮名草子作者として知られる文人の名がみえるようになる。ただし、古今・和漢の逸話や故事が随所に織り込まれるなど、高度な知識を前提とする咄も多いことから、読者層はかなり限定されていたものと思われる。また、風狂の僧として知られる一休宗純を主人公に据えた『一休はなし』（寛文八年〈一六六八〉）や『一休関東咄』（寛文十二年）[3]といった、特定の人物の奇抜な言行を可笑味とともに描く噺本があらわれはじめるなど、少しずつ作り手や題材にも変化の兆しがみられるようになり、それまで、一部の上流階級や限られた身分・立場の人々のものであった噺本の裾野が徐々に広がりつつあったことがうかがえる。

軽口本

延宝〜元禄期には、ほぼ時を同じくして、三人の舌耕者が誕生する。「辻噺ノ元祖」（『本朝文鑑』第七巻、蓮二坊支考編、享保三年〈一七一八〉、辻談義ノ説）といわれる京の露の五郎兵衛（寛永二十カ〜元禄十六年〈一七〇三〉）、「しかたものまね」（『御入部伽羅女』巻五、湯漬翫水、宝永七年〈一七一〇〉）を得意とした大坂の米沢彦八（生年不明〜正徳四年〈一七一四〉）[4]、そして「座敷仕形ばなし」の「上手」（『近世奇跡考』巻二、山東京伝著、喜多武清画、文化元年〈一八〇四〉刊）といわれた江戸の鹿野武左衛門（慶安二〈一六四九〉〜元禄十二年）である。彼らは人前で笑話を披露する舌耕者として活躍する傍ら、笑話を「噺本」の形で残している点においても共通する。

こうした舌耕者たちの噺本については、露の五郎兵衛の遺作である『露休置土産』（宝永四年刊）に「過にし元禄ひつじの秋、閻浮をさりし追善に、露休が一生、はなしのひかへ帳をくりひろげ、いまだ世間の人にわらハせぬ噺を取あつめ、旧きハえりすて、あたらしきをひろひ寄て、露休置土産と名付」とあることから、従来「咄の控え帳」

すなわち、咄の記録的なものと捉えられることが多かった。しかし、宮尾與男氏はこの点について疑問を呈している（『上方舌耕文芸史の研究』勉誠出版、一九九九年）。説話文学と口承文芸との関係がそうであるように、(5)記載文芸から舌耕芸の復元を試みることは難しい。その理由として宮尾氏は、舌耕芸が文字で表現される際には創造性をともなう「作品化」が行われていることを挙げ、噺本においてもそれを看過すべきではなく「書かれた話は、あくまでも書かれた話であり、記録としての側面は、その場で作品化によって消えていったといえよう」と結論付けている。たしかに、話芸を専門としていた鹿野武左衛門や米沢彦八、露の五郎兵衛の作品には、表現や咄運びのはしばしに舌耕芸の気配が色濃く反映されているが、彼らの手がけた噺本はいずれも話芸の副次的な産物ではなく、全体の統一性が意識された、それのみで〝目で読んで楽しむ〟ことのできる文芸性を有しているといえる。こうした点から、たとえ舌耕者の噺本であっても、その文字化に際し「作品化」の行われた一つの記載文芸と捉えてよいだろう。

話芸で人々に笑いを提供し、またその反応を肌で感じとりつつ、三者三様の作品を著した彼らであったが、なかでも大坂から江戸へと下った鹿野武左衛門は、座敷咄だけでなく辻咄でも好評を博していたようで「爰におどけ、かしこにざれて、世人のおとがいをふさがず」（『かの子ばなし』序、元禄三年）というほどの人気ぶりであった。しかしながら、それが仇となったか、自ら著した噺本『鹿の巻筆』（貞享三年〈一六八六〉）をきっかけに流罪となり、その後の人生を大きく狂わせてしまうことになる。この辺りの経緯については諸説あるが、とくに延広真治氏の「舌耕文学―鹿野武左衛門を中心として」（『元禄文学の流れ』〈勉誠社、一九九二年〉所収）(6)において詳細な検討が加えられている。この鹿野武左衛門の筆禍事件は、江戸の噺本界にも影を落とすこととなり、以後、長くその跡を継ぐものは現れなかった。

後期軽口本

近世初頭から京坂を中心に栄えた上方文化は元禄期、頂点に達する。噺本においても「軽口」の語を書名に冠する作品が次々に板行され、目録や挿絵を備えた半紙本五巻という体裁が軽口本の一つのスタイルとして定着してゆくこととなった。こうして爛熟期を迎えた軽口本であったが、話題の枯渇による再板本の増加などもあり、やがて時代の空気と連動するかのように緩やかに衰退してゆく。この停滞期にあって、独自の文体で他の作品と一線を画した噺本作者としては、先代同様、辻咄や物真似で広く名を馳せた、京の米沢彦八（二代目）や浮世草子作者として活躍した江島其磧（えじまきせき）らの名が挙げられる。とりわけ其磧と噺本との関わりについては、佐伯孝弘氏が「其磧気質物と噺本」（『国語と国文学』第七十三巻第十二号、一九九六年十二月）において「笑いの要素」の観点から、其磧の気質物浮世草子への影響を指摘している。

この後期軽口本は作品数の少なさもあり、これまであまり全体的な研究は進められていなかったが、松崎仁氏や鈴木久美氏がこの時期の軽口本における表現や文体的特徴に着目し、後に江戸で隆盛をきわめる江戸小咄本の萌芽がすでに見えつつあったことを指摘している[7]。

享保から宝暦にかけて江戸では、いわゆる「文運の東漸」にともない、それまでの流れを継承しつつも性格を一新した独自の文化が生み出された。こうした大きな時代の流れとともに、笑いの文学も、雑俳や前句附は川柳へ、貞柳派の狂歌は天明ぶりの狂歌へとそれぞれ生まれ変わっていったのである。噺本もまた、その例外ではなかった。

二、後期噺本

江戸小咄本

上方の軽口咄は江戸小咄へと、笑いという生命は一貫しながらも、その形式や表現だけでなく、内容面においてもかなり異なったものとなって再登場し、広く江戸の庶民に受け入れられていった。

この上方軽口咄から江戸小咄への転換点に位置し、その後の小咄の隆盛に大きな役割を果たしたのが、明和九年（一七七二）に鱗形屋孫兵衛方から出板された『話稿鹿の子餅』（木室卯雲作、勝川春章画）であった。『鹿の子餅』が安永期江戸小咄本の始祖的存在となり、以後の噺本流行の火付け役ともなったことは、それから間もなく板行された後続作『聞上手 三篇』（安永二年〈一七七三〉閏三月、奇山〈小松屋百亀〉序、遠州屋弥七板）に「鹿の子出ておとし咄世に鳴る。故に諸家先を諍ふて撰出す」と、また、『喜美賀楽寿』（安永六年正月序、伽藍堂無銘序、慶々画）に「鹿の子を此道の開基として」と記されていることからもうかがえる。また、大田南畝が、自身の随筆『奴師労之』（文化十五年〈一八一八〉）で、「小本に書きしは卯雲の鹿の子餅をはじめとして、百亀が聞上手といふ本、大いに行れたり。其後小本おびたゞしく出でしなり」と書き記していることからも、当時の『鹿の子餅』の評判がいかに高かったかがわかる。『鹿の子餅』の刊行に触発されるように、その翌年『聞上手』（小松屋百亀作・画、遠州屋弥七板）をはじめとする連作物が矢継ぎ早に板行されたことによって、次第に江戸小咄本の様式が確立されてゆく。

それまでのやや「冗長」とも評される、説明的な長文で構成される上方軽口本に対して、江戸小咄本は、めりはりのきいた簡潔な短い行文で構成されており、より洗練された文体となっている。また書型に関しても、小咄本は洒落本に倣った小本一冊で、半紙本五巻五冊という体裁が一般的であった軽口本に比して、懐中に適したより手軽なものとなり、江戸の人々の間に広く浸透していった。こうした安永期の噺本の作り手には、多くの無名の江戸人士が参与していたと考えられ、その実態については不明な点も多い。この江戸小咄本盛行の要因ともなった『鹿の子餅』に関しては、島田大助氏の「『話稿鹿の子餅』小論」（『青山語文』二十号、一九九〇年三月）、「安永江戸小咄本の

消長」（『青山語文』二十一号、一九九一年三月）等によって詳細な検討が加えられている。(8)

また、『鹿の子餅』以降に連作刊行された安永期の噺本については、鈴木久美氏がその作り手の表現に着目し〝絵咄〟や〝仕方咄〟を得意とした書苑武子をはじめとするこれまで詳細の不明であった作者の解明を行っており、噺本研究が新たな段階に進みつつあることを示している。(9)

江戸小咄の大流行の一方で、上方の噺本界は一足早く、次の形態に移りつつあった。「上方咄の会」の開催である。この咄の会において披講された咄のうち、佳作を集めた作品が次々に噺本の形で板行されてゆく。これら咄の会の成果については宮尾與男氏の『上方咄の会本集成 影印篇』（和泉書院、二〇〇二年）において紹介されている。

中期小咄本

江戸小咄本の隆盛により、鹿野武左衛門の筆禍以後、停滞の空気が漂っていた江戸落語にも再興の兆しがみえはじめる。その牽引役となったのが、大工の棟梁であり戯作者でもあった烏亭焉馬である。焉馬が主催した、自作の咄を人前で口演する形式の「咄の会」は瞬く間に人気を博し、定期的に例会を開くまでになる。高座で咄上手が口演し、観衆が同一の屋内空間でそれを楽しむ、というまさに現代の落語につながる形を江戸の町に定着させたことも、彼が落語中興の祖と称される所以であろう。この焉馬と彼が開催した「咄の会」については、延広真治氏の『落語はいかにして形成されたか』（平凡社、一九八六年）(10)においてその詳細が明らかにされている。

また、焉馬の「咄の会」にも顔を出し、江戸落語再興の一翼を担った人物に桜川慈悲成がいる。慈悲成は、黄表紙・合巻・滑稽本と多岐にわたるジャンルの作品を著す一方、舌耕者として「咄の会」を主催し、その成果として多くの噺本も手がけており、烏亭焉馬とともに江戸落語中興の祖とされている人物である。焉馬に比してその研究はあまり進められていないものの、数多い彼の著作のなかでもとりわけ噺本に注目し、その実態の解明を試みた貴重な論考として、二村文人氏の「桜川慈悲成ノート・序章」（『都立大学大学院論集』第二号、一九八〇年二月）が備わる。

江戸小咄本の盛行が一段落し、寛政期に入ると、山東京伝や曲亭馬琴をはじめとする著名な戯作者が噺本に名を連ねはじめる。しかしながら、彼らの噺本の多くは意外にもあまり高い評価がなされていない。その理由としては、その才知ゆえに衒学的、理智的な傾向の強い行文や凝った言い回しが多くなり、江戸小咄の簡潔な笑いからは遠ざかってしまったこと、また改竄本も多く、彼ら自身が本格的な文芸活動に乗り出す前の習作的、余技的な側面が多分にあったことなどが挙げられよう。そのため、彼らの噺本に焦点を当てた研究については解題的なものを除くと、さほど多くないのが現状である。

そうしたなかで、他の戯作者とは一味異なる噺本を多く残し、高い評価を受けているのが十返舎一九である。一九が関与したと考えられる噺本は三〇作以上あり、彼の滑稽本とも密接な関係をもつことから、これまでに多くの研究がなされている。とりわけ一九の噺本に焦点を当てたものとしては、武藤禎夫氏（「一九の小咄」『名古屋商科大学論集』第六号、一九六一年一一月）や宮尾與男氏（「『東海道中膝栗毛』の周辺（二）――一九の咄本をめぐって――」『語文』〈日本大学〉、第四十四号、一九七八年三月）、田山地範幸氏（「十返舎一九の噺本について」（上）（下）『東洋大学大学院紀要』〈文学研究科〉第二十二号・第二十三号、一九八六年三月・一九八七年三月）の論考が備わり、詳細な検討が加えられている。ただし、一九は脚色に手腕を発揮することも多く、自画作のもの、校閲のみを引き受けたものなどさまざまあり、関与の実態が判然としていない。これらの先行研究においても「一九の作品」として扱う対象が少しずつ異なっているため、あらためて一九の噺本制作の実態について検討し、彼自身の噺本を厳密に確定してゆく必要があろう。

後期小咄本

寛政〜文化期に相次いで出板された文人や戯作者の噺本も長くは続かず、次第にその作り手の座は噺家のものとなってゆく。とりわけ櫛職人から落語家に転じ、江戸席亭の開祖と称される三笑亭可楽は著名であり、彼もまた多くの噺本を手がけている。可楽が口演のために咄を長文化した際の手法については、延広真治氏が「三笑亭可楽」(『金城国文』第十九巻第一号、一九七二年九月)(11)において検討を加えている。

また、可楽の門下であり、怪談咄の創作にその手腕を発揮した林屋正蔵については、延広真治氏の「怪談咄の成立―初代林屋正蔵ノート」(『国文學』第十九巻第九号、一九七四年八月)(12)に詳しい。

このように話芸に携わる人々の噺本が増え、幕末に至ると、〝目で読んで笑う〟ことに主眼を置いた編者の明確な個人笑話集は、挿絵を中心に据えた暁鐘成(あかつきのかねなり)の作品をはじめ数えるほどとなってしまう。しかしながら、噺本の板行が完全に途絶えることはなく、その命脈は明治期へと繋がれてゆくこととなる。

最後に、後期噺本における咄の「作品化」について述べておきたい。この「作品化」は、前節でふれた舌耕者の文芸とは成立過程の異なる大衆参加型の噺本においても同様に当てはまる。噺本の作り手が、収集し選出した佳話を一冊にまとめる際、それら作者の異なる多数の笑話をそのまま収録したとは考えにくい。おそらくこの編集に際しては何らかの形で作り手、すなわち編者による「作品化」のための脚色が加わっていたと考えられる。書き手は自身が文字で表現したものを見返す際に、すでに一読者としての視点をもって読んでいるはずであり、そうした意味において、噺本の編者もまた読み手を意識した作品化を行っていた可能性を指摘できるのである。

おわりに

以上、近世の噺本について、おもな先行研究とともに概観してきた。こうした先学の研究により、さまざまな人物の手がけた噺本について、着実にその詳細が明らかにされつつあることがわかる。また、これらの研究が進められたことによって噺本の研究も格段に進んだといってよいだろう。

ただし、こうした検討によって明らかになった作り手たちには、ある共通点がある。彼らの多くが噺本以外の文芸に関しても横断的に手がけており、他ジャンルの作家として、または文筆家として広く名を知られている人物であるという点である。しかしながら、噺本の作り手は必ずしも著名な人物ばかりではなく、むしろこういった著名な人々の手による噺本は特殊な例といえよう。

とりわけ、明和・安永期以降に数多く板行された噺本は、市井の人々が落咄の会所へ持ち寄って編んだ咄の会本や、さまざまな事情からその素性を明らかにすることなく、一度限りの使い捨ての仮号を用いた人々の噺本である場合が多い。それゆえに、噺本を多数手がけているにも関わらず、他ジャンルにその名を見い出すことが難しく、その素性や実態が不明な人物の作品も多い。そして、そうした人々の作品に関する研究はほとんど進んでいないのが現状である。

この大きな要因としては、噺本の成立過程における作り手の関与の程度が不明である点、自板という形をとっている場合が多く板元が明確でない点、そして何より、それらを見定め、特色を浮かび上がらせることのできる一定の手法がなかった点などが指摘できよう。しかしながら、今後の噺本研究において必要となってくるのは、このように依然として数多く存在する、作り手の明確でない噺本の検討なのではないだろうか。

本書では、こうした噺本全体を通覧する際に必要な新しい「ものさし」、すなわち判断基準の一つとして〝表記〟と〝表現〟に着目し、その有用性を示すとともに、それらの有無が噺本研究においてどのような意味をもち、またそれらの検討によってどのような新しい知見を獲得しうるかをみてゆきたい。

注

（1）現存すると考えられている千余種を超える噺本のうち、『噺本大系』全二十巻において約三五〇種が紹介されている。未翻刻の噺本はその後も着実に紹介されているが、まとまった形ではないため、今後は『噺本大系』未収録の作品を中心とした、これらを通覧できる集成の刊行が必要となってくるであろう。

（2）武藤禎夫氏『江戸小咄辞典』（東京堂出版、一九六五年）

（3）『一休はなし』『一休関東咄』は仮名草子として扱われることも多いが、ともに『元禄書籍目録』において「咄の類幷かる口咄シ」に分類されているため、ここでも噺本として扱うこととする。一休宗純の人生とその文芸についてはさまざまな観点から研究が進められているが、一休を題材とする噺本の特色については、一休伝承との関わりから論じた岡雅彦氏の「笑話―一休ばなしの成立」（『岩波講座 日本文学と仏教』第九巻、岩波書店、一九九五年）や、作者の編集意識について検討した二村文人氏の「『一休ばなし』と『一休関東咄』―俗伝文学の展開―」（『国文学 解釈と鑑賞』第六十一巻八号、一九九六年八月）が備わる。

（4）米沢彦八の噺本の特色については、宮尾與男氏の「米沢彦八と『軽口大矢数』」（『語文』〈日本大学〉第五十号、一九八〇年六月）において咄の構成や話題、表現の観点から検討がなされている。

（5）説話文学と説話との関係について益田勝実氏は「説話文学は説話そのものではない。説話は口承の文学の一領域である。また、説話文学はしばしば誤解されているように、その説話を文字に定着させたものでも、説話が語る内容を素材として文字で書いた文学でもない。過渡的にはそう見える現象を含みつつも、本質的にはそれとも違う独自なものである。一口にいえば、それは、口承の文学でもある説話と文字の文学との出会いの文学である」（『説話文学と絵巻』三一書房、一九六〇年）とする。

（6）延広真治氏『江戸落語―誕生と発展―』講談社学術文庫（講談社、二〇一一年）に改稿・再録

（7）鈴木久美氏「前期噺本の表現スタイルについての一考察」（『早稲田大学教育学部学術研究―国語・国文学編―』第四十八号、二〇〇〇年二月）・「雑俳と噺本―後期軽口本を中心に―」（『国文学研究』第一五一号、二〇〇七年三月）。いずれの論文も『近

世噺本の研究』（笠間書院、二〇〇九年）に再録

また、とりわけ後期軽口本の文末表現における変化については松崎仁氏が『歌舞伎・浄瑠璃・ことば』（八木書店、一九九四年六月）において舌耕芸の口演の実態との関わりという観点から言及している。

（8）島田大助氏『近世はなしの作り方読み方研究―はなしの指南書―』（新葉館出版、二〇一三年）に再録

（9）鈴木久美氏『近世噺本の研究』（笠間書院、二〇〇九年）

（10）延広真治氏『江戸落語―誕生と発展―』（注（6）参照）に改稿・再録

（11）注（10）参照

（12）注（10）参照

第二章　「噺」と「咄」―噺本にみる用字意識―

はじめに

「噺本（はなしぼん）」は、近世を通じて板行された短い笑話を集録する文芸を指す語である。「噺本」の「はなし」の表記については、

> 〈噺本は〉江戸文学の一分野で、「はなし」「軽口咄」「落咄」と呼ばれた短い笑話を集めた作品群をいう。「咄本」とも書くが、各期を総称した文芸名としては「噺本」、狭義に江戸小咄本をさす場合は「咄本」と区別しておく。
> （『日本古典文学大辞典』）

とする武藤禎夫氏の定義[1]に基づき、広義で「はなしぼん」を表記する場合「噺」の字を用いるのが一般的となっている。

一方、〝言葉を音声または文字で表現したもの〟を指す名詞としての「はなし」を表記する場合、近世以来使用されている「噺」「咄」「話」の三字が存在しているにも関わらず、現在では「噺」でも「咄」でもなく「話」が用いられている。

ではなぜ「はなしぼん」は「話本」ではなく「噺本」または「咄本」と表記されるようになったのであろうか。

この謎について本章では、文芸作品における用字法の変遷および用例分析を通して明らかにしてみたい。

『日本国語大辞典』では「話」「咄」「噺」の三字の意味・用例・古訓が次のように記されている。

【話】（ワ）ことば。言語。「官話」ものがたり。語られる内容。交わされることば。おしゃべり。「逸話」「会話」言う。語る。告げる。「話法」「話術」
（日本で）うわさ。評判。相談。おとしばなし。「世話」「郭話（くるわばなし）」
《古　かたらふ・ものかたり・ことわる・うれふ・まこと・うつ・あやまつ・はぢ・さきら》

【咄】（トツ）突然声を出す。突然発せられる声。「咄嗟」「咄咄」
（日本で）ものがたり。軽口ばなし。おとしばなし。また、語る。「小咄（こばなし）」「咄家（はなしか）」
《古　かたらく・いさふ・やあ・や・あやにく・あはふく・つたなし》

【噺】（国字）新奇なことをはなす意。ものがたり。軽口ばなし。おとしばなし。「御伽噺（おとぎばなし）」「噺家（はなしか）」

これをみると、まず「話」と「咄」が中国から伝わった〝漢字〟であるのに対し、「噺」は日本独自の文字、すなわち〝国字〟であることがわかる。ここで興味深いのは、〝漢字〟とされる二字の古訓に「はなし」の読みが存在していないという点である。その一方でどちらの字義にも「おとしばなし」の意が含まれていることから、これらの文字に対する認識の相違が実は極めて曖昧なものであったことがわかる。

この三字については、民俗学の祖であり、全国各地をめぐって広く民話を蒐集した柳田國男氏もふれているが「『話』の漢字を是に宛てる以前、久しく『咄』の字を以て之を表示して居た。或は噺の字などもよく用ゐられて居る。咄も噺も共に中古の和製文字であつたらしい」[2]と推論を述べるにとどまっている。

このうち「話」の語については、山内洋一郎氏が「成立・変遷・表記のそれぞれにおいて霧に包まれた状態で、いまだ何ほども判っていないと思われる」とした上で、この語が動詞「話す」の意味を担うようになった契機について国語史の観点から考察を行っており、[3]また「咄」については、大島建彦氏が古辞書や狂言における例を挙げつつ、その語源に関して詳細な検討を加えている。[4]残る「噺」だが、この語を中心に据えて検討した論考は備わっていないものの、暉峻康隆氏がこの「噺」を含む右の三字について、古辞書および文芸作品の用例を提示しつつその消長を明らかにしている。[5]ただし、これらの論考では、その表記の具体的な使い分けや使用者の意識について踏み込んだ言及はなされていない。

一、「話」の用字

では、「はなし」そのものに、もっとも近い位置で携わっていたと考えられる噺本の作り手たちは、これらの文字に対し、どのような意識をもって使用していたのであろうか。この点に迫るため、本章では『噺本大系』に収載されている作品を対象として、それぞれの用例を具体的に検討してゆくこととする。

まず、「話」の字についてみてみたい。暉峻氏も指摘するように、この文字が〝言葉を音声で表現すること〟すなわち、現代の動詞「はなす」と同義で慣用化されるようになるのは意外にも遅く、明治期に入ってからと考えられる。近世の文芸作品においてこの文字が「はなす」意味の語として使用されている例はさほど多くない。

噺本では『百物語(ひゃくものがたり)』（万治二年〈一六五九〉）をはじめ、『醒睡笑』（元和九年〈一六二三〉）や『一休はなし』（寛文八年〈一六六八〉）といった初期噺本にその用例を確認できるが、そのほとんどが「答話（当話）」「話則」「炉打話」「世話」といった熟語の一部としての使用となっている。なかでも、比較的多く見られるのが「答話」および「話則」の語であるが、こうした熟語は時代が下り、出板の中心が江戸となる、いわゆる江戸小咄本ではほとんど見受けられなくなる。この二語はどちらも仏教に纏わる咄での使用が多いことから、長い歴史の中で培われた信仰が人々のすぐ傍らで息づいている、上方という地の風土が大きく関係していたものと考えられる。(6)

なお、江戸で板行された噺本において初めてこの「話」の語が確認できるのは『〈話稿〉鹿の子餅』（明和九年〈一七七二〉）の角書とその由来を述べた序文である。ここでは

　話の稿なれば、わかうの響あるをもて、鹿の子餅と題す

として「話」に「はなし」の振り仮名を付している。以後、噺本においてさまざまな形で「話」の字は登場するものの、

「近比**軽話**が流行ます」『出類題』（安永二年〈一七七三〉、夢楽庵序）
「今集る**笑話**一帖、聞上手と題ス」『聞上手』（安永二年、小松百亀序）
「東武の流行京摂の**珍話**」『滑稽即興噺』（寛政六年〈一七九四〉、山東京伝序）
「**狂話**の大帳」『腮の掛金』（寛政十一年、桜川慈悲成編、式亭三馬序）
「流行の**話草子**」『古今秀句落し噺』（天保十五年〈一八四四〉、一筆庵英寿序）

のように、やはり熟語での用例がもっぱらであり、振り仮名には当て字が用いられているものも多い。

では、「話」の文字そのものに対する、当時の人々の意識はどのようなものであったのだろうか。その一端がうかがえる文辞を具体的にみてゆきたい。次に例を挙げる。

a『噺物語』（延宝八年〈一六八〇〉、編者未詳）序

物語せんと申さるゝ程に、耳を澄し聞居たれバ、思ひの外の戯言也、さやうの事を**咄し**と社いふなれ、世の噂にもまことしからぬ儀を人のかたれバ、夫ハはなしにてぞあらめと、いふにても弁へしられよかし、**話**とハ出書正しき事をいふなるへし、伊勢物語の註にも、其有しことをかたるを聞て、書たる心なりと侍るとかや、いで只今のはなしに似たる事を、物かたりしてきけ侍らんとて

b『聞上手二篇』（安永二年、不知足散人序）

落咄は滑稽に起り、中頃流行して廃れ、近世又盛也。古風の**話**は迂遠にして理を備へ、近頃は洒零過て味なし。（中略）当時の**咄**は、只たわけの阿堵を尽すのミ

c『古今秀句落し噺』（天保十五年、一筆庵英寿序）

唐土の**話**を和語に翻訳して**落し咄**と云事の盛に成しハ

右のa、b、cの三例はそれぞれ、近世前・中・後期の作品だが、いずれも「咄」と対比させる形で「話」の字を引いていることがわかる。

aは、『噺物語』の序の一部である。本作は「物語」と「咄」の語が意味するところの違いについて、具体的な例話を挙げつつ説くという、近世初期の用字意識を考える上でも注目すべき内容をもつ作品である。(7) ここでは「咄」の語が〝根拠の定かでない戯言〟を指す語として使用されているのに対し、「話」の語には、「ものがたり」と振り

仮名が付されており、〝正統な由来のある物語〟を示す語として引用されていることがわかる。またbでは、すでに時流に合わない流行遅れのものを「古風の話」として、現在巷間で流行しているものを「当時の咄」として意識的に使い分けていることがわかる。さらにcでは、中国笑話を「唐土の話」とし、それが翻案され、和語、すなわち柔らかさをともなった和文で認（したた）められた笑話を「落し咄」と表現している点も見過ごせない。

今回対象とした作品全体を通覧しても、熟語を構成する語としての使用がほとんどである点に加え、右の三作のような例が見受けられることから、長くこの「話」の語が、現代における意味合いとは異なる、漢語的な印象の強い、堅さや正統性を色濃く残した「はなし」を指す文字として捉えられていたことがうかがえる。

二、「咄」の用字

次に、「咄」と「噺」の字について検討してみたい。今回対象とした噺本においてこの二字そのものの用例を調査すると、「噺」が約七二〇例、「咄」が約一二〇〇例と、「咄」の使用が圧倒的に多いことが確認できる。そこで本節では、まず、噺本における「咄」の用例を具体的にみてみたい。暉峻氏はこの〝漢字〟について「『ハナシ』と訓（よ）むようになったのは室町時代からであると思う」とし、諸大名の抱えた「咄の衆」等の例を挙げ、この国訓が一般化したのは室町時代の後期であろうと推測している。[8]

たしかに噺本でも万治二年（一六五九）刊の『百物語』に「たゞ今咄（はな）し給ひし其中に」のように、すでに現代における「話す」と同様の意味合いで用いられる「咄」の例を確認できる。以後も、絶対数は多くないものの、『かる口露がはなし』（元禄四年〈一六九一〉）をはじめとする露の五郎兵衛の作品、安永期の江戸小咄本・上方咄の会本、そして林屋正蔵の『落噺笑富林（わらうはやし）』（天保四年〈一八三三〉）に至るまで、多様な作品での使用がみえることから、「話す」

を示す動詞としての「咄す」は、上方・江戸の別なく、広く浸透し、使用されていたことがわかる。

こうした動詞としての用例以外では、特に「〇〇咄」のように下位構成の形で名詞化したものと、「咄の〇〇（または咄〇〇）」という上位構成の形で表記されるものが多く見受けられる。ここでは、異なる作品で同一の用例が確認できたものを順に掲げる。（ ）内には用例数を示した。

まず前者の例としては、

「色咄」「噓咄」「絵咄」「大咄」「春帖咄」「正直咄」「新咄」「即興咄」「目出度咄」「夢咄」「余情咄」（二例）
「狂歌咄」「三題咄」「芝居咄」「手柄咄」（三例）
「長咄」（四例）
「昔咄」（五例）
「仕形咄」（七例）
「軽口咄」（八例）
「夜咄」（一一例）
「落咄」（八九例）

といった多彩なパターンを確認することができ、あらためて近世における定着の度合いをうかがい知ることができる。次に後者の例としては、

「咄の犬悦」「咄の親玉」「咄の上手」「咄の伽」（二例）

「咄雀」「咄下手」（三例）

「咄家」「咄の者」「咄本」（四例）

「咄の種」（一三例）

「咄の会（咄会）」（一七例）

といった形での用法が見受けられた。バリエーションは前者ほど豊富ではないものの、用例の多くが口から言葉を発する行為としての「はなし」を前提としたものである点は大きな特色といえる。

このように、現在では一般的である「話」の用字が、近世においてはもっぱら「咄」の文字によって表記されていたこと、また、それがさまざまな言葉と結びついて多様な表現や熟語を生み出していたことをあらためて確認することができよう。

三、「噺」の用字

次に「噺」の文字についてみてみたい。前期軽口本において、この「噺」の用例はそれほど見受けられない。そこで噺本を、明和九年（一七七二）を境とする前期噺本と後期噺本とに分け、各期における「噺」の用例数を、序跋および本文を対象として調査したところ、前期では一八例であったのに対し、後期では二八一例と爆発的にその数が増加していることが明らかとなった。

この傾向は作品の標題においても同様に確認でき、前期の噺本の標題中に「噺」の語を含む作品はわずか三作であるのに対し、後期の噺本では五五作と急激に増えている。これはあくまでも実数での比較であり、正確な割合ではないが、その点を考慮してもこれだけの差異がみえる点は看過するわけにはゆかないだろう。

さて、このように近世前期の噺本においてあまり見受けられなかった「噺」の語が、明和九年以降、頻繁に使用されることとなった大きな理由の一つには、この文字が「江戸時代以降に現れた国字」[9]すなわち、日本で独自に生みだされた漢字であったことを指摘できよう。

ではこの国字としての「噺」はいつごろから本格的な使用をみるのであろうか。噺本における具体的な用例を見てみると、早い例として、延宝八年（一六八〇）刊の噺本『杉楊枝』の序文に「先達て世に廣めし一休噺」という形で、約一二年前に成立した『一休はなし』（寛文八年〈一六六八〉）を表記するための使用が確認できる。しかし、不思議なことに、『一休はなし』の原本自体にこの用字での表記は見当たらないのである。一方で、延宝三年の書籍目録や『宇喜蔵主古今噺揃』（延宝六年）、右に挙げた『杉楊枝』といった作品にはその用例が散見されるようになることから、この文字の発生と定着を検討する上で寛文末〜延宝初期が一つの重要なポイントであると推測される。

そこで、この用例の調査を噺本に限定せず、『国書総目録』に掲載される明治期以前までの文芸作品を対象とし、標題における「噺」の字の消長を確認したところ、興味深い結果を得ることができた。

噺本同様、寛文期までの文芸作品の標題に「噺」の使用は認められない。早い例としては、延宝八年の戦記『武辺咄聞書』（国枝清軒）の諸本において『武辺噺聞書』という表記での使用が確認できる。写本が多く、その厳密な執筆年は明確でないものの、少なくとも自筆本が執筆されたとされる延宝期以降の用例であることは明らかである。しかしながら、その後も元禄期、享保期の作品名に若干見える程度であり、本格的な定着には至っていなかったことがうかがえる。

この「噺」の文字使用に大きな変化が訪れるのは宝暦期に入ってからである。元禄期には用例数で「噺」を圧倒していた「咄」の語であったが、この宝暦期にその勢力図は逆転する。以後、明和・安永期になると噺本はもちろんのこと、浮世草子・浄瑠璃・黄表紙など幅広いジャンルの標題にこの文字が使用されるようになり、文化・文政期を経て、文久年間に至るまで、この「噺」の文字が「はなし」の表記としては大勢を占めることとなる。

こうした点から、「噺」という国字の発生を考える上では延宝期が[10]、本格的な定着については、いわゆる「文運東漸」によって新たな文芸が花開いた宝暦〜安永期こそが注目すべき転換期であったものと考えられる。

ここでふたたび噺本に視点を戻したい。この延宝期以降の「噺」の具体的な用例としておもなものを次に挙げる。まず「○○噺」のように「噺」の語が下位構成の形式をとるものとしては、

「大寄噺」「角力噺」「座敷噺」「雑噺」「仕方噺」「高噺」「徳盛噺」「麻疹噺」（二例）
「三題噺」「即興噺」「茶呑噺」（三例）
「昔噺」（六例）
「夜噺」（七例）
「軽口噺」（九例）
「落噺」（五二例）

といった例が見受けられた。また、「噺の○○（または噺○○）」のように「噺」の語が上位構成の形式をとるものとしては、

「噺の糸口」「噺の元祖」「噺の体」「噺の問屋」「噺本」（二例）
「噺上手」（三例）

「噺家」（五例）
「噺会」（八例）
「噺の種」（一六例）

といったパターンを確認することができた。ここで興味深いのは、この二つの形式で用例の多くみられる語は、いずれも前節の「咄」の用例において、高い用例数を確認できた語と共通する点である。このことから、後発ではあるものの、咄の作り手たちの手によって徐々に浸透しはじめたことで、人々の間に定着した「噺」の文字が「咄」の字と同様の意味合いで用いられるようになり、次第にその代用としての役割を担うようになっていたことが確認できるのである。

四、「咄」と「噺」の併用

では、「咄」と「噺」に使い分けの意識はみられるのであろうか。この点について、作中でこの二字を併用している例をもとに検討してみたい。

先にもふれたように近世前期には「噺」の文字自体がまだそれほど浸透していなかったため、意識的に併用したと思われる作品はほとんど見受けられない。唯一、近世初期にそれを確認できるのが、江戸で板行された『正直咄大鑑（しょうじきはなしおおかがみ）』（貞享四年〈一六八七〉石川流舟作、菱川師宣画）である。次に該当する箇所（序、第十「はなしの仕様」）を掲出した。ここでは、私に「咄」に傍線、「噺」に二重傍線、平仮名の「はなし」に波線をそれぞれ施した。

行返る昔いまの噺の品を、つく〳〵と思ふに、寔すくなきいつハりがちなり。されバとて万にいミしくとも、咄好まざらんおのこハ、たまの御客にあいさつなき心地ぞすべきと、せんしやうもの〻ふるき言葉をとりてハ、予、正直咄大鑑となづけて、正敷見聞たる所の噂をつ〻るに　（序）

それはなしハ、壱かおち、弐か弁説、三かしかた。ことに当世ハ、いにしへのそろりなどの噺の風俗とハかわりて、かる口におかしくしとけなく、利をつめ、げびたよふできやしやなり。まづおちがわるふてハつまらぬ。（中略）此咄ハかさねてハ御無用じや　（巻四・第十　はなしの仕様）

ここでは、「咄」「噺」「はなし」の三種の用字例がみえる。それぞれ異なる意味合いが付されているのではなく、同一の意で用いる「はなし」の語の用字をあえて変化させていることがわかる。こうした三種の用字の併用がみられる例をもう一つみておきたい。『軽口五色帋』（安永三年〈一七七四〉正月刊、百尺亭竿頭序、京　菊屋安兵衛等板）の序文である。少々長いが、内容としても興味深い点を含むため、次に掲出する。(11)

軽口五色帋序

何とやら通り何とやら町、どつちへやら行所に、軽口噺指南といふかんばんを出しければ、何が咄すきの連中寄あつまり、これハめづらしいかんばんを出した。（中略）いかさま軽口やの下女ほど有て、又ちがふたものじやと囁あひ、イヤ、拙者どもハ、咄御指南にあづかりたさに参つたものでござる。此だん、先生へよろしくつたへられてくだされと、しかつべらしくのべければ、かしこまりましたと下女がつたふる口上に、唇薄斎出むかひ、これハ〳〵、ミな〳〵やうこそ御出。サア〳〵これへと座敷へともなひ、いづれも軽口御修行なされたいとあつて、是まで御出なさるゝ段、近比御きどく千万とあいさつし（中略）扨先生申されけるハ、まづ咄をこのむで、噺といふことの故事来歴をしらいでハすまぬことでござるによつて、マア咄の由来から、だん〳〵云て聞しませうほどに、いづれもさやうにおぼしめされませ。

抑〳〵噺といふ事の濫觴ハ、（中略）人に対して物がたりする事を、はなしとハいひならハせり。なれども其時代には今のごとき軽口噺といふものハなし。かる口はなしといふものハ、中ごろよりはじまりし物なり。しかし、其中ごろのかる口ばなしといふも、今のやうなるおとしばなしにてハなく、やはり実のはなしを、おもしろく口軽にいふ事也。又今のおとし噺といふものハ、ずんど近比のものにて、元禄の比露休先生といふもの出て、法会の場にて興あるおとしの軽口噺をなせしより、この道大に世上に行ハれし処。つゞいて米沢先生なるもの出て、いよ〳〵軽口世に盛んにして、終に露休流、米沢流の二流となる。

しかれども、二流ともに咄の皮肉をいふて、いまだ骨髄を云ハず。さるによつて当時粋なる人の風に合ず。今時ハ三歳の小児でも祖父と祖母でハ合点せず。それゆへ手まへの流儀ハ、専噺のこつずいをいふて、当世の人気にあふを肝要と致なり。しかし人の気質にさま〳〵ありて、今時でも、ずいぶんぶ風雅な人も有物なれば、其人に風雅なはなしをしてハ一から間に合ず。遠国の人に京のはなしをしてハ、ねから通ぜず。むかしからいふてあるとふり、人をミて法を説で、当世をこのむ人には当世にむく噺、粋をこのむ人には粋にむくはなし、遠国の人にハ遠国の人にむく咄をするが此方の心得なり。しかし米沢先生がいふた通りで、むくのむかぬのといふて、噺に皮の有物でハなけれども、むかふの人の気にあうとあハぬとの事なり。別して禁ずべきハ親子兄弟、あるひハ篤実なる人の並居る中でさし合咄など、大によからぬ事なり。

扨はなしによつて、競かゝつていハねバならぬはなしもあり。ずいぶんおさめていはねバならぬはなしもあり。又哀れにいハねばならぬ噺もあり。（中略）此趣をとくとのミこまねバ、面白い咄でも、それほどにおもしろからず。又あまりおもしろふもないはなしでも、此所をとくとのミこんではなせば、思ひのほか落のくる物也。先今日ハ上品むき、粋むき、遠国むき、学者むき、当世むき。此五通のわかちを申ませう。

さりながら、古語にもいふて有通りで、噺といふものが天からふらず、地からもわかず、木の椏からハなをはへず、小沢山そふにあたらしいはなしが、其やうにたんと出来る物でハないによつて、とかく聞人の方に、あたらしい耳をずいぶんたんとこしらへて所持してゐるがよふござる。じやによつて、手まへがいたす噺もミな古い咄なれ共、先それ〳〵へむくとむかぬとの噺の体を、申までの事でござるほどに、いづれも左様に思召て、得と御聞なさりませ。最初上品向の咄から致ませうと、しさいらしく扇を斜にかまへて、ヱヘン〳〵。

この序は、「軽口指南所」と掲げている家へ「はなし」の指南を仰ぎにいったはなし好きの人々が、その家の主人である唇薄斎なる人物からそのコツを伝授されるという筋をもつ。彼らに落としばなしの由来を語り、相手に合わせて話し分けることの必要性を説く唇薄斎の長台詞が特徴的であるが、この台詞では「はなし」の語を表記するにあたって「咄」と「噺」、そして「はなし」の語が同時に使用されているのである。しかしながら、これらの語は前後の文脈からもわかるように、いずれも同一の意味での「はなし」を示す用字として使用されており、語義に基づいた厳密な使い分けの意図は見い出せない。

右に挙げた二例はいずれも「咄」「噺」の使用頻度に差がなく、また、可能な限り連続することのないよう配置されていることがわかる。この点から作り手は、同一丁内や近接する文章内で同じ言葉や漢字が頻出する際、あえて用字を使い分けることで変化をつける「差し合い」ともいえる意識に基づいて筆を執っていたものと思われる。

五、作り手の用字意識

前節で確認したように、この「咄」と「噺」の語は、同訓異字という面で書き分けがなされているものの、字義の面での明らかな使い分けは見い出すことができない。しかしながら、噺本の作り手たちがこれらの文字に対してまったく頓着していなかったかといえば、そうではない。なぜならば、噺本において「咄」や「噺」の語が高い頻度で使用されるのは、いずれも作り手の意識が強く反映すると考えられる、作品名および序跋においてだからである。そのことを端的に見てとれるのが、こうした「はなし」を表す字の構成そのものを話題とした文辞である。例を次に掲げる。（傍線筆者）

d『軽口浮瓢単』（寛延四年〈一七五一〉、探華亭羅山序）

金といふ字

去所の会所にて町ぶるまひ有しに、ある人のいふハ、なんど文字といふ物ハ、よふした事でござります。咄といふ字ハ口篇に出ると書ます。いづれ口から出次第なものなれバ

e『富来話有智』（安永三年〈一七七四〉、鶏肋斎画餅序）序

むかし〳〵、爺と婆とハ、子どもたらしの歯無の種、当世ちよゝらの佺戯咄は、新口と書て葉なしと訓ず。

f『諢話江戸嬉笑』（文化三年〈一八〇六〉、式亭三馬序、楽亭馬笑・福亭三笑・古今亭三鳥作）序

目に見えぬ鬼神を腕に彫て、すつてん童子と覚たる人をも感ぜしむるは、落咄なりけり。此時に当て長崎から

赤飯を貢ぎ、鬼が島より宝物を捧げ、各〳〵湯桶読に咄家と唱へて、

g『落噺千里藪』（弘化三年〈一八四六〉、花枝房円馬作、月亭生瀬校）(12)

はなし角力故実

〽東西〳〵、則噺といふ文字ハ、口片に新しきをよしとす。まつた、口へんをこうとよミ、あたらしきの文字を新とよミ、是則ち噺ハこうしんの夜とハ此いはれ也。まつた、咄の字を三字にかけバ、はの字ハ八の字にて、角力の八十八手をひやうす。

h『三都寄合噺』（安政四年〈一八五七〉、鶴亭秀賀）自叙

什が中に落噺の耳馴ハ、あつたら耳に風邪や引すべし。されバ、噺の口片に新のその字、書なるべけれど、遠きはなしの濫觴は、

右に挙げた例は、刊行された地域も年代も異なる噺本の本文または序文の一部である。(13) しかしながら、いずれも「咄」または「噺」の文字の成り立ちについて、こじつけとも取れる解説（または講釈）が加えられている点で共通している。

このような例は他の作品においても散見されることから、土地や時代を問わず噺本の作り手たちは、「はなし」の語そのものの用字の相違や特性についてもまた強い関心を寄せていたことがわかる。

「はなし」に惹かれ、噺本の編集に携わった人々の目には、こうした文字、とりわけ口篇に「新しい」を組み合わせた「噺」の文字の構成は、咄を取捨選択するにあたって常に新しさを追及する自分達の気分を、まさに体現し

た文字として映っていたものと思われる。

六、「噺本」と「咄本」

最後に「はなしぼん」を示す用字についてみておきたい。近世に板行された書籍目録では、直接「噺本」の語はみえないものの、元禄期以降、「咄の類幷かる口咄し」（『元禄書籍目録』元禄五年〈一六九二〉）、「咄書」（『享保書籍目録』享保十六年〈一七三一〉）、「軽口咄本」（『寶暦書籍目録』宝暦四年〈一七五四〉）、「軽口」（『明和書籍目録』明和九年〈一七七二〉）のように、さまざまな形で立項されるようになる。[14] ここで分類される作品の境界は曖昧なものの、噺本がたしかに当時独立した文芸の一ジャンルとして認識されていたことがわかる。

では、噺本そのものに、総称としての「はなしぼん」の語は確認できるのであろうか。管見の限りではあるが、早い例としては、風之（二代目米沢彦八）作の『軽口耳過宝』（寛保二年〈一七四二〉）に「京米沢彦八はなし本」の語がみえる。また、『当世口合千里の翅』（安永二年〈一七七三〉、能楽斎序、拍子木堂跋）、『新口一座の友』（安永五年）の序、『鯛の味噌津』（安永八年正月刊、新場老漁〈大田南畝〉序）の序など、安永期の江戸小咄本にも散見される。また一九の関係する『落咄熟志柿』（文化十三年〈一八一六〉頃刊、十返舎一九校、美屋一作作）や『落咄屠蘇機嫌』（文化十四年正月刊、十返舎一九序・作）をはじめ、文化・文政期の『落噺恵方棚』（文政二年〈一八一九〉正月刊、小野秋津序・撰、名古屋 万巻堂板）、『春興噺万歳』（文政五年正月刊、桂文来作、三木探月画、大阪 吉文字屋荘助等板）といった各地の噺本においてもその用例を確認できるようになる。また、林屋正蔵の噺本『落噺年中行事』（天保七年〈一八三六〉刊）においても「はなし本」の語が確認できることから、漢字を使用しない「はなし本」の形が、一定の表記法として受け継がれていたことがわかる。

一方、「咄本」の表記に関しては、安永五年刊の『高笑ひ』（彡甫先生作、陳奮翰撰）に、

　勘略
貴殿ハ苦労して咄を拵ると有が、きつい損じや。咄本がいろ〳〵出て有。イヤ〳〵、徳じや。〽ナゼ〽本屋のハ銭が出ます

といった形での使用が確認できる。また、文化九年の『新選臍の宿かえ』（桂文治著）では、巻末に添えられた桂文治の口上内に「昔〻咄本あまた御座候へども」という文言がみえる。さらに、林屋正蔵の『落噺百歌撰』（天保五年正月刊）において、その目録中に「咄本」の語が確認できるが、この用字例は意外にも少なく、以上の三作にとどまっている。

では、現在もっとも一般的な呼称となっている「噺本」の語はどうであろうか。まず、寛政十一年（一七九九）刊の『腮の掛金』（桜川慈悲成編・式亭三馬序）の序文中に、三馬による「古へ浪華に名を得たる頓口が噺本は」という文辞が記されているのを見てとれる。しかしながら、この三馬の用例を除くと、文政七年の『新作咄土産』（旭文亭序）に「噺本問屋」の語が、天保四年の『落噺笑富林』（林屋正蔵作）に「噺本目録」の語がそれぞれ巻末に確認できるのみであり、この用字も噺本の作り手たちにとってはさほど一般的でなかったことがわかる。

では噺本の作り手たちは、自身の手がけている作品をどのような存在として捉え、呼び慣らわしていたのであろうか。ここで思い出したいのが、第二・三節で行った「咄」と「噺」の用例調査の結果である。この二字の用例のなかでも共通して圧倒的な数を示していた語がある。「落咄（落噺）」である。つまり、作り手たちの間には複数の「落ちのある咄（噺）」を収めた本という認識が共通してあったものと思われる。

おわりに

本章では、噺本における「はなし」の語についてさまざまな角度から検討を行った。その結果、「はなす」を表記する語としては、「話」ではなく「咄」を用いるのが一般的であったこと、国字である「噺」は定着に時間を要したこと、また「咄」の字と併用される場合、その配分に留意した用字法が採られていることが明らかとなった。また、「はなしぼん」の表記としては「噺本」や「咄本」といった漢字を使用する表記方法より、「はなし本」とする方法が広く浸透していたものの、作り手たちの多くの認識は「落咄（噺）」本であったことをあらためて確認した。

以上の点から、既存の文字である「咄」と新しく定着した「噺」が、噺本の作り手たち、そして江戸文芸の担い手たちによってどのように使用され、また、どのように使い分けられていたかについて確認し、そこに垣間見える、彼らの用字意識の一端を明らかにできたと考える。

注

（1）武藤氏は、江戸小咄本の「小咄」の語義について「古い時代のものを軽口本、江戸で出板されたものを落咄本、咄本と呼び、両者を含めて噺本と、江戸時代においても、従来の書目類でも呼んでおり、小咄の名称はどこにも見当たらない」（『江戸小咄辞典』東京堂出版、一九六五年）と認めながらも「小咄という語が完全に一般化している今日、噺本にある笑話を小咄と称するのは一向に差支えない」として、小咄の語を使うことを明言している。本書でもこれに従い、明和九年以降に江戸で板行された一般的な噺本に対して便宜上「江戸小咄」の呼称を用いることとする。
（2）柳田國男氏「説話とハナシ」（『口承文芸史考』中央公論社、一九四七年）
（3）山内洋一郎氏「動詞「話す」の成立」（『国語語彙史の研究』第二巻所収、和泉書院、一九八一年）
ただし、「話す」の初期段階の考察であるため、中世の文献における用例が中心となっており、近世以降の変遷や表記の具体例については言及されていない。暉峻康隆氏は、「話」の字が現在の「はなす」の意で使用されるようになるのは明治に入ってからとする。
（4）大島建彦氏『咄の伝承』（岩崎美術社、一九七〇年）
（5）暉峻康隆氏『落語の年輪』（講談社、一九七八年／『落語の年輪　江戸・明治篇』〈河出書房新社、二〇〇七年〉に再録）
（6）江戸小咄本の全盛となる明和・安永期以降の噺本において「当話（答話）」の用例を確認できるのはわずかに『軽口駒佐羅衛（かるくちこまさらえ）』（安永五年、志満斎序）と『噺の魁（はなしさきがけ）』二編（天保十五年頃刊、蓬莱文暁作画）の二作のみである。しかし、前者が野田藤八ら（京都）、後者が大和屋清兵衛（大坂）と、いずれも上方の書肆から板行され軽口本であることもこのことを裏付けているといえよう。
（7）この『囃物語』では、「出所有事を、物語といふなり」として、いつ、どこで、誰が、といった固有名詞をともなう情報を明記した、由来の確かなものこそが「物語」であり、そうでない、不確かで漠然とした内容をもつものが「咄」であるとしている。
（8）注（5）参照
（9）笹原宏之氏『国字の位相と展開』（三省堂、二〇〇七年）
（10）延宝八年刊の『囃物語』では「はなし」を表記する際、「噺」ではなく「囃」の語を使用している。これは延宝期がまさに「噺」という文字の定着する過渡期であったがゆえの表記の〝ゆれ〟と言えるのではないだろうか。
（11）ここでは、必要な箇所のみ原本に基づいて振り仮名を施した。
（12）gは序文に続き巻頭に記された文言であり、正確には咄角力の故実を語るという形式をとった、序文に準ずる内容となっている。

(13) d、gは上方で、e、f、hは江戸で板行された噺本である。

(14) 禿氏祐祥氏編『書目集覧』第一巻・第二巻(東林書房、一九二八～一九三一年)

〔付記〕「話」の字が文芸作品の標題にみえる早い例としては『陸奥話記』(平安中期頃、作者未詳)が想起されるが、この『陸奥話記』の書名については、『扶桑略記』に「『奥州合戦記云』として長文の引用がある」(松林靖明氏『陸奥話記』新編日本古典文学全集 第四十一巻 解説、小学館、二〇〇二年)こと、本書の伝本はすべて江戸期のものであり、『陸奥話記』の標題自体も明和七年の伊勢貞丈書写本の奥書に依拠するものであること、「話」の文字が一般的に使用されはじめるのは江戸中期以降と考えられることなどを勘案すると、『陸奥話記』には成立当初、『奥州合戦記』または『陸奥物語』(『群書類従』所収本他)といった別の呼称があり、『陸奥話記』の名称は江戸期に新しく付与され、定着した標題であった可能性が高い。この点については より詳細な検証を行う必要があろう。

第二部　噺本にみる表記と表現

第一章　噺本における会話体表記の変遷

はじめに

噺本は近世の初頭から後期にいたるまで、「笑い」を主題とし、盛衰を繰り返しながらも絶えることなく書き継がれた文芸である。

元来、噺本に記された〝咄（はなし）〟は「話されること」と不可分の関係にあり、舌耕者や咄上手の「口演の副産物」[1]としての性質を帯びるものや、話芸の再現を試みた跡がうかがえるものなども多く見受けられる。しかし、長い噺本の歴史のなかで「読まれること」に主眼をおき、読み手を意識して創作されたと考えられる作品もたしかに存在している。とりわけその傾向を強く看取できるのが、明和・安永期に一世を風靡した江戸小咄本である。

この江戸小咄本の嚆矢ともいえるのが、明和九年（一七七二）、鱗形屋孫兵衛方から板行された木室卯雲の『話稿鹿の子餅』である。『鹿の子餅』はそれまでの上方軽口本とは異なった斬新なスタイルで好評を博し、江戸人士の熱烈な歓迎をうけた。これを契機に、『珍話楽牽頭（がくだいこ）』（明和九年）、『聞上手』（安永二年〈一七七三〉）などの作品が次々に生み出され、安永二年には、二〇作以上の作品が板行されるほどの盛行をみた。

『鹿の子餅』に始まる江戸小咄本の隆盛については、上方軽口本との比較を中心に、書形や文体をはじめとするさまざまな視点からの研究が行われてきたが、その文体と密接な関係にあると考えられる表記の問題についてはあまり論じられることがなかった。

しかし、この表記に焦点を当ててみていくと、江戸小咄本には、従来の上方軽口本には見受けられない、ある共通した特徴を見い出すことができる。

それは、会話文の文頭にしばしば付される符号「〽」である。(2) 会話文に付されるこの表記については、これまでほとんど注目されることがなかった。それは噺本ばかりでなく、近世の文芸、さらには広く文学史上においても言えることである。

そこで本章では、この噺本における会話体表記の用法の変遷とその意義について考察してみたい。

一、上方軽口本と江戸小咄本

享保〜宝暦期、上方から江戸へ、という文運の〝東漸〟にともない、噺本の開板の中心もまた上方から江戸へと移行してゆく。そうした時代の流れのなかで、上方軽口本もまた、当時の江戸の風土や気風を反映し、江戸小咄本へと姿を一新して現れたのである。従来の上方軽口本の大きな特徴でもあった半紙本五巻五冊の書型は、小本一冊（または黄表紙仕立ての中本一冊）へ、接続語や助詞を多用した長文は、江戸の口語を生かした簡潔な短文へと変化した。また、文末表現も、「…といふた」「…といはれた」のような叙述形式から、会話止めといった言いきりの形へと大きく変化した。

このように、江戸小咄本と上方軽口本の相違が、特にその書型や文末表現に大きく表れていることについては、これまで多くの研究者によって論じられてきた。

これは次に掲げたような類話によって、より明確に理解できる。

a　兵法の指南

一眼二さそく、間に髪をいれず。兵法程いさぎよきものハなし。ある所に竿竹屋秋右衛門といふ人、何事を思ひ付てか、兵法の指南と大看板を出シけるを、近所の者見て、あの男がいつ兵法しられた噂も聞ず。扨も人は知れぬものと我をおり、秋右衛門方へ行て見れども、さのミ弟子を取る躰とも見へず。不思議さに様子とヘバ、亭主少声になって、此比ふ用心なと申すゆへ、おどしの為でござるといはれた

（『軽口瓢金苗』延享四年〈一七四七〉）

b　劔術指南所

諸流劔術指南所と、筆太なかんばん。人物くさき侍来て、何流なりともわたくし相応の流儀、御指南下され。御門弟に成りましたいとの口上〽其元様ハ表の看板を見て、お出でござりますか。〽左様でござります〽ハテ、埒もない。あれハぬす人の用心でござります

（『鹿の子餅』明和九年〈一七七二〉）

aの「兵法の指南」は京都伊勢屋伊右衛門板の『軽口瓢金苗』に収められている上方軽口咄であり、bの「剣術指南所」は江戸鱗形屋孫兵衛板の『鹿の子餅』に収められている江戸小咄である。

aの冒頭の「一眼二さそく、間に髪をいれず。兵法程いさぎよきものハなし。ある所に竿竹屋秋右衛門といふ人、何事を思ひ付てか、兵法の指南と大看板を出シけるを」までの部分が、bでは、「諸流劔術指南所と、筆太なかんばん」の一文にまとめられている。また、そのオチの文末においては、aが「…といはれた」と、上方軽口本特有の叙述

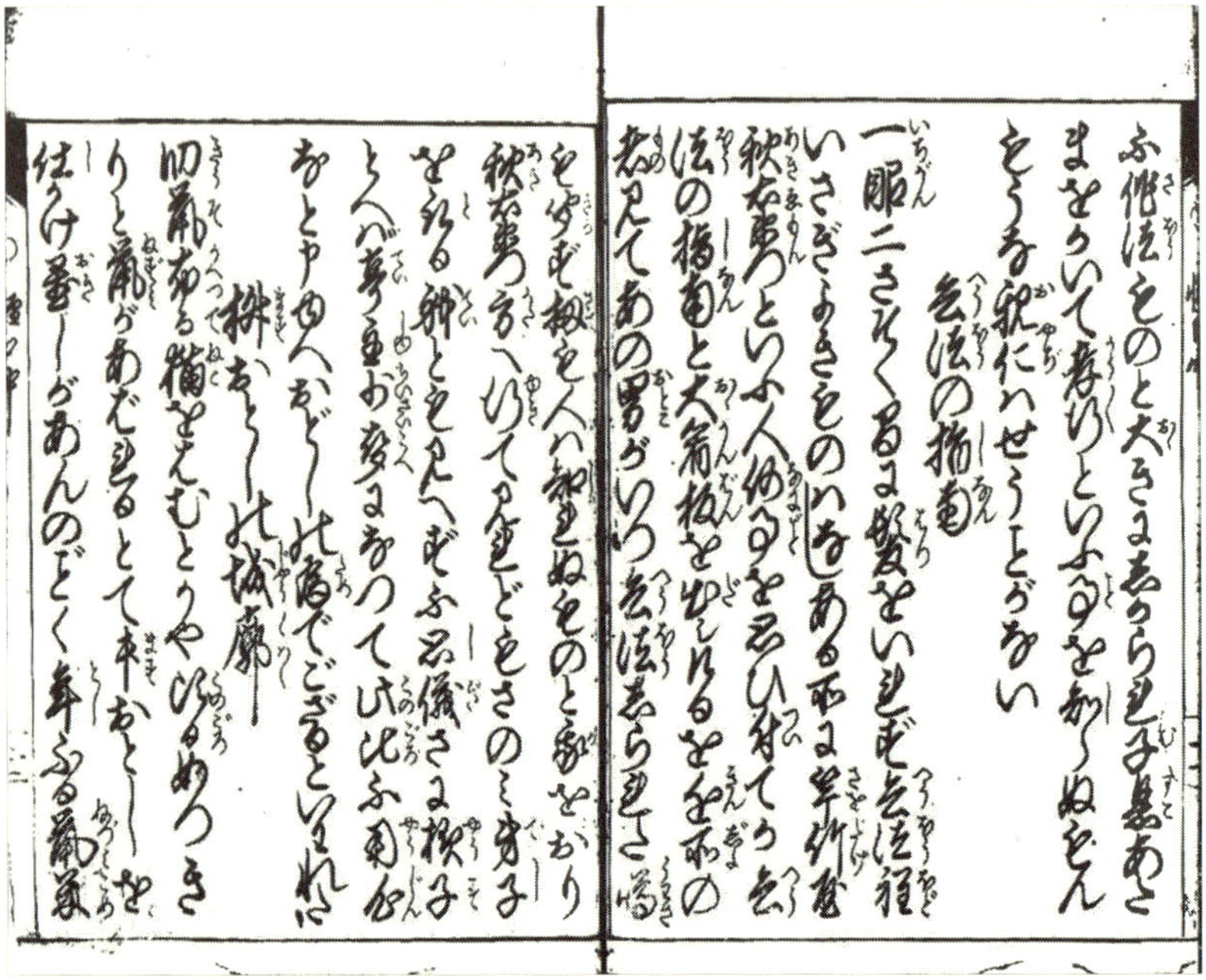

【図1】『絵本軽口瓢金苗』「兵法の指南」(東京大学総合図書館所蔵霞亭文庫本)

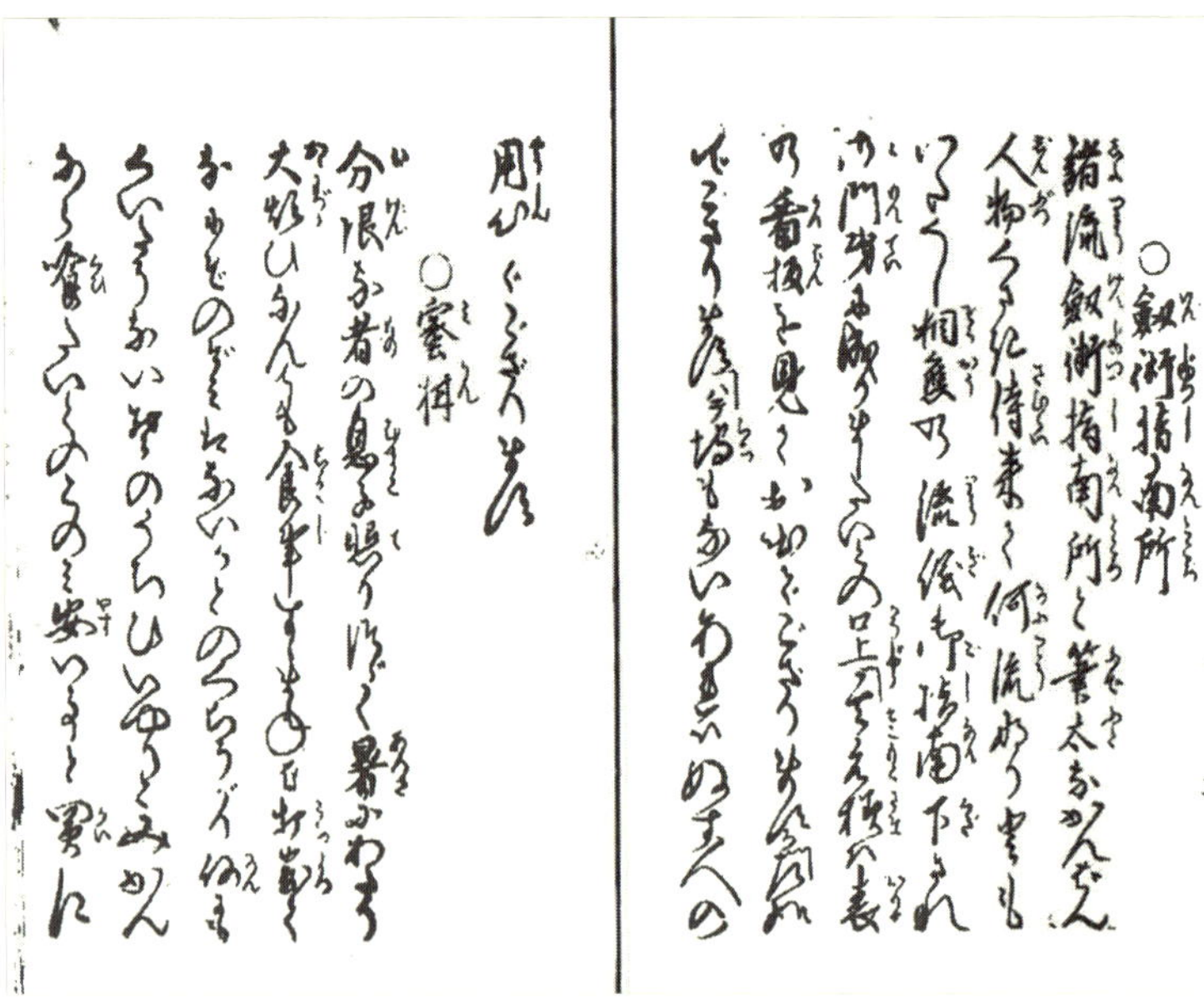

【図2】『鹿の子餅』「劔術指南所」(東京大学総合図書館所蔵霞亭文庫本)

形式で結ばれているのに対し、bでは、会話文のみで咄を終える会話止めの形で締めくくられている。

しかし、そのことによって、aよりもbの質が劣ってしまうということはなく、むしろ、咄に「切れ」が生まれ、めりはりの効いた独自の世界を創り上げることに成功している。

こうした点が、これまでの研究によって指摘されてきた江戸小咄本と上方軽口本とのおもな相違なのだが、ここであらためて注目したいのは、この二話のオチの部分である。

aでは「秋右衛門方へ行て見れども、さのミ弟子を取る躰とも見へず。不思議さに様子とへバ、亭主少声になって、此比ふ用心なと申すゆへ、おどしの為でござるといはれた」となっている部分が、bでは、「〽其元様ハ表の看板を見て、お出でござりますか。〽左様でござります〽ハテ、埒もない。あれハぬす人の用心でござります」と三つの会話文に区切られ、前者とは一転してテンポの良い簡潔な話運びとなっている。

このbにおける会話文には、いずれもその文頭に「〽」の符号を確認することができる。aにはみられないこの符号「〽」だが、これによって会話の始点と話者の転換を、余計な叙述や助詞を用いず、読者に伝えることに成功しているといえる。

会話文における「〽」の使用は、噺本を構成する要素の一つとして作品中に溶け込んでいたため、これまであまり注目されることがなかった。しかし、右の例をみてもわかるように小咄が、会話体を生かした簡潔で完成度の高い咄として成立するための重要な鍵を握るものと考えられる。

この符号「〽」には合点（がってん）、長点等の呼称があるが、本書ではこの符号を『俚言集覧（りげんしゅうらん）』[3]に依って「庵点（いおりてん）」と呼ぶこととする。

二、庵点に関する先行研究

庵点は、いつ頃からどのように使用され始めたのであろうか。

この形をもつ符号の歴史は古く、奈良時代の文書や木簡において照合のための使用が確認できる。(4) その後、近世に入ると、俳諧などにおける合点、つまり、批評の際、佳作に付される点としての使用や、(5) 狂言の台本や浄瑠璃本、謡本などにおいて段落や節、音声を示すための使用が確認できるようになる。(6)

この庵点について言及している論考には、杉本つとむ氏の「句読点・符号の史的考察」(7)、大熊智子氏の「引用符を用いた会話文表記の成立」(8)がある。

杉本つとむ氏は、江戸時代を前・後期に分け、その時代の文学作品における句読法を中心に考察を行っているが、会話文における庵点や江戸中期の作品について十分に言及せず、開き括弧についても、「⌝」の符号が厳密には「⌝」「ヘ」「〽」の三種類の形をもつことを述べてはいるものの、噺本に関しては、『俗談口拍子』（安永三年〈一七七四〉）、『みになる金』（文化六年〈一八〇九〉）における用例を一文ずつ挙げて紹介し、「⌝などで、会話の部分を区別していることは、一つの進歩である」と述べるにとどまっている。

また、大熊智子氏は「日本語における庵点を含むさまざまな引用符を用いた表記は、いつ、どのように成立したのか、というような史的研究は極めて少なく、辞典類も引用符に関してそう深くは言及していない」とした上で、会話文に付される庵点が日本独自の方式であることを、具体的な資料を掲出しながら考察を行っている。ただし、近世の文芸における引用符については『浮世床（うきよどこ）』（文化八年〜文政六年〈一八一一〜二三〉）や『北雪美談時代加々美（じだいかがみ）』（安政二年〈一八五五〉〜明治十六年〈一八八三〉）などの後期の作品についてしかふれていない。

このように、杉本、大熊両氏ともに、会話文における庵点の使用についてその具体例を挙げて指摘しているものの、その正確な発生時期については言及していない。

そこで本章では、近世に一貫して板行され続けた、会話体を大きな特色の一つとする文芸「噺本」を対象として、この庵点の出現と用法について考察してみたい。

三、庵点の出現

さて、噺本の会話文における具体的な庵点の出現時期は、特定可能なのであろうか。

この点について検討するにあたり、噺本の祖ともいえる『醒睡笑』（元和九年〈一六二三〉）以降の各期の代表作を対象とし[9]、それぞれに収載される咄のうち、庵点の使用がみえる咄の数とその割合について確認を行い、その結果を次の【表Ⅰ】に掲出した。

判断基準については次のとおりである。

①咄にみえる対話のうち、庵点の使用が一箇所でも認められれば一話と数える。
②地の文に庵点が付される場合もあるため、地の文のみで構成される咄も対象とする。
③用途を問わず、庵点、またはそれに類する形態の表記を対象とする。

【表Ⅰ】上方軽口本・江戸小咄本にみる庵点の出現とその変遷

上方 刊年	上方 書名	上方 話数	上方 庵点	江戸 刊年	江戸 書名	江戸 話数	江戸 庵点
元和　九	醒睡笑	1039	0%	元和　九			
万治　二	私可多咄	197	0%	万治　二			
寛文十二	一休関東咄	38	0%	寛文十二			
延宝　七	当世軽口咄揃	67	0%	延宝　七			
〃　八	囃物語	30	0%	〃　八			
貞享　三				貞享　三	鹿の巻筆	39	0%
〃　四				〃　四	正直咄大鑑	52	0%
元禄　三				元禄　三	枝珊瑚枝	50	0%
〃　四	軽口露がはなし	90	0%	〃　四			
〃十一	初音草噺大鑑	205	0.4%（1）	〃十一			
〃十四	露五郎兵衛新はなし	15	0%	〃十四			
〃十六	軽口御前男	90	0%	〃十六			
宝永　四	露休置土産	77	0%	宝永　四			
正徳　四	軽口星鉄砲	75	0%	正徳　四			
宝永頃	軽口大矢数	32	0%	宝永頃			
享保　四	軽口出宝台	42	0%	享保　四			
〃十三	軽口機嫌嚢	60	0%	〃十三			
元文　四	軽口初売買	48	0%	元文　四			
〃　五	軽口福おかし	63	1%（1）	〃　五			
寛保　二	軽口耳過宝	60	0%	寛保　二			
延享　三	軽口へそ順礼	33	0%	延享　三			
寛延　四	軽口笑布袋	44	0%	寛延　四			
宝暦　二	軽口腹太鼓	60	0%	宝暦　二			
〃　四	軽口豊年遊	47	0%	〃　四			
〃　五	口合恵宝袋	50	0%	〃　五			
〃十二	軽口東方朔	55	0%	〃十二			
〃十二	軽口扇の的	29	0%	〃十二			
明和　五	軽口はるの山	46	0%	明和　五			
〃　七	軽口片頬笑	62	0%	〃　七			

明和九				明和九	鹿の子餅	63	74%
〃九				〃九	楽牽頭	77	76%
安永二	軽口大黒柱	31	0%	安永二	聞上手	64	59%
〃二				〃二	飛談語	56	85%
〃二				〃二	口拍子	86	90%
安永三	軽口五色帋	41	0%	安永三	茶のこもち	76	56%
〃四				〃四	聞童子	58	75%
〃五	軽口駒佐羅衛	33	0%	〃五	売言葉	56	78%
〃五	年忘噺角力	48	2%（1）	〃五	一の富	59	93%
〃六	時勢話大全	50	0%	〃六	譚嚢	53	72%
〃六	時勢話綱目	52	0%	〃六	喜美賀楽寿	32	96%
〃七				〃七	福の神	68	76%
〃八				〃八	鯛の味噌津	45	71%
天明二	春帖咄	50	0%	天明二			
〃三	歳旦咄	64	0%	〃三	笑顔はじめ	29	96%
〃八				〃八	はつわらい	37	67%
寛政四	軽口四方の春	68	0%	寛政四	富貴樽	30	83%
〃六	滑稽即興噺	34	0%	〃六			
〃七	軽口筆彦咄	61	95%	〃七			
〃八	雅興春の行衛	30	86%	〃八	喜美談語	50	100%
〃九	臍が茶	75	0%	〃九	詞葉の花	51	100%
〃九	庚申講	71	30%	〃九	巳入吉原井の種	16	100%
〃十	新玉箒	39	0%	〃十	無事志有意	64	0%
〃十一	新製欣々雅話	61	52%	〃十一	腮の掛金	21	95%
〃十二	曲雑話	23	39%	〃十二			
享和一	新話笑の友	43	20%	享和一			
〃二				〃二	落咄臍くり金	21	90%
〃四				〃四	笑府商内上手	14	100%
文化三				文化三	正月もの	16	100%
〃九	臍の宿かえ	35	0%	〃九	はなし句応	18	100%

※二%以下のものについては、（　）内に実際の話数を記した。

【表Ⅰ】からまずわかるのは、江戸小咄本『鹿の子餅』の刊行を境に、庵点の使用に大きな変化がみられるということである。そのため、ここでは、『鹿の子餅』が板行された明和九年（一七七二）を基準とし、その前後の変化についてみてゆく。

まず、上方において明和九年以前に出板された軽口本では、『初音草噺大鑑』（元禄十一年〈一六九八〉）、『軽口福おかし』（元文五年〈一七四〇〉）の二作を除き、庵点の使用はほとんどみられない。また、二作ともに庵点の使用を確認できる噺は、一話ずつのみとなっている。まず、『初音草噺大鑑』の用例を確認してみたい。

『初音草噺大鑑』（元禄十一年刊、寓言子序、大本七巻、五条橋通萬壽寺町外屋　川勝五郎右衛門板）

三物の点取

友ハ類を以てあつまるならひ。文盲なる者二三人より合けるが、きのふハミちの途中なかであふたが、どこへゆかれたといふ。されば芝の増上寺前へつとめたといへバ、壱人が云ハ、今のハ大きなかたことじや。上増寺とこそいへといふ。壱人がいふハ、それハミなかたことじや。あれハ増々寺といふが本じやとて、三人ながら情こハくあらがふて、埒あかず。時に一人がいふ。惣じて此やうなことハ誹諧師が知てゐるものじやほどに、三色ながら書付てやれとて、隣町の点者某のもとへやりけれバ、さすがの点者にて、先、増上寺に　めづらしからず、ふるし。〽上増寺　等類おほし。朱〽〽　増々寺　ちか比あたらしく候　珍重。そのまゝ添削しければ、手柄をしたといふて巻をとつた

本話は、無学な者達が江戸の芝にある「増上寺」の呼称を巡って言い争いとなり、隣町の俳諧点者に正しい判断を仰ごうと「増上寺」「上増寺」「増々寺」という三つの候補を書いて送ったところ点者は、目新しいという理由か

ら正式な寺号である「増上寺」ではなく、「増々寺」を秀句として送り返してきた、というものである。

ここでの庵点は、秀作に点をつける、すなわち、俳諧における「合点」としての用法であり、庵点よりも前の段階である「点」の形態で表記されていることがわかる。

次に『軽口福おかし』の例をみてみたい。

『軽口福おかし』（元文五年刊、風之作・序、半紙本五巻、京寺町通五条上ル所　額田正三郎板）

　地主の三月

清水寺へ大ぜいまいり、地主の桜見んといふ。住寺ちらと見て、小僧に、留守といへと云。ちかつきの客なれバ腹を立て、其侭紙に、

〽咲た桜になぜ留主つかふ

と書て枝に付けり。住寺ハ見て、添書に、

〽客がいさめばものが入る

本話は、清水寺の地主権現へ桜を見にやって来た客に対し、住持が居留守を使ったため、客が端唄を利用して理由を問うと、住持もまたそれに合わせた形で「物入りだから」と返答するというものであり、元禄期以来、広く歌われていた端唄「咲いた桜になぜ駒つなぐ　駒が勇めば花が散る」をもじった点に可笑しみを生み出している。ここでの庵点は、例をみても明らかなように、文中における歌の引用を示すためのものである。

このように、上方で『鹿の子餅』以前に出板された作品には、合点や歌の引用符といった意味合いでの庵点の使用は確認できるものの、いずれも会話文に付されるものではないことがわかる。

では、明和九年以前の江戸における噺本はどうであろうか。軽口本全盛の只中にあって、江戸で出板された作品もいくつか見受けられる。早い時期に江戸で板行されたものとしては、貞享・元禄期、仕方咄を得意として活躍した鹿野武左衛門（しかのぶざえもん）の『鹿野武左衛門口伝はなし』（天和三年〈一六八三〉）、『鹿の巻筆』（貞享三年〈一六八六〉）や、その門人でもあった石川流舟（いしかわとものぶ）の手による『正直咄大鑑』（元禄七年〈一六九四〉）などがある。ただし、これらの作品に収められた咄は、まだ江戸小咄と呼べる形にはなっておらず、江戸で出板されたとはいえ、書型、文体いずれも軽口本、そして軽口咄と呼んで差し支えないほど、上方軽口本の特徴を色濃く備えたものとなっている。これらの噺本では、庵点の使用そのものを確認することができなかった。

次に、明和九年以降、江戸で板行された噺本についてみてゆきたい。先にも述べたように、ここでは明和九年の『鹿の子餅』刊行に明らかな画期が見てとれる。【表Ⅰ】をみてもわかるように、この『鹿の子餅』では、全六三話中、四〇話（六三％）において庵点が使用されている。

明和九年以前、上方・江戸のいずれにおいてもみられなかった会話文における庵点の使用を、この『鹿の子餅』において初めて確認することができるのである。また、『鹿の子餅』の刊行後、矢継ぎ早に板行された『楽牽頭』（同年九月）、『聞上手』（安永二年〈一七七三〉正月）といった噺本においても、同様に会話文における庵点の使用を認めることができるだけでなく、いずれも高い割合で付されていることに気づく。このことは注目すべき事実であろう。

そして、これは明和・安永期の作品に限られた一過性の現象に終わることはなかった。安永期における爆発的な噺本の隆盛が一段落した後も、この庵点の使用は、江戸末期に至るまで途絶えることなく連綿と受け継がれてゆくことになるのである。

大田南畝がのちに自身の随筆『奴師労之（やっこだこ）』（文政四年〈一八二一〉）において「小本に書しは、卯雲の鹿の子餅をはじめとして百亀が聞上手といふ本、大に行れり。其後小本おびたゞしく出しなり」(10)と記しているように、『鹿の子餅』

は、以後の江戸小咄本の書型や文体に大きな影響を与えた。そして、もう一つ、後続作品の形成に多大な影響を与えていたもの、それが、会話文における区切り符号としての庵点の使用であったと考えられる。

当時の江戸小咄本の作り手達は、木室卯雲によって打ち出されたスタイルを一つの指針として、すぐさま自らの作品に摂取していったものと思われる。それは、やがて江戸小咄のジャンル形態の確立へとつながっていったのである。

『鹿の子餅』が「江戸小咄本の開基」と称される所以を、この点にも求めることができよう。

さて、ここで一つの問題が浮上してくる。明和・安永期、江戸で板行された噺本において、たしかに庵点の使用は見られるようになる。しかし、それらは必ずしも全話、そして話中すべての台詞に付されているわけではないのである。

これには各作品内における庵点の用法が大きく関係していると考えられる。そこで、庵点の使用状況についてより詳細に検討を加えたところ、これらはおおむね次のいずれかに分類されることが明らかとなった。

①（咄が）地の文のみで構成されており、庵点がない
②会話文はあるが、庵点は付されていない
③会話文の一部にのみ庵点が付く
④地の文の一部にのみ庵点が付く
⑤会話文・地の文を問わず、オチを含む文の一部にのみ庵点が付く
⑥すべての会話文に庵点が付く

これらの項目をみると、④⑤のように、地の文であるにも関わらず庵点が付されるものや、③のように会話文の途中に庵点が付されるものが見られるなど、必ずしも会話文にのみ付されていたわけではないことがわかる。

さらにこうした傾向が見られた箇所を具体的に検証すると、心内語、オチの動作、場面の転換部分、地の文における話し手の交替箇所などにしばしば付されていることが確認できる。ここに作り手の、読み手に対する視覚的効果を狙っての配慮を看取することができよう。こうした、自由でありながら一定の法則性をもつ庵点の用法は、全話、全台詞に庵点を付す作品が登場する文化期まで、数多くの作品において踏襲されてゆく。

そこで庵点が確実に定着しはじめる文化期以前の作品を中心に通観してみると、とりわけ多く見受けられるのが、③のうち、咄の冒頭に位置する台詞、もしくは話中の最初の発話に該当する会話文にのみ庵点が付かない、というものであった。これは、作り手の意識の根底に、話者の特定が比較的容易な冒頭付近ではなく、発話者が誰であるか、また話者の交替がどこで行われたかがわかりづらくなる文中において庵点を効果的に用いることで、会話文を地の文と明確に区切ろうとする意図が働いていたためと考えられる。また、同様に多く認められたのが、④のようにオチの一文のみに庵点が付されるものである。これもまた、視覚的にオチを強調することで、笑いを際立たせる役割を果たしているといえよう。

このように庵点は当初、厳密な使用がなされていたわけではなかった。これは、話者表記との関係からも確認することができる。岡雅彦氏が「会話体描写の行きつくところは、話者を会話で表現することにある(11)」と述べているように、江戸小咄本では、江戸の口語が生き生きと描写されており、台詞によって話者の特定が可能であることが多いため、話者の明記はそれほど強く意識されていない。

しかし、咄の長文化にともない咄の流れや内容、また作り手によって話者を明記するものも多く見受けられるようになる。そこで、これらの表記に注目して調べると、次のような形式が多く見受けられた。

ⅰ庵点の内側に話者とその動作を表す
ⅱ庵点の外側に話者とその動作を表す
ⅲオチを含む会話文のみ庵点の内側に話者を明記

このように、庵点の内外を問わず、自由に話者表記がなされていたことが確認できる。これら庵点の用法や話者の表記法は、作者や編者、さらにその所属グループによっても異なっている。この作者別の具体的な用例および傾向については、第二章においてあらためて検討する。

以上の点から、『鹿の子餅』刊行直後の江戸小咄本では、「庵点は会話文に必ず付すもの」という統一した意識はまだ定着していなかったものと考えられる。

その後、寛政期に入ると完全ではないものの、庵点が全話に確認できる作品が現れるようになる。また、文化・文政期には、現在の開き括弧と同様の用法で、咄中の対話すべてに正確に庵点が付された作品が現れるなど、会話文の引用標識としての庵点の使用が確実に浸透・定着していったことがわかる。その一方で、『鹿の子餅』刊行の明和九年以降も上方軽口本では、こうした庵点がすぐに取り入れられることはなかった。この上方軽口本の会話文における庵点の出現については、次節であらためて検討してみたい。

四、明和・安永期以後の軽口本

ここまで、安永期の江戸小咄本の会話文における庵点の使用について考えてきたが、先述したように、『鹿の子餅』

以前の上方軽口本にはこうした庵点が一切みられない。では明和九年（一七七二）以降の軽口本において、それらはどのような形で表れるのであろうか。まず、『鹿の子餅』刊行に始まる江戸小咄本の盛行が、上方軽口本にもたらした影響について考えてゆくこととする。

書型に関しては、依然として半紙本での板行が続いており、江戸小咄本のような小本の導入はみられない。一方で、文体については明和九年以前から「〜といふた」式の文末表現は減少の傾向にあり、会話止めの形式も増えるなど、少しずつではあるが軽口咄そのものにも変化の兆しが表れつつあったことがわかる。ここで注目したいのが内容面である。安永期以降、上方軽口本においても明らかに江戸小咄の焼き直しと考えられる咄を確認することができるようになる。次にその例を掲げる。

c　火の用心

寒風つよき夜、番太が裏店を、火のやうしんさつしやりませふ〳〵と、かなほうの音。ある内から、是番太との。ちよつと寄つて、一はいすゝつてこさらぬか。〽夫レハ有かたしと、内へ入見れは、ねきそうすゐ。日比ハすきなり、御意ハよし、さむさハ寒シ。二はいまてかへて喰、〽アイ、お忝のふこさります。火の用心ハ、お勝手したいになさりませ

d　了簡ちがひ

冬の寒き夜、若衆より合、酒をのんでゐける折ふし、番人竹引て、火の用心〳〵と呼ハりまハしければ、ナント、あいつも寒かろうに、一ツぱいのましてやろまいかと、古い五郎八ちやわんに、一ぱいついでやりけれバ、ばん人大きによろこび、コレハ有難うぞんしますと、舌うちして去しなに、イヤモシ、内かたの火のやうじん

ハ、御勝手になされませ

cの「火の用心」は、安永二年（一七七三）刊『再成餅』（即岳庵青雲斎序、餅十・沙明画、莞爾堂等板、小本一冊）に収められている江戸小咄であり、dは安永三年刊の『軽口五色帋』（百尺亭竿頭序、京菊屋安兵衛等板、半紙本三巻三冊）に収められている上方軽口咄である。(12)

ここでは、咄の長さもほとんど変わらず、小道具が「かなほう」から「竹」に、「ねぎぞうすい」が「酒」に変わっただけで、オチの一言も、ほとんど変化していないことがわかる。

右の例以外にも『楽牽頭』や『聞上手 二篇』など、安永二年に板行された江戸小咄の類話が散見されることから、すでに安永三年前後の上方軽口本において、江戸小咄がさほど間を置くことなく取り込まれはじめていたことがわかる。つまり、数年前に江戸小咄でみられた軽口咄の焼き直しが、ここでは逆の形となって表れているのである。この点に、上方の軽口本の作り手たちも、江戸小咄本の隆盛に決して無関心ではなかったことがうかがえる。

しかしながら、右の例をはじめ、明らかに安永期の江戸小咄を改作したと思われる軽口咄において「〽」は跡形もなくその姿を消す。つまり、依然として、その会話文に庵点の使用は一切見られないのである。では、軽口本において庵点の使用が確認できるのは、いつ頃からであろうか。明和九年以降の上方軽口本における庵点の使用状況について具体的にまとめたものが、次の【表Ⅱ】である。

【表Ⅱ】上方軽口本における庵点の使用状況（明和九年以降）

刊年	書名	庵点	作者・序者	板元	特徴
安永 二	軽口大黒柱	0%	舞蝶亭一睡	京 小幡宗左衛門	
安永 三	軽口五色帋	0%	百尺亭竿頭	京 菊屋安兵衛等	
〃 五	軽口駒佐羅衛	0%	志滴斎	京 野田藤八	
〃	年忘噺角力	2%	岡本対山等	大坂 渋川久蔵	上方咄会本第一作
〃	立春噺大集	0%	常笋亭君竹等	大坂 渋川久蔵	上方咄会本第二作
〃	夕涼新話集	0%	参詩軒素従	大坂 渋川久蔵	上方咄会本第三作
〃 六	順会咄献立	0%	増舎大梁	大坂 渋川久蔵	上方咄会本第四作
〃	知恵競咄揃	0%	筆花亭対寿	大坂 渋川久蔵	上方咄会本第五作
〃	新撰噺番組	0%	菊花亭流水	大坂 渋川久蔵	上方咄会本第六作
〃	時勢話大全	0%	橘香亭瓶吾	大坂 渋川久蔵	上方咄会本第七作
〃	時勢話綱目	0%	必々舎馬宥	大坂 渋川久蔵	上方咄会本第八作
天明 二	春帖咄	0%	無尺舎	自板	文頭に話者独立
〃 三	歳旦咄	0%	無尺舎	自板	文頭に話者独立
寛政 四	軽口四方の春	0%		京 梅村伊兵衛等	
寛政 七	軽口筆彦咄	95%	悦笑軒筆彦	京 めとぎ屋偽兵衛	庵点外に話者独立
〃	鳩灌雑話	0%	虫所の聾人	京 菱屋孫兵衛等	

〃八	雅興春の行衛	86%	一雄	大坂　河内屋吉兵衛等	庵点外に話者独立
〃九	庚申講	30%	慶山等	浪華　浅田清兵衛	庵点外に話者独立
〃	臍が茶	0%	西本舎可候	大坂　和泉屋卯兵衛	
〃十一	新製欣々雅話	37%	魯道	京　鈴屋安兵衛等	庵点内に話者独立
〃十二	曲雑話	39%	麒麟館慶山	浪速　池内八兵衛等	庵点のほか○の使用有
享和　元	新話笑の友	20%		京　鉛屋安兵衛等	庵点前後に話者無
〃二	新撰勧進話	7%	百川堂灌河	京　吉田屋新兵衛等	話者□囲み22%有
〃三	新撰麻疹話	8%	玉路堂左牛	京　吉田屋新兵衛等	話者□囲み26%有
文化　五	玉尽一九噺	100%	十南斎一九	大坂　西川源助	三話以外話者庵点内
〃	会席噺袋	10%	浪花一九	大坂　河内屋嘉助等	庵点内話者独立
〃十一	花競二巻噺	82%	一九老人等	大坂　加賀屋弥助等	庵点内話者独立
文政　六	小倉百首類題話	100%	暁鐘成	浪華　河内屋平七	全庵点に独立話者有
天保十四	往古噺の魁	100%	蓬莱文暁	大坂　河内屋平七	全庵点に独立話者有

それまでゆるやかに衰退の一途を辿っていた軽口本だが、安永三年頃には、次第に新しい形態へと移行しつつあった。それが「上方咄の会本」である。これらを世に送り出した安永期の上方咄の会は、一般から募集した小咄のなかから佳話を選び出し、巻物に書き写すとともに、出来栄えの良い咄に関しては巻頭・巻軸に据え、同好の士の前で読み上げ賞品を与える、という形態をもつものであった。これは雑俳の形式をそのまま取り入れたものと考えら

れ、安永期の江戸小咄本が白鯉館卯雲（木室卯雲の狂名）や小松屋百亀といった狂歌師に先導されたのに対し、上方軽口本では雑俳師とその同好の士がおもな牽引役であったことを指し示してもいる。

　このように、江戸に先駆けて上方で流行した、素人の同好の人々による咄の会であるが、これらの会によって編集された噺本においても、庵点の使用は依然としてみられない。明和・安永期以降、噺本の板行はもっぱら江戸がその中心となっており、上方における軽口本の出板は年に数作を数えるほどであった。そうしたなかで、明和期以前の作風を受け継ぐ純然とした軽口本はほとんどみられなくなり、代わって前述したような、咄の会による「咄の会本」が台頭するようになるのである。

　明和九年以降の上方軽口本における庵点の使用は、まず安永五年の『年忘噺角力』「家来の年忘」に一箇所みられる。しかし、これもまたそれ以前の作品同様、歌の引用を示すものであった。

　安永期以後も、こうした状況が続いていた軽口本に大きな変化が訪れる。寛政七年（一七九五）に大坂で出板された『軽口筆彦咄』の会話文における庵点の使用である。

【表Ⅱ】からもわかるように、この作品の刊行以後、数点の軽口本で、会話の始まりを示す庵点の使用を確認できるようになる。以下、これらの作品について具体的にみてゆきたい。

　まず、『軽口筆彦咄』だが、本書の撰者である筆彦は『狂歌人名辞書』[13]に「悦笑軒筆彦、通称筆屋彦兵衛、大坂鍛冶屋町一丁目に住す　蕪坊社中」とある人物で、『虚実柳巷方言』[14]（寛政六年）に「咄しは会噺といふものもつぱら流行し、続て近世咄し家又出来たり、こゝかしこに咄し会を催し、至て能弁なるもの也。当時高名の咄し家は大万、筆彦、一雄、魚楽、しば」と記される寛政期の上方咄の会の有力メンバーであり、自らも口演を行う人物であったことがわかる。

　寛政八年の『雅興春の行衛』は、その目録に、先の『柳巷方言』にみえる筆彦、一雄、大万、漁楽のほか、南々、丸幸、酒林、馬雄、永楽、古新、夢中館、魯道、南枝、鈴吉、はし吉、灘平、慶山、義中、歌林、ワタ、花王、芝叟、波中、虫丸といった、少なくとも二四人の作り手の名が明記されており、本作もまた、咄の会において披露された笑話を中心に編集されたものであることがわかる。

また、寛政九年の『新嘶庚申講』においても、奥付にやはり、盤玉、一九、波中、一雄、酒林、清香、慶山ら七人の名が記されており、寛政期の上方咄の会の有力メンバーによる合作集であったことが確認できる。また、寛政十一年の『新製欣々雅話』では、序者に魯山、寛政十二年の『慶山新製曲雑話』では、その序文に「庚申講のあと追ふて」の文言があり、序者に慶山とあることから、先の三作同様、いずれも寛政期上方咄の会の関係者が携わっている作品であることが知れる。このように、庵点の使用がみられる『雅興春の行衛』『庚申講』『新製欣々雅話』『曲雑話』の四作は、いずれも、この寛政期上方咄の会に持ち寄った咄から佳話を選んで上梓したものであり、その有力メンバーが何らかの形で関わっている噺本であることが確認できよう。

一方、これらの寛政期咄の会本と時期を同じくして刊行された軽口本の一つに、『臍が茶』（寛政九年）があるが、本作に庵点の使用は一切認められない。作者である西口舎可候については未詳であるが、天明二年（一七八二）に刊行された『春帖咄』の巻頭話にその名がみえることから、この可候は、筆彦らに先駆けて登場した安永期上方咄の会の一員であり、筆彦らとは異なるグループに所属していたため、庵点の用法に関して認識の共有はなかったものと推察できる。

以上の点から、寛政期の上方軽口本における庵点の使用は、寛政七年の『軽口筆彦咄』での用例が初見であり、またそれ以降についても、寛政年間を通じて、庵点の使用がみられる作品は、『軽口筆彦咄』の作者である筆彦と同じく、寛政期上方咄の会に属していた人々の手によるものであることが明らかとなった。このように、寛政期上方咄の会のメンバーは、安永期、江戸で大流行した小咄本の会話文において庵点が果たした役割を敏感に感じ、そ

れまでの慣習をあえて破り、上方軽口本界に新風を吹き込んだのである。(15)

文化期以後、上方軽口本はいよいよ減少し、その数も数えるほどとなってしまうが、画才があり、文人や墨客との交友も多かった暁鐘成の個人笑話集ともいえる『小倉百首類題話』（文政六年）、『往古噺の魁　三編』（天保十四年〈一八四三〉）など、彼が編集に携わった作品において、ようやく会話文における庵点を一〇〇％、つまりすべての咄において確認することができるようになる。

以上のように、寛政期以後の軽口本における庵点の有無の相違は、その属する咄の会または、グループの中心となる編者の庵点に対する認識の相違が大きく影響していたといえよう。

五、洒落本にみる会話体表記

江戸小咄本の会話文における「くぎり」を示す符号として使用されるようになった庵点だが、こうした庵点の用法は、噺本以外の文芸においても確認することは可能なのであろうか。ここでは、噺本と同様に会話体を生命とし、『遊子方言』（明和七年〈一七七〇〉）の刊行を機に一世を風靡した洒落本に注目してみてゆきたい。洒落本は小本および中本の書型をもち、遊里を舞台として、そこでの遊興の様子を会話体によって描写したものであり、その書型や文体は江戸小咄本にも大きな影響を与えている。これら洒落本は、漢文体などの特殊なものを除き、その文体によって論議体と会話体の二種に大きく分けられるが、本章では、とりわけ噺本との共通性を有する会話体洒落本に注目してみてゆくこととする。

まず、宝暦四年（一七五四）の『吉原出世鑑』、宝暦六年の『穿当珍話』では、いずれも話し手を□で囲むという手法によって表記がなされている。続く、宝暦七年の『聖遊郭』では、話し手が△、▲によって区別される。

洒落本の話者表記に関して、享和二年（一八〇二）刊の洒落本評判記『戯作評判花折紙』の「聖遊郭」の項には、

　当世のしやれほんに箱をかきまするも、この本の▲の印がこさるからのおもひ付でこされば、しやれほんの先達而こさります

とあり、箱、すなわち□が、『聖遊郭』において使用された▲から想起されたものとする。しかし、右でもふれたように、『聖遊郭』刊行以前の洒落本において□の使用はすでにみられ、また郡司正勝氏らの先行研究でも指摘されているように、[16] この▲・□の表記はいずれも、元禄期の役者評判記において、合評の際の話者を示すものとして定着しはじめていたことから、洒落本の作り手たちは、歌舞伎台帳のト書き形式に加えて、彼らにとってきわめて身近に存在していた評判記を範とし、その用法を取り入れていたと考えられる。

この話者を□で囲むという表記手法は次第に定着し、安永・天明期の作品に至っては洒落本の定型といっても差し支えないほどに広く浸透している。これは、形式は異なるものの、会話文を地の文と区別し、「話し手の交代箇所を余分な叙述を省いて明示する」という点で、噺本における庵点と同様に、くぎり符号としての役割を果たすものであったと考えられる。

では、この洒落本において、同じ会話体文芸である噺本と同様に庵点が用いられることはなかったのであろうか。この点について検証すると、初期の洒落本においてすでにその用例が確認できる。しかしながら、それはあくまでも、めりやす、謡、新内、三味線、浄瑠璃などの一節の引用を示す、音声表象としての使用であった。[17] なお、洒落本の会話文におけるくぎり符号として庵点が意識的に使用されるのは、松寿軒東朝の手による、『当世穴知鳥』（安永六年〈一七七七〉刊）[18] が最初である。本作における庵点は、すでに洒落本の特色として定着していた箱型、すなわ

ち□との併用の形式で使用されている。次に例を示す。

　清〽コレかゝさん。此男はおれが兄弟ぶんだからたのむによ　後家〽アイおはつにお目に懸りやした。是からおたのみ申んす　喜〽アイおせわになりやしよう

ただし、これは特殊な例であり、この形態が後続の洒落本に踏襲されることはなかった。庵点単独での使用も、天明期以降、部分的に地の文を区切る、もしくは場面転換の際に時折みられるのみである。洒落本において、庵点が意識的にすべての会話文に使用されはじめるのは、文化九年（一八一二）刊の『昼夜夢中鏡（ちゅうやむちゅうかがみ）』に至ってからであった。では、同じ会話体を主とする文芸でありながら、なぜ一方の洒落本は「箱」で、一方の江戸小咄本は「庵点」で発展したのであろうか。

これは、おそらくこの二者のもつ特質の相違にあると考えられる。洒落本は多様な人物が登場するため、その登場人物の描き分けが肝要であり、必然的に話者を明確に表記することが必要であった。それに対し、噺本は話者が誰であるかが明確であることよりも、短い文章の中でより落差のあるオチが備わっていることの方が重要であった。話者や動作主は特定の人物である必要はなく、むしろ、読者が想起しやすい類型的人物であり、余計な解説、描写を必要としない人物を笑いの対象とすることが多い。そのため、洒落本は話者を地の文から際立たせることのできる箱で、噺本はその噺の流れを遮らず、また、オチへ向かう速度を低下させることなく、会話文と地の文との区切りを示すことが可能な庵点で定着していったものと考えられる。このように、洒落本において□が定着した結果、かえってその舞台である遊里において欠かすことのできない音曲の描写に、心おきなく庵点を使用することが可能となったのであろう。

寛政期以降、長文化の傾向にあった噺本においても、しばしば□で囲む洒落本形式の話者表記がみられるようになり、また、少し遅れて、文化・文政期には洒落本においても庵点のみを使用した作品が見られるようになっている。

本来、その書型、文体、会話文の区切りの明示など、その形式面で近似した特色をもつ会話体洒落本と江戸小咄本だが、時代が下るとともに、次第にその両方を手がける文人らによって、その形式はしばしば交錯していくようになる。しかしながらその煩雑さゆえか、木版から活版印刷への転換を機に、明治期以降、□に話者を書き入れる手法は見られなくなり、庵点のみが、開き括弧という形でその命脈を保ち、活版印刷における新たなスタンダードとしての地位を確立してゆくこととなる。

こうして、徐々にではあるが定着しつつあった庵点の使用は、寛政期の浸透期間を経て、文化・文政期には、滑稽本、人情本といった、噺本、洒落本と系譜を同じくする、会話体を中心としたジャンルの作品に先導される形で確実に定着し、使用されるようになるのである。[19] ここに現在へ連綿と続く、会話文における鉤括弧の使用の源流をたどることができよう。

おわりに

これまで、上方軽口咄が江戸小咄へと変化した際の大きな相違点として、書型、簡潔な文体、そして会話止めの文末表現が指摘されてきた。必要最低限の簡潔な文体こそが江戸小咄の最大の特色であり、この江戸小咄をより簡潔でテンポの良いものとするために、必然的に求められたのが会話文に付されるくぎり符号、すなわち庵点であったと考えられる。これは、それまでの形式を脱却し、咄の中の「現在」を読者の眼前に再構築するという、江戸小咄独自の特色を最大限に生かす変換装置としての役割を果たしていたといえよう。

庵点は当初、咄中のすべての会話文に付されていたわけではなく、木室卯雲によって『鹿の子餅』の中で打ち出されたスタイルが、後続作品によって踏襲され、次第にその用法のルールが確立し、会話のくぎり符号として徐々に定着していったのであった。その一方で、上方軽口本における庵点の導入は遅く、寛政期の上方咄の会本においてようやく見られるようになるものの、その定着にはかなり時間を要したことが明らかとなった。ここに、新奇さや合理性を好む江戸の人々と、伝統や型を重んじる上方の人々との気風の相違をみてとることができよう。

過渡期を経て、徐々に、しかし着実に浸透しつつあった庵点の使用は、文化・文政期以降、滑稽本や人情本といった噺本や洒落本と系譜を同じくする会話体文芸に継承され、会話のはじまりを示す符号として定着していったのである。

本章では、安永期の江戸小咄本を中心とした、会話体を主とする文芸作品における表記の用法の変遷を検討することで、その作り手の意識の一端を解明するとともに、その会話文における庵点、すなわち、現在の開き括弧へとつながる、会話体表記の定着への経緯についても明らかにすることができたと考える。[20]

注

(1) 武藤禎夫氏編『江戸小咄辞典』「噺本概説」(東京堂出版、一九六五年)

(2) この符号に関しては、岡雅彦氏の「江戸小咄本と洒落本」(『国語と国文学』第六十六巻十一号、一九八九年十一月)において、安永期の江戸小咄本の特徴とする指摘がある。

(3) 文法辞典類ではこの「庵点」の語の明確な記載はみられないものの、『俚言集覧』には、「いほり点 〽 ㇖ ノ点をイホリ点と云」との記述がみられる。

(4) 最も古い用例としては正倉院文書や、奈良時代の木簡に照合済を示すために付された長点がみられる。金沢市畝田・寺中遺跡出土木簡（天平勝宝四年）においてもやはり確認の意での長点がみられる。

(5)『日本国語大辞典』では、長点について、和歌・連歌・俳諧などで、特に優れた作品につける評点であり、長めに引いた点や二重鉤点などを指すものとし、庵点については、個条書の文書、連書の和歌、連歌、謡物、連署の名などにおける「〽」「┐」のような記号を指し、散文中に歌謡を引用する際にも使い、長唄などの歌謡の本では段落のはじめを表すものと定義している。

(6) これらの文芸における庵点は台詞だけでなく、作品中の全文に付されるものもあり、その境界が曖昧で、純然たる会話文における表記とは言い難いため、本章では取り上げない。

(7) 杉本つとむ氏「句読点・符号の史的考察」（『語彙と句読法』桜楓社、一九七九年）

(8) 大熊智子氏「引用符を用いた会話文表記の成立」（『東京女子大学日本文学』第八十四号、一九九五年九月）

(9)『噺本大系』（武藤禎夫氏・岡雅彦氏編、東京堂出版、一九八七年）に所収されている作品を中心に対象とした。

(10)『大田南畝全集』第十巻（岩波書店、一九八六年）

(11) 前掲注（2）参照。

(12) 本書には、この外、『楽牽頭』（明和九年）『聞上手』『聞上手二編』『坐笑産』（安永二年）などの江戸小咄本からの焼き直しがみられ、安永期以降の上方における江戸小咄本の享受状況を考える上で大変興味深い。

(13) 狩野快庵氏編『狂歌人名辞書』（臨川書店、一九七七年）

(14)『虚実柳巷方言』「近世文芸叢書」（国書刊行会編、一九一〇〜一九一一年）

(15) 寛政期以降、時代が下るにつれ、江戸小咄と上方軽口噺の境界は曖昧になり、その区別がつけづらくなったようにもみえる。しかし、その一方で、依然としてその書型は一貫して半紙本のままであり、五巻五冊の形式を採り続けていることも注目すべき事実であろう。この書型は、最終的に文化・文政期にいたるまで堅持し続けられる。

(16)郡司正勝氏「洒落本と芝居の台本」(『洒落本大成』第五巻 月報五、一九七九年)

(17)この庵点によって引用、表記されるものには、謡、新内、めりやす、和歌、声色、はやり唄、音頭唄、イタコ節、浄瑠璃、鼻歌、河東節などの一節に加え、三味線、鐘の音、犬の鳴き声にいたるまでさまざまある。これは、「庵点は音声への切り替えを示す」という当時の一般的な通念を裏付けるものといえよう。この用法は長く変わることはなく、文化・文政期に至っても会話文における用法と並行して使用されてゆく。

(18)洒落本『通志選』(安永期)も同様の形態をもつが、これは『穴知鳥』の改鼠本であるためここでは取り上げない。

(19)噺本史上において、現代の閉じ括弧に該当するものが単独で現れるのは、天保十五年の『古今秀句落し噺』であり、俳諧の引用箇所に確認できる。句の引用が文中にある場合は、その句を挟む形で「」が付されるが、句の引用が咄の冒頭に位置する場合は、閉じ括弧のみ、単独で使用されているのである。(第二部第二章参照)これはやはり、庵点発生当初と同様にまず、句や歌を地の文と区切る意識が高じたことに起因すると考えられる。この閉じ括弧もすぐに定着するには至らないものの文中における引用表記としての使用を経て、明治期の活版印刷への転換後、会話の終止点を示す符号として、次第に定着していったといえよう。近代文学、とりわけ明治期における閉じ括弧の出現については、前掲注(7)の杉本氏の論文に詳しい。

(20)噺本における庵点の使用の有無や状況の検討は、刊年未詳作品の年代特定の一助ともなり、判断基準にもなりうると考える。

〔付記〕近年、矢田勉氏が『国語文字・表記史の研究』(汲古書院、二〇一二年)において表記史の観点から鉤括弧の成立について論じているが、活版印刷の導入による符合の変化に重点を置いており、会話文における庵点の発生については、本論でもふれた大熊氏の説を紹介するにとどまっている。

第二章　噺本に表出する作り手の編集意識―戯作者と噺本―

はじめに

前章では、噺本における会話体表記の変遷とその定着に至る経緯について検証を行った。その結果、噺本には体裁や文体面だけでなく、表記の面においても時代や地域によって少しずつ相違があり、それらには作り手の意識が大きく関わっていたことが明らかとなった。

そこで本章では、こうした作り手の編集意識を探るため、寛政期以降の噺本作者、なかでもさまざまな文芸を横断的に手がけていた文人や戯作者の噺本を中心に、その会話体表記の用法という観点から検討してみたい。

明和・安永・天明と続いた江戸小咄本の隆盛が落ち着きを見せはじめたころ、その作り手の顔ぶれにも一つの変化がみえはじめる。山東京伝、感和亭鬼武（かんわていおにたけ）、十返舎一九、さらには曲亭馬琴といった、のちに洒落本、黄表紙、滑稽本、読本などの多岐にわたる文芸ジャンルの代表作家として名を馳せることとなる人々が、さまざまな形で噺本の制作に乗り出しているのである。

ただし、こうした戯作者達の手による作品には先行作の焼き直しや改竄も多く、また、内容面においてもその高い筆力ゆえに修辞や技巧が過剰となり、かえって笑話としてはやや間延びした印象をうける咄も少なくないことから、これまでそれほど高い評価はなされてこなかった。しかしながら、彼らの手による噺本には、多様な趣向を凝らした独自の形式をもつものも多く、それまでの江戸小咄本とは異なる様相を呈している点で興味深い。ここではこれらを特殊な噺本の例として具体的にみてゆくこととする。

安永期に数多く板行された〝咄の会本〟のような大衆参加型の噺本では、編者の関与の度合いがはっきりとしない場合が多いが、戯作者の手による噺本は、序跋内外、とりわけ署名の後に「作」「校」「述」といった文字を記すことで、さり気なく主張している場合も少なくないため、そうした足跡を丁寧にたどり、それが反映された表記手法を手がかりとして、彼らがどのような点に趣向を凝らし、また手腕を発揮していたのかについて考察してゆきたい。

一、朋誠堂喜三二

黄表紙作者として知られる朋誠堂喜三二（享保二十〈一七三五〉～文化十年〈一八一三〉）の手による噺本には『柳巷訛言』（天明三年〈一七八三〉、恋川春町画、東都書林 四日市 上総屋利兵衛／通油町 鶴屋喜右衛門板）がある。[1]本作は遊廓を舞台に、女郎や客によって繰り広げられるおかしな会話や言動を描写した、短い笑話ばかりを五二話収めたものである。

本作の大きな特色は、作品名をはじめ、序者の知久良（佐藤晩得）が「万国各万国の音あり。江都の中、北廓の音は、又江都の音にあらず。万国を離たる微妙の音声なり。廓中又家々の別あり。所謂丁子の有御座、松葉の有御坐、扇楼の不佞、王館の足下の類の如し。こゝをもて、さとなまりといふ」と述べているように、遊郭特有の「なまり」すなわち〝廓言葉〟を生き生きと描出することに重きをおく点にある。

武藤禎夫氏が指摘するように[2]、本作は洒落本の評判記である『戯作評判花折紙』（享和二年〈一八〇二〉）において「頭取之部」に据えられており、また『洒落本集』第一巻や『洒落本大成』第十二巻にその翻刻が収められるなど、従来、洒落本の一種と見做されることが多かった。

たしかに洒落本同様、舞台を遊郭という場に限定してはいるものの、内容に関しては各話に共通した人物設定や小説性もなく、オチの備わるさまざまな短編笑話を収載するという、多分に噺本的な体裁をもつ本作が、なぜ洒落本の一種として捉えられてきたのであろうか。

その要因の一つとして考えられるのは、やはり本作の話者表記であろう。次に例を挙げる。

○（無題）

客二三人にて、年あけの女郎といろ〳〵のむかしはなし。客扨、大名小路のりうし様ハ、すへ〳〵ハどうであつた ねんあき ぬしがたのしりなんした通りのきやく衆だから、どうも仕内かいつそ、きがもめんした。なぜあのやうに、きがつきんせんネヱ、侍をしながら

○（無題）

女郎 わつちや、いつそ侍になりたふありいす 侍ノ客 きついあわせやうさ 女郎 ヲヤばからしい。ほんに侍になりたくてなりいせん 客 なぜ 女郎 アイサ。侍ハネ、有りもせぬ軍を請合て、知行とやらを取て居なんすからさ

右の二話にはいずれも詳細な情景描写はなく、廓の女郎（または元女郎）と客の対話のみで構成される短い小咄だが、女郎の〝侍〟に対する痛烈な皮肉が効いた小気味よい笑話である。この例をみると、話者表記には明和・

安永期の江戸小咄本にみられた〽（庵点）ではなく、□（箱）を採用していることがわかる。この表記手法は全五二話中二九話に一貫して使用されており、庵点との併用や混在などは見受けられないことから、喜三二が意図的に選んで用いていたものと思われる。

　先述したように、当時、この箱型はすでに洒落本の代名詞ともいえる表記として定着しつつあった。この「箱」を、喜三二が〝洒落本風の噺本〟とするためにあえて用いたことが、読み手の目には〝噺本風の洒落本〟と映ったのではないだろうか。

　またもう一つの要因として、咄のオチを挙げることができる。本作に収められている咄は、女郎や新造の無知や勘違い、好かぬ客に対する女郎の冷ややかな言動、田舎客の滑稽行為などを描くことにより笑いを生み出しているものが多い。こうしたオチは、会話体洒落本において読者の笑いを誘う場面とも共通するのである。そういった意味では、噺本と洒落本というジャンルの近似性を考える上でも看過できない作品といえよう。

　本作に庵点は一切見受けられないが、代わって使用されている箱の位置をみると、話中のすべての会話文に用いられているものは一四話のみであり、それ以外の咄の多くが最初の発話には箱を使用しないという、前章で明らかとなった同時期の庵点と同様の用法を確認できる。ここに箱も庵点と同じく、明白な規範や用法の確立していないくぎり符号の一種として用いられていたがゆえの、用法の〝ゆれ〟がうかがえる。喜三二の黄表紙作品における庵点の使用例はきわめて少なく、時折一部の台詞に付されるのみである。狂歌の引用箇所においても○を使用するなど、厳密な使い分けは見受けられず、喜三二のなかでは庵点の用法はさほど強く認識されていなかったものと思われる。

二、山東京伝

山東京伝（宝暦十一〈一七六一〉～文化十三年〈一八一六〉）の名がみえる噺本としては、『福種笑門松』（寛政二年〈一七九〇〉、蔦屋重三郎板）『太郎花』（寛政三年、蔦屋重三郎板）『滑稽即興噺』（寛政六年、河内屋太助等板）の三作がある。前の二作はいずれも中本二巻二冊の書型をもち、『福種笑門松』が黄表紙『淀屋東都宝物名物鳴呼奇々羅金鶏』（天明九年〈一七八九〉、山東京伝作、喜多川歌麿画、蔦屋重三郎板）の、『太郎花』もまた黄表紙『吉野屋酒楽』（天明八年頃、山東京伝作、北尾政美画）の改題改竄本である。黄表紙の挿絵および画中の台詞のみを再利用し、本文を削って、挿絵とは直接関係のない小咄に差し替えたものであり、京伝本人の関与の程度が判然としないため、ここではとりあげない。おそらく板元である蔦屋の意向により板行に至ったものと考えられる。

さて、京伝が関係した噺本として大変興味深いのが、残る一作、大坂の河内屋太助等から板行された『滑稽即興噺』である。本書は、全話が京伝の自作小咄というわけではなく、京伝自身が序文において「噺のかづ〳〵、書林何某書輯し京摂の珍話とりまじへ、耳とつてかみたる鼻紙のはしに、かゐつけ送る事しかり。寛政六甲寅年冬煙草包舗におゐて、京橋の息子これを書して、六日限の便に附す」と記しているように、おそらく板元から送られてきた〝上方の咄を記した〟草稿に、自作の小咄を加え校閲した上で「六日限」すなわち、早飛脚で送り返したものと思われる。

このことは、京伝の即興と明記される咄（巻之壱「真顔」・巻之弐「紅毛の鶯」・巻之参「町髪結」）がいずれも江戸本郷、石町、江戸本町と、江戸を舞台としているのに対し、残る咄のうち、地名が具体的なものに関しては、都藪の内、大坂本町、北の新地、嶋原、といずれも京または大坂の土地を舞台としていることからもわかる。次に例を示す。

真顔　此はなしハ、ある人下駄さいて傘はかにやならぬとぜつくせし、京伝即興に製す。すべて此例也。本郷辺のさるおれき〳〵、春の日のつれ〳〵、物見に出、往来を見給へバ、実尽しなき人通り、百万石もけんべきもと、城木屋の浄るりにいふた通りのはんくハの地、是ハ一ツ興と、殿ハかたづをのんで見給ふ内、東南より雲をこり、どふやら一トしきりふり出しそうな雨もよふ。袴羽織で男つれた町人がそらながめ〳〵、コリヤ三助。どふでも此雨ハ来そうな。傘はいて下駄さゝにやいかれぬ。一トはしりいんで取てこいと言付るを聞給ふて、殿ハ大に腹筋をより給ひ、あまりのおかしさに、其まゝ御殿へかへり給へども、なを御笑ひやまず。近習がそばから、御前にハ何をお笑ひあそばす。殿　イヤ、けふハあまり退屈したから、物見て世中の往来を見よふとながめていたれハ、はかまはをりで供つれた男が、供にいひつけるハ、どふやら雨がふりそふなから、下駄はいて傘さゝにやいかれぬ。はやくいんで取てこいといひ付た。何と、おかしいでないか。近習　へイ。殿　下駄はいて傘さゝにやならないとハ、おかしいてないか。近習　ヘイ。殿　どふしや。げせぬか。近習　イヤ、随分げしてをりまする。殿　げせたらおかしからふ。次て笑へ

このように、他の噺本とは異なる成立過程を経て板行された本作だが、その話者表記をみると、右の「真顔」をはじめ、いずれの咄にも庵点や箱のようなくぎり符号が一切用いられていないことがわかる。しかし、当時の京伝は自らの黄表紙の台詞部分などですでに庵点を多用しているため、京伝の意識の反映とは考えにくい。この要因としては、やはり出板地が大きく影響しているものと思われる。

本書の刊記には、板元として「江戸通油町　蔦屋重三郎」「大阪北久太郎町心斎橋筋　河内屋惣兵衛」そして「同唐物町心斎橋筋　河内屋太助」の名が並ぶ。このうち、蔵板元である河内屋太助が中心となって大坂で板行したため、その体裁は江戸小咄本の典型ともいえる小本一冊ではなく、従来の上方軽口本の形式に則った、半紙本五巻五

冊という体裁での刊行となったのであろう。

前章で確認したように、江戸小咄本の大流行にともない定着に至った会話体表記としての庵点だが、上方軽口本においてはすぐに取り入れられず、その定着には幾分の時間を要した。本作の刊行された寛政六年は、寛政期上方咄の会グループの一員でもあった悦笑軒筆彦が自身の作品において庵点の使用をようやく試みはじめる前年であり、京・大坂において、庵点を付すという認識がまだ浸透していない時期であった。

こうして京伝の校閲がなされた佳話の多い作品ではあるものの、本書の板下が大坂で執筆されたことによって、上方軽口本らしさを色濃く残した作品に仕上がったと考えられる。書型や文体だけでなく話者表記においても、当時の江戸と上方の文化、そして感覚の相違を看取できることを示す興味深い例といえよう。

三、感和亭鬼武

京伝の門人であった感和亭鬼武（宝暦十〈一七六〇〉～文化十五年〈一八一八〉）は曼鬼武とも号し、後に曲亭馬琴に師事して、戯作を著した人物だが、早い時期には噺本も数種手がけている。ここでは、鬼武が作者として関わったと考えられる作品についてみてみたい。

まず、鬼武の最初期の作品と考えられる[3]寛政三年（一七九一）頃刊の『一雅話三笑』（蔦屋重三郎板）だが、本書では、くぎり符号として庵点に代わり、○や△といった記号によって話し手が表記されている。次にその例を示す。

俳諧　△此方　○となり

組屋敷の飯焚が、となりの飯炊と小半づゞ引かけて△時におらが旦那ハ俳諧が大すきで、毎日より合てさつしやる。おらもすこぶる好の道だから、いつでも覗いて見て居るが、アヽ又格別なもんだ。なんと一会やらかさふじやァねへか。○こいつハよからふ。先われからいやれ△イヤまづわれからいへ○そんならおもひきつてからひんぞろからまき出すべえ〽山かぜに横ぞつぽうの寒さかな△これハ感吟だ。御名はナ○権八さ△イヤサ俳名をいやれヨ○ナニ役者じやァあるめへし

このように、話者の区別に関しては、題の下に「△此方 ○となり」といった形で、あらかじめ明記している。こうした形式をもつ小咄は、全四三話中、一二話において確認できる。また、本作には庵点の使用も散見されるが、右の「俳諧」の例をはじめ、いずれも狂歌、俳諧、手紙等の引用部分を際立たせるためであり、鬼武が庵点を『鹿の子餅』板行以前に主流であった「引用表記」として認識し、使用していたことがわかる。

ところが、続く寛政四年の『富貴樽』（蔦屋重三郎板）で、鬼武は新たな話者表記法を試みている。くぎり符号としての、庵点と箱との併用である。

本作におけるこの二つの表記の用法に、意識的な使い分けは見いだせない。本作に収められている全三〇話中、庵点のみを使用した咄が九話、話者が箱で囲まれた咄が一〇話、併用のみられる咄が五話確認できる。本作は、翌寛政五年に二分され、それぞれ馬琴の序をつけ、一作を村瓢子（瓢亭百成）の『落咄梅の笑』、もう一作を鬼武自身の『戯話華靨』として新作話を付け加え再板されている。(4)

また、文化二年には、『落噺臍くり金』（享和二年〈一八〇二〉刊）の改題本である『鬼外福助噺』（十返舎一九校）に鬼武作の小咄を二話確認できる。(5) 本書は、栄邑堂すなわち書肆村田屋次郎兵衛のもとに集った連中の咄を、作り手を明記する形で掲載しているが、鬼武以外に名のみえる邑二や炭方といった人々の小咄にも、箱と庵点の併用がみられることから、鬼武と栄邑堂の咄の会のメンバーは、話者表記に対して共通する認識を有していた可能性がうかが

えるのである。

四、十返舎一九

次に、十返舎一九（明和二〈一七六五〉～天保二年〈一八三一〉）の噺本について検証してみたい。滑稽本の第一人者として知られる一九だが、噺本においても多くの優れた作品を残している。〝笑い〟に強い関心とこだわりをもち、狂言や噺本にも造詣の深かった一九の小咄には、著名な狂言に取材したものや先行作の焼き直しも多く、武藤禎夫氏が指摘しているように「創作の才よりは脚色に手腕を発揮していた(6)」ようである。

たしかに一九の小咄は、こうした再出話を改作、長文化したものが多いが、いずれも小気味の良い対話によって構成される咄へと作り替えられており、冗長な印象は受けない。むしろ、滑稽本の一部を切り取ったかのような咄も多く、一九の滑稽本創作の手法を考える上でも興味深い特色を有している。

一九の噺本における表記手法についても具体的にみてみよう。一九には、黄表紙仕立の噺本も多いが、ここでは、一九の名が記される噺本のなかでも、特に彼の手によって脚色・編集されたと考えられる作品に焦点を当ててみてゆくこととする。

まず、早い時期のものとしては、享和二年（一八〇二）の『落咄臍くり金（おとしばなしへそくりがね）』（田中久五郎板、小本一冊）がある。本作では、全二一話すべてに庵点の使用を確認できる。次に例を示す。

〇あんない

一僕つれたるお侍、ある所のげんくハんにてものもふ〳〵といへ共、いつかうあいさつがなきゆへ、こんどハあたりもひゞくばかりの大声をあげて、ものもふといへバ、ざうりとり　うしろから〽どうれ。だんなきもをつぶし、三助をにらめつけ、やがてそこをしまつてそとへ出、旦那〽コリヤ三助。おのれハふとゞきなやつだ。どこの国にか、供のものが、どふれとい（こ脱カ）ふとがあるものか、と大きにしかれバ、三助〽わたくしも、そふはぞんじましたが。旦那〽そふぞんじたら、なぜ、どうれとぬかした。三助〽あなたがいきせいはつて、ものもふとおつしやるに、だれもあいさつのしてがござりませぬから、あんまりおきのどくに存まして

このように、本作の小咄は台詞部分に高い割合で庵点の使用が見られるだけでなく、話者に関しても、その都度庵点の外側に明記される点で特徴的である。

現代の鉤括弧の用法からすれば、二行目の侍の発話「ものもふ」にも庵点が付されるべきところであるが、本話ではそれが見受けられない。しかし、これは一九に限った用法ではなく、前章でも述べたように、『鹿の子餅』の刊行以降、幕末に至るまで多くの噺本に散見されることから、くぎり符号として庵点を使用する場合の一パターンとして、（時に読者でもあった）作り手に認識されていたものと思われる。さらに、享和四年刊行の『落咄腰巾着』（鶴屋金助板、小本一冊）や『笑府商内上手（おとしばなしあきないじょうず）』（小本一冊）においてもこの手法が用いられている。また、文化三年（一八〇六）の『落咄見世びらき』（小本一冊）でもやはり同様の傾向がみられた。

こうした一九の著作における表記にはっきりとした変化が見てとれるのは、文化十五年刊の『落咄口取肴（おとしばなしくちとりざかな）』（小本一冊）である。本作では各話の最初の発話を含むすべての会話文に庵点の使用が確認できるのである。

これら噺本の執筆は、『膝栗毛』と並行して行われており、文体の特色や庵点の使用法などが、『膝栗毛』におけるそれともほぼ一致するため、そのころにはすでに、会話文と地の文を区切る符号としての庵点の使用と、その外側に話者を表記する手法が一九のなかで確立していたものと考えられる。

しかしその一方で、一九の序を備えるものの、表記手法の異なる作品が存在している。文化二年刊の『鬼外福助噺』（栄邑堂、小本一冊）と、文化十三年刊の『落咄熟志柿』（栄邑堂板、小本一冊）である。第三節でもふれたように、『福助噺』は一九自身の『落咄臍くり金』（享和二年）の増補改題本であり、序一丁・本文十一丁半・八話・見開挿画を新刻し、その後に『臍くり金』の「空腹」から「もちつき」までの板木を利用したものである。この新刻部分の咄はいずれも「邑二作」「炭方作」「鬼武作」「邑彦作」「酒利作」のように、各話の作者名が記されているのだが、これらの表記には庵点と箱とが併用されているのである。とりわけ庵点については「〽大こく天、だん〳〵としもよりけれバ」や「〽かのふ福介ハ、福禄寿の仲人にて、首尾よく祝言もすミければ」のように、庵点が咄の冒頭に位置する名詞に付される場合もあれば、オチのみに付されることもあり、その用法は一貫していない。そして『落咄熟志柿』もまた、享和三年刊行の『落咄広品夜鑑（おとしばなしひろしなやかん）』（美屋一作序・小本一冊）の嗣足改題本であり、序から広告までの三丁・本文十四丁・十九話を新刻し、その後に『広品夜鑑』の「かゞミ　毛ぬき」から最終話「米あげざる　つるべ　なわ」まで、ほぼ全話の板木を継いだものである。本書は元板部分も含め、話者表記としては一貫して箱のみが使用されている。

この二作に共通するのは、どちらも一九社中の面面が関係しているという点である。『福助噺』の序において、一九が「取あへず子供衆の御機嫌に、叶福助咄と表題し、予、此校合を余慶の仕事に序する事しかり」と述べ、また『落咄熟志柿』では門人の美屋一作が冒頭で「栄邑堂に会合の諸君子、煮はなの茶なるをおちとして、金平糖のひ口つゝ、いゝ出せるをしるせしなり。そよやとて、十返舎のうしか校合を乞もとめて、幸にあらましのおもふ事なりぬ」と記しているように、いずれも一九は咄の創作者ではなく校合者として関わっていることがわかる。つまり、この二作の特徴的な表記には、板下に直接筆を執った一九とは異なる人物の意識が反映されることになったと考えられる。

以上の点から、一九が噺本において台詞や会話の描写に強いこだわりと意識をもち、一貫した表記手法をとっていたことがあらためて確認できるとともに、改竄本も多い一九の作品において、庵点の用法は、一九の関与の有無を判別する重要な手がかりの一つといってよいだろう。

五、曲亭馬琴

曲亭馬琴（明和四〈一七六七〉～嘉永元年〈一八四八〉）もまた、早い時期に数種の噺本に携わっている。まず、寛政五年（一七九三）刊の『笑府衿裂米（おとしばなしえりたちごめ）』にその序文を確認できるが、本作は既存の大田南畝の黄表紙を改竄したものであるためその関与の度合いについては不明である。

寛政十一年、馬琴は独自の噺本創作を試みる。『新作塩梅余史（しんさくあんばいよし）』（小本一冊）である。本書はその序文で馬琴自身が「著（あらハ）す所の談叢（はなしぼん）ハ世間（せけん）に弄（もてあそ）ぶ所の俗談（おとしばなし）とハ大異（るいぬけ）にして、稗史小説（はいしせうせつ）の旨（すじ）をのべ、終（おハり）に一句の狂言（きやうげん）をまじへ、読（よむ）ものをして解頤（おとがいをおとさ）しむ」と記しているように、従来の小咄本とは趣向を変え、漢文体の序に加えて本文も漢語交じり文で執筆している。そのため、表記に関しても庵点や箱の使用は一切みられない。ここから、馬琴が笑話を題材としながらも漢文体で表現することに重きを置き、従来の型にとらわれることなく、新しい道を模索していた様子がうかがえる。

また、馬琴は享和二年（一八〇二）に『六冊掛徳用草紙（ろくさつがけとくようぞうし）』（中本三巻合一冊）を著しているが、本書は、黄表紙『五大力三画訓読（ごだいりきみつのよみちえ）』と噺本『売切申候切落咄（うりきれもうしそろきりおとしはなし）』を一書にまとめたもので、一冊（三巻）で二度、つまり二作分（六巻分）楽しむことを目的とした、珍しい趣向をもつ作品となっている。本書はその五分の四を黄表紙が占めており、直線で区切った残り五分の一のスペースに小咄が書き込まれているのである。本作の文体は、黄表紙部分に合わせて平仮名の割合が多く、『塩梅余史』とは対極的な作品となっている。本作の噺本部分である『売切申候切落咄』の会話体表記としては、庵点と箱の併用が確認できる。馬琴の噺本の数はそれほど多くはなく「生真面目の性格と衒学的な才知が災いして、面白味の薄い不出来な笑話が殆どである」(7)として従来あまり高い評価はなされていないが、それまでの江戸小咄の「型」を破り、〝俗談〟とは一線を画した噺本を作るべく、さまざまな趣向を試みていた点にこそ彼の積極的な編集意識を見てとることができよう。

この他、寛政十一年刊の『意戯常談』（小本一冊）の序者が、馬琴の別号ともいわれる「正徳鹿馬輔」であることから、馬琴の作である可能性が指摘されている。(8)この正徳鹿馬輔の号に関しては、諸説分かれており、いまだ明確な結論が導き出されていない。(9)しかし、本書の序文には、「柄鉄鉋」「頤をはづす」「紙屑籠に入て」といった、他の馬琴作品の序にもみえる特有の語彙や表現が共通していることから、その可能性も否定できない。この点については、より詳細な検討の必要があろう。

六、烏亭焉馬

最後に、時期は前後するが、烏亭焉馬（寛保三〈一七四三〉～文政五年〈一八二二〉）の手がけた噺本についてみておきたい。焉馬の噺本は、焉馬独自の個人笑話集ではなく、正確には同人である三升連に属する人々を中心とした「咄の会」の成果を収めた合作集である。

落語中興の祖といわれる焉馬の主催した咄の会は、天明六年（一七八六）四月に向島武蔵屋で開かれものを最初として、当初は不定期に行われていたが、寛政四年（一七九二）以降は正月二十一日に咄初めとして料亭で咄の会を開く一方、自宅等でも定会を開催し、寛政八年以降はその佳作を咄会本として板行するようになった。

焉馬主催の咄会本としては『喜美談語』（寛政八年）、『詞葉の花』（寛政九年）、『無事志有意』（寛政十年）の三作がみられる。これら焉馬によって連作された噺本の内『無事志有意』のみが他の二作とは異なる体裁をとっているのである。

この体裁の変化の背景には、当時の社会的背景が大きく関係していると考えられる。『無事志有意』刊行の前年、寛政九年十月に北町奉行小田切土佐守から次のような禁令が出されたのである。

> 寛政九年巳年十月中和助事焉馬、尾上町料理茶屋吉五郎方借受、新作落咄度々催し候ニ付、北町奉行所小田切土佐守殿ゟ御沙汰有之、向後右様の事致す間敷、又料理茶屋亭貸申す間敷旨御請証文差上候
>
> （『只誠埃録』関根只誠）

茶屋を借りての咄の会の開催を禁止されたこと、この前後にもたびたび出版規制が出されていたことから、禁令による処罰を回避するため、やむを得ず体裁を変えざるを得なかったものと推察される。当時の焉馬の動向およびこの三作の相違については、延広真治氏によって詳細な検討が加えられている。(10) 延広氏は、『無事志有意』の前二作との相違点として、まず、書肆名および会の開催期間が明記されないこと、跋の署名が削られていることを指摘、さらに、書名も『宇治拾遺物語』をもじったものとし、各話の冒頭に「今は昔」という昔語り風の書出しを付すことで正統な古典の披講であることを装っていた点についても言及している。

これらの指摘に加え、もう一点、前二作と『無事志有意』の大きな相違点を付け加えておきたい。会話体表記の有無である。この点について具体的にみてみよう。

まず、一作目の『喜美談語』だが、本書は目録に各話の作者名が記されており、小咄自体にもその作者の表徳が

それぞれ記されるという、無記名が基本的なスタイルであった安永期の江戸小咄本には見受けられなかった形式をとる点で特徴的である。

庵点に関しても、咄の冒頭、すなわち一行目の最初の文字にのみ庵点が付されるという、他の江戸小咄本ではみられなかった用法がみえる。次に例を示す。

○二階ずまい　　　　　　　　　　　停々作

〽どうらく息子、二階へ押込られて居て、女郎買の事斗りあんじ、何でも忍んでぬけ出んと、二階の物干から帯を提て下タへ釣下る。今少しにて足が届かす、思ひ切て落る事もせずしてゐる所へ、親父が此音を聞つけ戸を明て見る。何やらあやしきてい。おやじそこにいるハといつじや。むすこアイ、私でござります。親父イヤ、こいつハ〳〵。そこに何をして居をる。むすこアイ、たゞぶらりと

右の例のように、本書における庵点は、以降の文が会話であっても話者名やその動作から始まる地の文であっても一貫して冒頭に付されている。各話の作者が異なっているにも関わらずこの表記法で統一されていることから、本書における焉馬自身の編集方針であったものと考えられる。

この形式は、二作目の『詞葉の花』においてもみられる。本書もまた、前作同様、目録と各話にそれぞれ作者名が明記されている。また庵点についても、すべての咄の冒頭に一貫して庵点が付されている点で共通している。また、六話目の「らくやき」以降ではそれに加え、話中の会話文においても庵点の使用がみられるようになる。話者やその動作を示す地の文も庵点の内側に入れてしまうなど、まだその意識は徹底されていないものの、少しづつ焉馬の会話体表記への意識が変化しつつあったことがうかがえる。

しかしながら、先に挙げた寛政九年の禁令によって、焉馬らの活動はさまざまな点で自粛せざるを得なくなった。方針転換の必要に迫られた焉馬は庵点の使用についても一計を案じたのであろう。

第三作目の『無事志有意』においてこの庵点は一切付されていないのである。先行の二作において庵点がかなり意識的に用いられていたのに対し、本書では一切みられないのは、おそらく噺本の特徴を曖昧にすることで、禁令の網をかい潜ろうとしたためではないだろうか。

この事例は、明和九年（一七七二）の『鹿の子餅』刊行以降、江戸小咄においてかなり定着しつつあった庵点が、この当時、小本一冊という書型とともに、江戸小咄の代名詞ともいえる存在になって広く浸透しており、他ジャンルの文芸作品と区別する際の指標的な役割を担いつつあったことを逆説的に裏付けているといえよう。

七、その他の個人笑話集

本節では、安永期以降に出板されたその他の個人笑話集に注目してみてゆくこととする。ここでは、咄の会の連中による合作集や噺家の手による高座口演の記録的要素の強い作品ではなく、目で読み、笑うことに重点をおいた個人の手による江戸小咄本を対象とした。（【表Ⅰ】参照）

【表Ⅰ】

刊年	書名	作者・序者	板元	会話体表記	備考
安永　六	蝶夫婦	山手馬鹿人	遠州屋弥七	45％	庵点前半100％後半0％
安永　七	春笑一刻	千金子（南畝）	富田屋清次・吉蔵	71％	庵点のみ

安永 八	鯛の味噌津	新場老漁（南畝）	遠州屋弥七	62%	庵点のみ
安永七・八カ	うぐひす笛	改年堂御慶（南畝）	若州屋藤兵衛等	84%	庵点のみ
寛政 二	落話花之家抄	白川与布祢		91%	庵点のみ使用
〃 三	振鷺亭噺日記	振鷺亭主人	上総屋利兵衛	69%	庵点のみ使用
〃 七	わらひ鯉	山旭亭		100%	庵点のみ使用
〃 八	噺手本忠臣蔵	振鷺亭主人	多田屋利兵衛	80%	庵点のみ使用
〃 九	巳入吉原井の種	柳庵主人	越後屋初五郎	93%	庵点のみ使用
〃 二	そこぬけ釜	録山人信普		72%	庵点のみ使用
文化 元	百夫婦	瓢亭百成		100%	□・庵点併用
文化 二	蛺蝶児	阿金堂一蒔	中川新七	100%	庵点のみ使用
文化 三	舌の軽わざ／とらふくべ	瓢亭百成	濱松屋幸助	100%	□・庵点併用
〃 三	正月もの	花月斎雪兼		100%	庵点のみ使用
〃 四	瓢百集	瓢亭百成	濱松屋幸助	100%	□・庵点併用
〃 九	はなし句応	緑亭可山		100%	庵点のみ使用
〃 十	百生瓢	瓢亭百成	柏屋半蔵	95%	□・庵点併用
〃 十	落はなし笑嘉登	立川銀馬	西村屋与八	100%	庵点のみ使用
〃 十一	山の笑	瓢亭百成		100%	□・庵点併用
文化頃	無塩諸美味	柳々居主人		100%	□・庵点併用

右の表からもわかるように、大田南畝をはじめ、洒落本や読本作家でもあった振鷺亭（しんろてい）や、烏亭焉馬の門人でもある立川銀馬（たてかわぎんば）、画師で葛飾北斎の門人でもあった柳々居辰斎（りゅうりゅうきょしんさい）などの名がみえ、さまざまな文化人が噺本に携わっていたことがあらためて確認できる。

第一章でも明らかとなったように、寛政期に入ると安永・天明期には不安定であった庵点の使用が定着しはじめる。その表記法も、会話文すべて、もしくは最初の一文以外に庵点の付されるものがかなり多くなっており、話者に関してもその庵点の前後に独立して表記されるものが大半を占めるようになっている。

しかし、一方で、文人の手による作品においては、特殊な形式をもつものが多い。

とくに柳々居辰斎や瓢亭百成の噺本では、表記に箱と庵点の併用が一貫してみられるなど、庵点の用法もそれぞれに異なっていることから、こうした多方面に才を発揮していた人々は、他ジャンルにおける特色をも取り入れつつ、表記の面でも多様な趣向を凝らし、独自の噺本を生み出していたことがわかる。

この寛政期以降になると文人の作品に限らず、しばしば洒落本形式の話者を箱で囲む形態が噺本においてみられるようになる。本来、その書型、会話体、会話文の区切りの明示など、その形式において酷似した特色をもつ洒落本と江戸小咄本だが、次第にその両方を手がける文人らによってその形式はしばしば交錯し、併用されるようになるのである。

最後に、噺本における庵点に対応する閉じ括弧の出現についてみておきたい。この閉じ括弧が使用されはじめるのは、庵点に比べるとかなり遅く、天保三年（一八三二）の『十二支紫（えとむらさき）』（三笑亭可楽）が早い例であり、序文中において茶番の題目を列挙する箇所にみられる。また、閉じ括弧のみが単独で用いられている例としては天保十五年の『古今秀句落し噺』（一筆庵英寿）を挙げることができる。本書は、冒頭に俳諧を引用し、それを踏まえて咄が展開するという形式が大半を占めているが、そうした咄において、その引用された俳諧と後続の地の文との区切りを示すために閉じ括弧が使用されている。次に例を示しておく【図1】。

柿の花

人になる人ハすくなし柿の花」とハ、ホンニよく味つた名吟だ。柿ハあだ花が多く、人ハ人でも人面獣心が多い。わしがうちの女房なぞも、人でハなくて鬼でござるといへバかたハらに居る人〽ナニうそ〳〵。貴公の後内君のやうなお心よしであのやうな美婦が何として鬼でござらふ。それこそ羅城門の葉唄の通り、鬼じやないもの人じやものといふのでござる〽イエ〳〵、どういたして、あゝミへてもやつぱり鬼でござる〽それハまた、いかな事〽ハテいつでも角をはやします

（『古今秀句落し噺』）

庵点も閉じ括弧もその初期は、俳諧などの韻文や名詞を地の文と区切る引用標識としての用例が先行している点で共通しており大変興味深い。

おわりに

寛政期以降に登場した戯作者たちの噺本だが、内容面ではあまり高い評価は与えられてこなかった。しかし、表記の観点から検討すると、喜三二、鬼武、京伝、

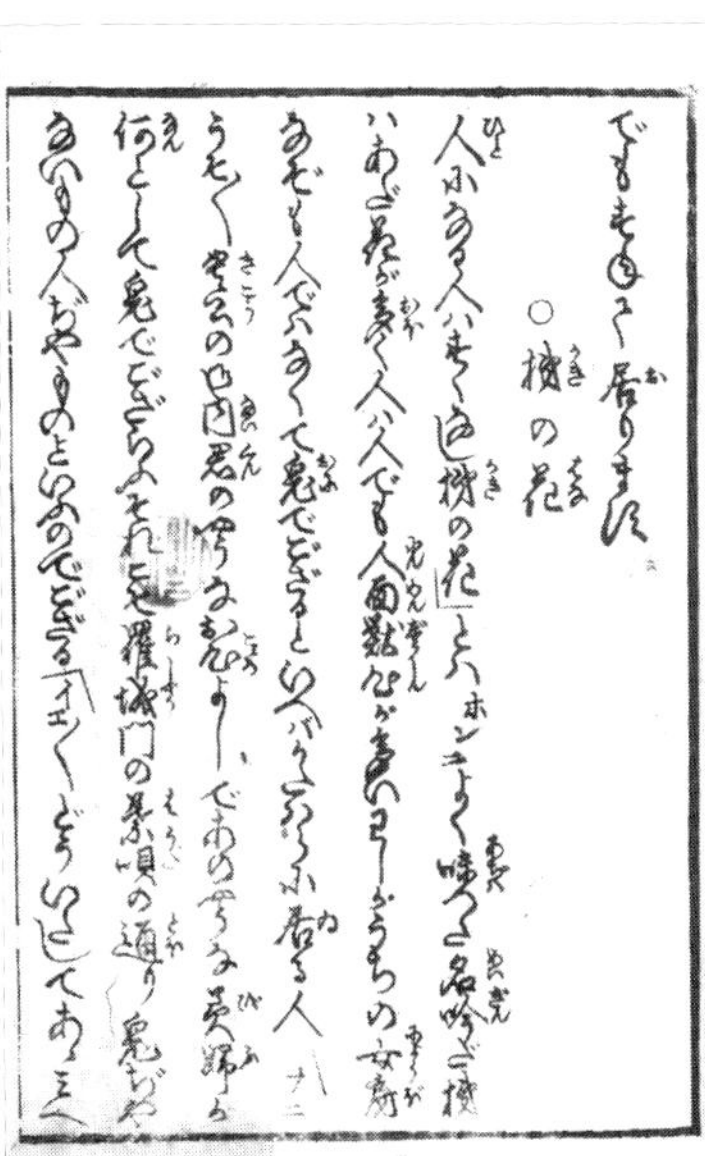

【図1】『古今秀句落し噺』
（早稲田大学図書館蔵本）

一九、馬琴、焉馬といずれも独自の認識に基づいてさまざまな手法を試みていたことが明らかとなり、各人の執筆意識がうかがえる点からも、噺本を文人の余技として看過することなく、他ジャンルの文芸と併せて検討することで、彼らの意識をより鮮明に浮かび上がらせることが可能なのではないだろうか。

こうした過渡期ゆえに可能であったと考えられる特殊な表記手法は、当然のことながらその作者、またはその周辺のみの使用で止まることも多く、広く浸透するまでにはいたらなかった。しかし、庵点の定着へと向かう大きな流れのなかにあって、そうした文人らの個性が反映された用法はかえってきわだつ。作り手のジャンル意識を考える上でもこの表記の検討は欠かすことのできない必要な作業であると考える。

本章では、その定着期にあった庵点が、戯作者らの手による作品においてさまざまに使い分けられていたことを確認してきた。次章以降、こうした戯作者や文人のなかでも、とりわけその会話体表記の用法において特徴的な傾向がみられた「山手馬鹿人」と「瓢亭百成」について具体的に検証してゆきたい。

注

(1) 喜三二の関係する噺本には他に『百福物語』(天明八年)があるが、本書は恋川行町が主導する形で、喜三二、恋川春町の二人とともに合作したものであり、喜三二作の小咄は収められているものの純然たる個人笑話集ではないため、ここでは取り上げない。

(2) 『噺本大系』第十二巻解題(東京堂出版、一九七九年)

(3) 高木元氏「感和亭鬼武著編述書目年表稿」(『研究と資料』十三号、一九八五年七月)

(4)この二作の改題本については、第四部第一章であらためて詳述する。

(5)本作以外では、文化六年に『落噺恵方土産』『落咄春雨夜話』を板行している。いずれも一九の噺本『落噺腰巾着』(享和四年)の改題再板本となっており、鬼武と一九の関係の深さをうかがわせる点でも興味深い。

(6)武藤禎夫氏編『江戸小咄辞典』(東京堂出版、一九六五年)

(7)『噺本大系』第十八巻解題(東京堂出版、一九七九年)

(8)前掲注(7)参照。

(9)『洒落本大成』第十七巻『猫謝羅子』解題(中央公論社、一九八二年)

(10)延広真治氏『落語はいかにして形成されたか』(平凡社、一九八六年)『江戸落語―誕生と発展―』(講談社、二〇一一年)に改稿・再録

〔付記〕式亭三馬と表記についても少しふれておきたい。三馬は噺家や噺本を手がける人々と深い交流をもちつつも、実作はせず、「落咄(噺本)」に関してはもっぱら鑑賞・批評する側としての姿勢を貫いている。そうした三馬の客観的な視点と鋭い観察眼をうかがい知ることのできる記述が、黄表紙『稗史億説年代記(くさぞうしこじつけねんだいき)』(式亭三馬作・画、享和二年刊、西宮新六板)にみえる。本作で草双紙の特色と変遷をまとめた三馬は、噺本について「おとしばなし　口あいといふものはじめてできる　〽トいふたと落す」と記しているのである。つまり三馬は、とりわけ上方軽口咄に特徴的であった「〜といふた」という文末表現と、江戸小咄にしばしば付される庵点とが、咄のオチを確立させるにあたって大きな意義をもつことを漠然とではあるが、すでに感じ取っていたのである。これは当時の戯作者たちにも噺本というジャンルを体現する表記として「庵点」が認識されつつあったことの証左といえよう。

第三部　謎につつまれた噺本の作り手―山手馬鹿人を中心に―

第一章　大田南畝・山手馬鹿人同一人説の再検討

はじめに

「山手馬鹿人」の号については、大久保葩雪氏[1]が「洒落本目録」において、南畝自筆の跋文を有する『甲駅新話』を四方山人の作として以降、長く四方赤良、すなわち大田南畝の別号と考えられてきた。今日、この大田南畝・山手馬鹿人同一人説は、定説として広く認知されている。ただし、わずかではあるがこれを疑問とする見解も散見される。

玉林晴朗氏[2]は、享和二年（一八〇二）刊の洒落本評判記『戯作評判花折紙』において、山手馬鹿人の名がみえる作品のうち『甲駅新話』『道中粋語録』『世説新語茶』『粋町甲閨』の四作に、朱楽菅江を示す「の」の字が記されている点、また『深川新話』が位附において朱楽作とされている点を挙げ、馬鹿人が菅江である可能性を指摘した。

水野稔氏[3]は、この玉林氏の馬鹿人＝菅江説を紹介しながらも、馬鹿人が南畝であるか菅江であるかについては「いずれとも決定しがたい」という見解を示している。また、石川淳氏[4]は、馬鹿人が南畝であるか菅江であるかについて、「どうもキメ手が無いやうである」とした上で『蜀山人判取帳』（天明三年〈一七八三〉頃）の記載に言及し、別人の存在を示唆している。しかし、濱田義一郎氏[5]は、『花折紙』の信頼性への疑問と、朱楽菅江の文学的能力や特徴を勘案し、山手馬鹿人が菅江である可能性を否定、他の候補として山手白人の名を挙げながらも、最終的に南畝=馬鹿人説を支持している。

玉林氏によって提唱された別人説は、それまでの定説に一石を投じるものではあったが、確証に乏しく、判然とした結論を見ないまま従来の同一人説が踏襲され、今日に至っているというのが現状である。

しかし、石川氏が提示した『蜀山人判取帳』における「哥麿摺物」の名寄せや、馬琴の『近世物之本江戸作者部類』（天保五年〈一八三四〉稿）[6][7]には、明らかに南畝や菅江とは分けて記される「馬鹿人」の名を確認することができる。つまり、当時の文人達の間には「南畝」と「馬鹿人」を別人とする共通の認識が存在していた可能性がうかがえるのである。

そこで本章ではまず、「山手馬鹿人」の名をその序に確認することのできる噺本『蝶夫婦』（安永六年〈一七七七〉）[8]を取り上げ、他の南畝作とされる噺本および洒落本との比較を通して、大田南畝・山手馬鹿人同一人説について、あらためて検討してみたい。

一、『蝶夫婦』書誌

まず所見本の書誌的事項について記しておく。

a．武藤禎夫氏旧蔵本
体裁　小本一冊
表紙　利休白茶　格子柄（後補　書き題簽　左肩「蝶夫婦」）一五・九×一一・四糎
序　一丁半　丁付なし　山手馬鹿人此楓

口絵　半丁
柱刻　初一～初九、（初十欠）、初十一～初三十、続一、続二、三～廿五
奥付　安永六酉年正月改　元飯田町中坂　遠州屋板
広告　聞上手初編／同二編／同三編／福話内全／聞童子全／蝶夫婦全／葉留袋出来／管巻出来

b. 東京都立中央図書館蔵本東京誌料本（445-41）
体裁　小本一冊
表紙　改装（後補　書き題簽　左肩「蝶夫婦」）一五・八×一一・四糎
序　一丁半　丁付なし　山手馬鹿人此楓
口絵　半丁
柱刻　初一～初七、半丁（丁付なし）、初八～初三十、続一、続二、三～廿五
奥付　元飯田町中坂　遠州屋弥七板
広告　なし

c. 東京都立中央図書館蔵本加賀文庫本（108-9）
体裁　小本一冊
表紙　利休白茶　格子柄（題簽なし・左肩墨書「はなし本全」）一五・八×一一・四糎
序　一丁半　丁付なし　山手馬鹿人此楓
口絵　半丁

柱刻　初一〜初三十、続一、続二、三〜廿五
奥付　文政三庚辰歳春　元飯田町中坂　遠州屋弥七板
広告　なし

これらの三冊を比較すると、丁数の整ったcの加賀文庫本に対し、aの武藤禎夫氏旧蔵本では「初十」が欠丁、bの東京誌料本では、「初七」と「初八」の間に墨付半丁が挿入されるという若干の乱丁が見られる。しかし、その点を除くと本文の書体や構成、柱刻に大きな異同は認められない。奥付の記載からそれぞれ、aの武藤禎夫氏旧蔵本が安永六年（一七七七）、cの加賀文庫本は文政三年（一八二〇）の刊行であることが知れる。

また、bの東京誌料本に関しては、刊年は明記されていないものの、墨付半丁に記されている咄の成立年代から、少なくとも安永五年以降と推定できる。[9] aは版面の状態から諸本のうち本書の初版本に近い形態をもつと考えられ、b、cの東京都立中央図書館蔵本は、いずれもaと同一の板木を用いた後印本と思われる。これらの書誌事項を踏まえ、以下、本書の構成について具体的に検証する。

二、『蝶夫婦』の構成

『蝶夫婦』の形態について、序者である「山手馬鹿人　此楓」はその序文中で「あら玉の新しい斗を撰抜ば丁どよい程の丁数に成て、重畳の重て畳む蝶花形、女てう男蝶の中もよく、初編、続篇ひとつに合、放れまいぞの蝶夫婦」（【図1】参照）と記している。

ここで注目したいのは、馬鹿人が「チョウ」の音を重ねて言葉を繋ぎながら、さりげなく〝初編〟と〝続篇〟の

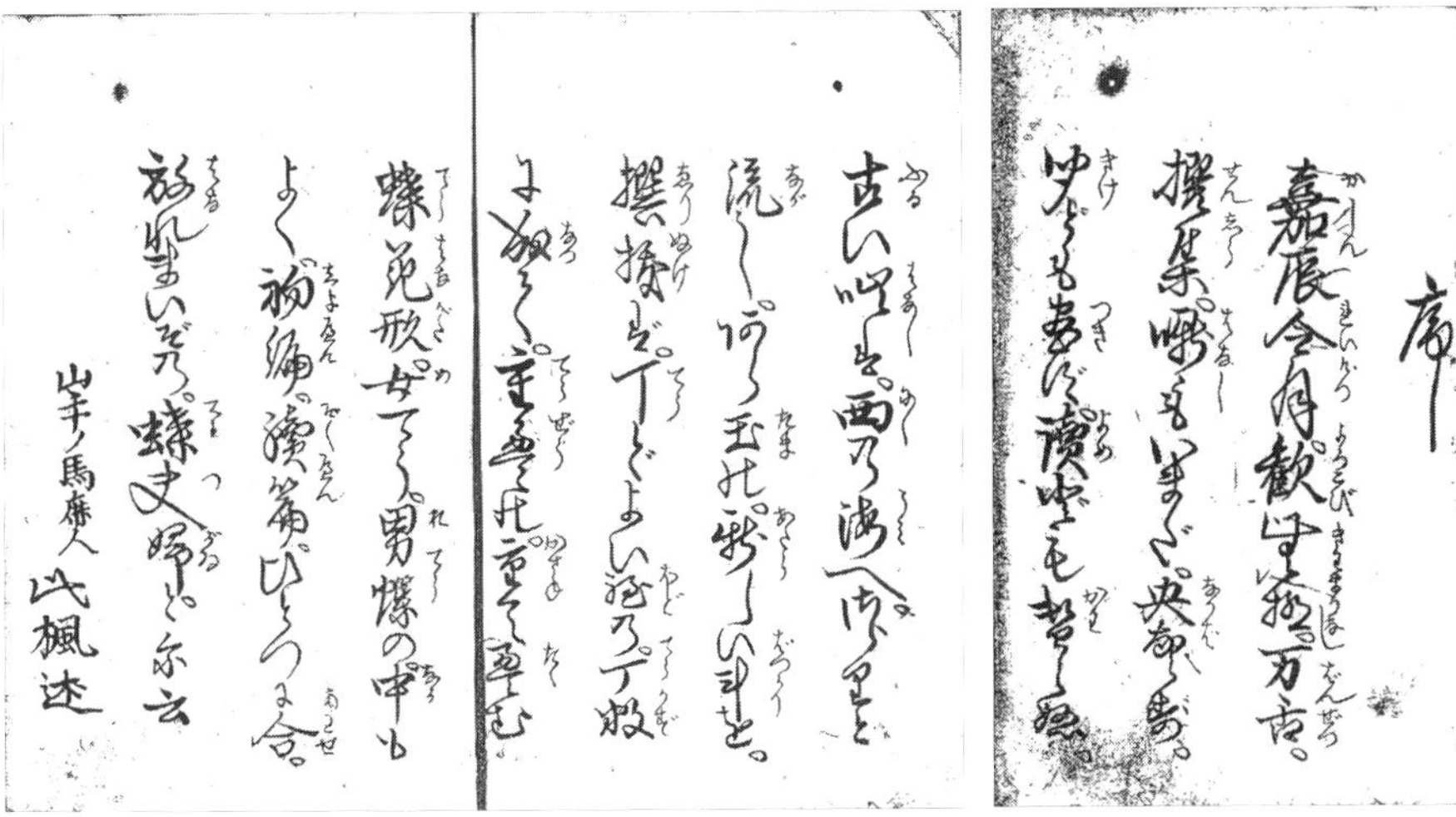

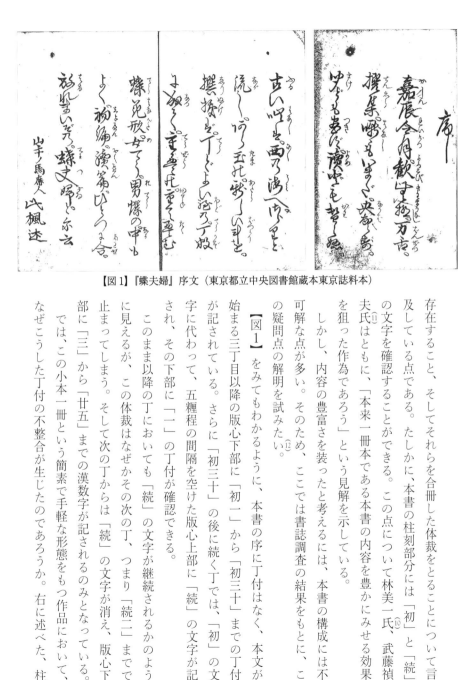

【図1】『蝶夫婦』序文（東京都立中央図書館蔵本東京誌料本）

存在すること、そしてそれらを合冊した体裁をとることについて言及している点である。たしかに、本書の柱刻部分には「初」と「続」の文字を確認することができる。この点について林美一氏[10]、武藤禎夫氏[11]はともに、「本来一冊本である本書の内容を豊かにみせる効果を狙った作為であろう」という見解を示している。

しかし、内容の豊富さを装ったと考えるには、本書の構成には不可解な点が多い。そのため、ここでは書誌調査の結果をもとに、この疑問点の解明を試みたい[12]。

【図1】をみてもわかるように、本書の序に丁付はなく、本文が始まる三丁目以降の版心下部に「初一」から「初三十」までの丁付が記されている。さらに「初三十」の後に続く丁では、「初」の文字に代わって、五糎程の間隔を空けた版心上部に「続」の文字が記され、その下部に「一」の丁付が確認できる。

このまま以降の丁においても「続」の文字が継続されるかのように見えるが、この体裁はなぜかその次の丁、つまり「続二」までで止まってしまう。そして次の丁からは「続」の文字が消え、版心下部に「三」から「廿五」までの漢数字が記されるのみとなっている。

では、この小本一冊という簡素で手軽な形態をもつ作品において、なぜこうした丁付の不整合が生じたのであろうか。右に述べた、柱刻に変化の見られる箇所を、次の【図2】（初三十ウ・続一オ）・【図3】（続一ウ・続二オ）・【図4】（続二ウ・三オ）・【図5】（三ウ・四オ）に掲出した。

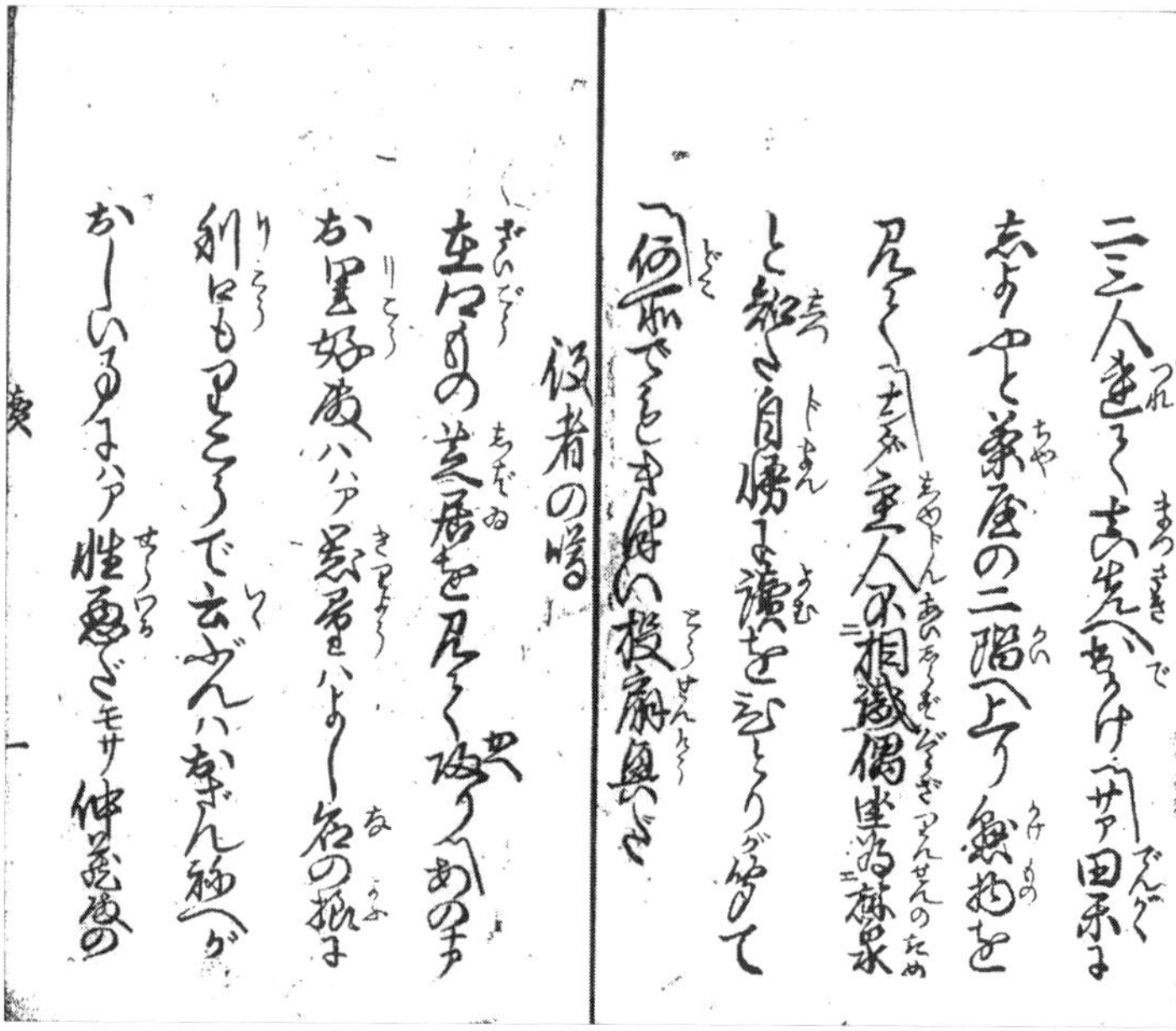

【図2】『蝶夫婦』（初三十ウ・続一オ）

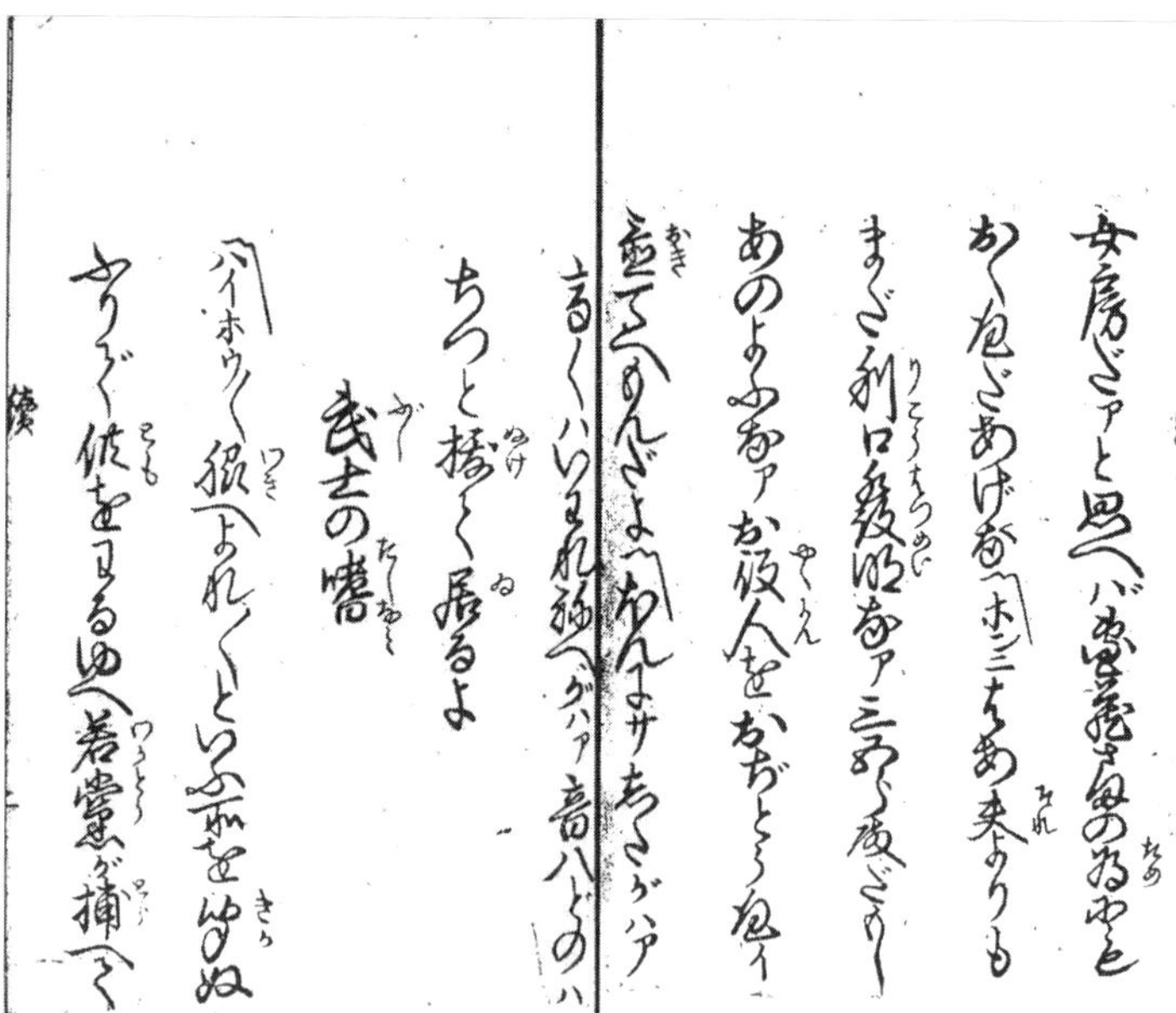

【図3】『蝶夫婦』（続一ウ・続二オ）

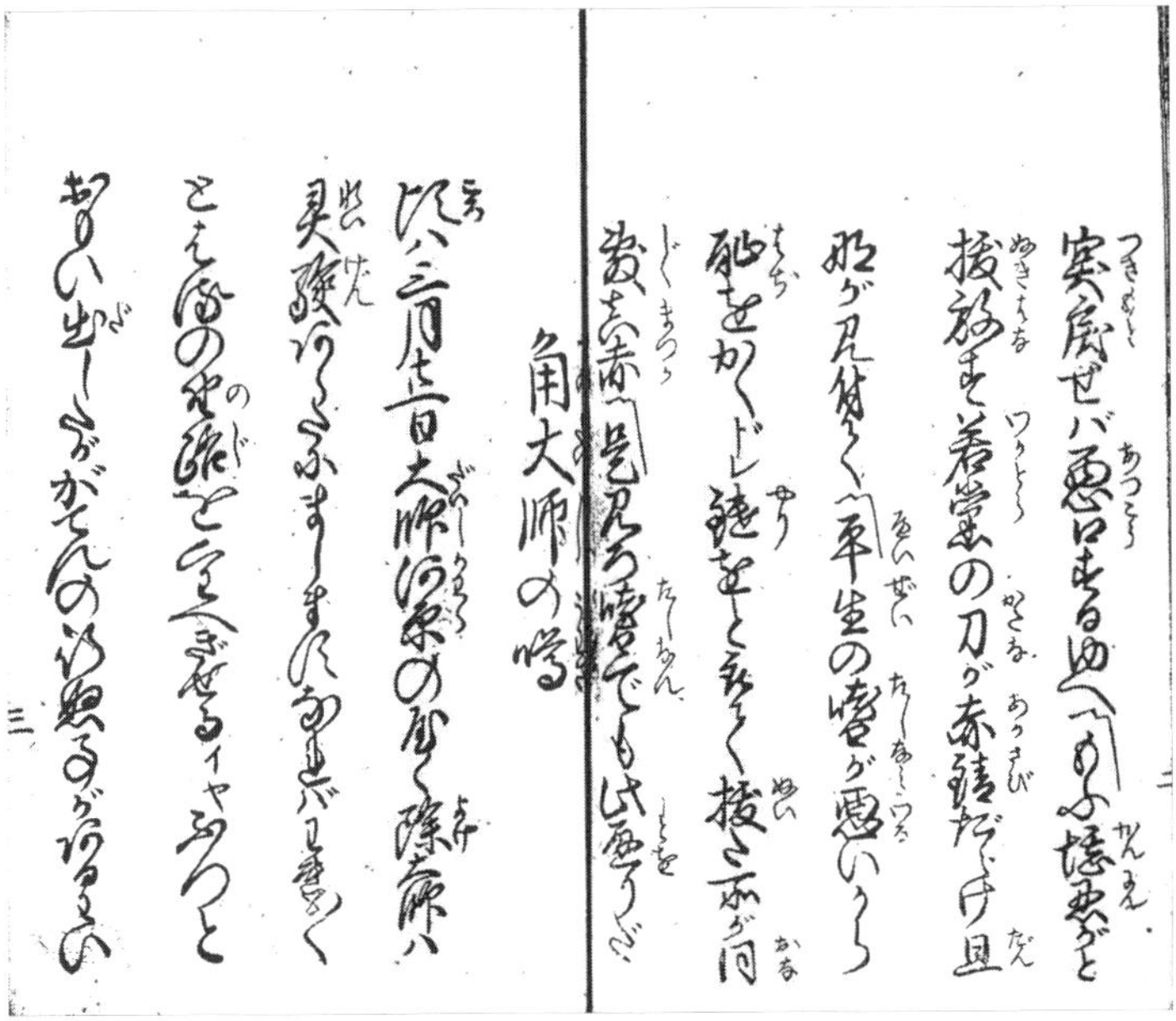

【図4】『蝶夫婦』（続二ウ・三オ）

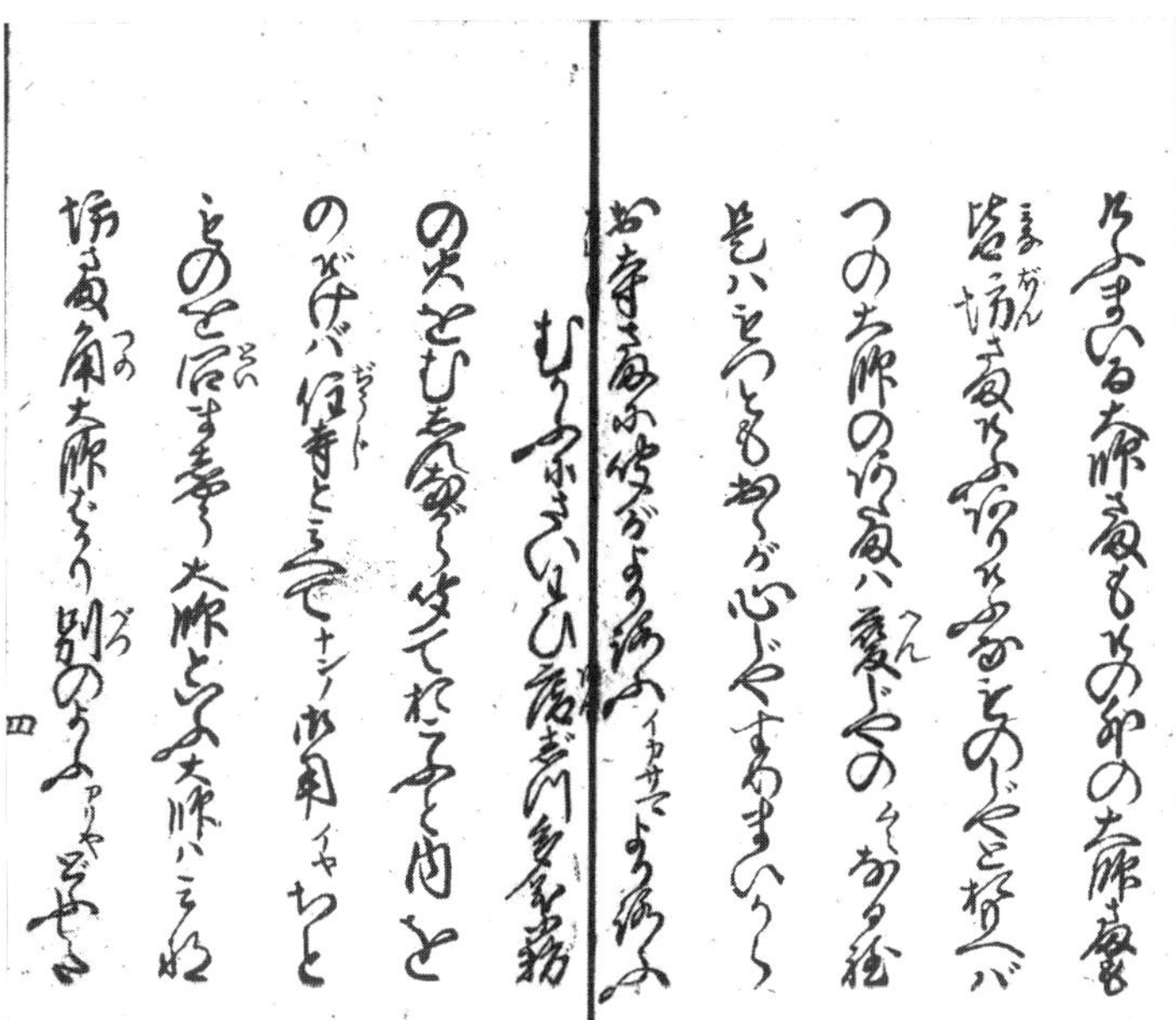

【図5】『蝶夫婦』（三ウ・四オ）

まず【図2】の「初三十ウ」から「続一オ」への転換部分だが、ここでは丁付以外、版面に大きな変化はみられない。続く【図3】の「続一ウ」から「続二オ」に関しても、同様に大きな相違は確認できない。

ところが、【図4】の「続二ウ」から「三オ」への転換部を見ると、【図2】【図3】では見られなかったある差異に気付く。続篇の三丁目に該当する丁、つまり「三オ」以降の後半部分と、「続二ウ」以前の前半部分における字体の変化である。この違いは【図2】から【図5】を通して比較すると、より明確に見てとることができる。

つまり、馬鹿人の署名をもつ序文に始まり「続二ウ」まで一貫して同一であった字体が、ここで一変し、「三オ」以降、最終丁に至るまでこの異なる字体が続いているのである。この変化は、柱刻の丁数を記した漢数字の字体においても同様に確認することができる。

また、「続二」以前の前半部では、一行につき約一四字〜一五字が平均的であり、文字の大きさも整っているのに対し、「三」以降の後半部では、一行あたり約一六〜一九字と、字数が定まっておらず、その大きさにもばらつきが見られる。この傾向は字高においても認めることができ、前半部の字高がほぼ一二・四糎で揃えられているのに対し、後半部では一三・〇〜一三・五糎、一部の丁では一四・〇糎の行も見受けられるなど、その違いは明らかである。

こうした板下の相違から、本書の繋ぎ目が実際には、丁付の「初」から「続」へと切り替わる箇所ではなく、「続」の字の消失する箇所、すなわち「続二」丁ウラと「三」丁オモテの間にあったものと考えられるのである。

三、『蝶夫婦』と庵点の用法

次に、表記面、特に明和・安永期、噺本の大きな特色の一つとして定着しつつあった、くぎり符号「〽」（庵点）

の使用に注目してみてゆく。まず、当時の庵点の使用状況について確認しておきたい。

従来の上方軽口本の形式を一新して登場した『鹿の子餅』（明和九年〈一七七二〉）は、時代の空気も手伝って瞬く間に一世を風靡した。それ以後、『鹿の子餅』に触発されるように江戸小咄本の板行ラッシュが始まり、明和・安永期に大流行を巻き起こすまでになった。

第二部でも詳述したように、その『鹿の子餅』のもつ大きな特徴の一つが、会話文の区切りとして用いられた「庵点」であった。新しい趣向や工夫を取り入れることに積極的であった江戸小咄本の編者たちは、『鹿の子餅』での使用を見るや、その書型や文体のみならず、この庵点についてもまた、一斉に模倣を始めたのである。それは、結果として噺本における庵点の定着にも一役買うこととなった。

会話文と地の文とのくぎり符号として、たちまち高い割合で使用され始めた庵点は、さまざまな用法を含みながらも、江戸小咄本の大きな特徴とされる、簡潔な文体、会話止めの文末表現とともに、小咄を構成する重要な要素の一つとなったのである。この庵点は滑稽本や人情本といった会話体を生命とする文芸に継承され、現在の会話文における「鉤括弧」へと繋がっていった。

しかし、明和・安永期の江戸小咄本中の庵点は、必ずしも咄中に含まれるすべての会話文に付されていたわけではなく、咄における〝最初の発話には〽を付さない〟形が一般的であり、また、〝視覚的アクセントとして強調したい箇所にのみ付す〟といった、過渡期ゆえの独特な用法も高い頻度で見受けられた。これは、庵点の用法に関する明確な意識や規範が、まだ確立されていなかったことに起因すると考えられる。しかし、このことがかえって、編者へ庵点を自由に用いる余地を与え、その結果、庵点の用法に「編者の意識」が反映されることとなった。

そのため、作品に収められた個々の咄を丁寧に検討してゆくと、その編者の個性や使用の傾向が浮かび上がってくるのである。

この点を踏まえ、『蝶夫婦』における庵点の使用率とその用法をみていきたい。【表Ⅰ】A『蝶夫婦』の項に、全話のタイトルおよび各話における庵点の使用の有無を、○と×で示した。

【表Ⅰ】

A

『蝶夫婦』	庵点の使用率	
	（前半）21話中21話	100%
	（後半）25話中0話	0%
初一オ	初夢の大吉	○
初三オ	お国者の春袋	○
初五オ	使者の間違	○
初五ウ	時代違の長物語	○
初十一ウ	娘の成人	○
初十二ウ	乙姫の労咳	○
初十四オ	足留の盃	○
初十八ウ	盗人の恋風	○
初十九ウ	鶴の見物	○
初廿一オ	娘の不器量	○
初廿一ウ	灸所の早合点	○
初廿二ウ	天狗の怪我	○
初廿三ウ	姉女郎の異見	○
初廿五オ	大食の後悔	○
初廿六オ	浪人の系図	○
初廿七ウ	砂糖味噌	○
初廿八オ	新参の使	○
初廿九オ	当世の眉毛	○
初三十オ	懸物の唐詩選	○
続一オ	役者の噂	○
続二ウ	武士の嗜	○
三オ	角大師の噂	×

B

『春笑一刻』		『鯛の味噌津』		『うぐひす笛』	
41話中29話	71%	45話中28話	62%	61話中51話	84%
初夢	×	御慶	○	扇箱	○
梅に鶯	×	から木	○	年代記	○
問答	×	三十ふり袖	×	萩寺	○
金が敵	○	ゑびす膳	○	どう忘れ	○
碁将棋	○	仁王	×	御門札	○
俳諧師	○	座頭	×	粂の仙人	○
色男	○	楽	○	日暮里	○
安たばこ	○	挑灯	○	高売	○
かハづ	○	越後獅子	○	七転	○
鐺	○	すい口	×	藪医者	×
酢の物	○	はなし本	○	盗	○
黄金の釜	○	栄螺	×	旦那寺	○
引窓	○	謡	○	八景	○
うば	○	色男	○	狸ねいり	○
肥満	×	佐次兵衛	×	のり合舟	×
堂建立	○	歳暮	○	妣	○
かミなり	×	からし	○	江戸見物	○
代脈	×	足袋	○	鳶のもの	○
ほうらい山	○	敦盛	○	たハら屋	○
彼岸	○	口上	×	長竿	○
鞠	○	壺	×	女房	○
ばけ物	○	折助	○	丼	○
凧	○	魚哥	○	新五左	○
飛脚	○	ばくちうち	×	上戸	○
しん宅	○	すりこ木	○	湯上り	○

C

『話句翁』		
初一オ	御能	×
初一ウ	万年葛籠	○
初二ウ	塩引	○
初三オ	手ならい	○
初三ウ	通人講	○
初五ノ十一オ	わらんべ	○
初五ノ十一オ	娘の成人（前半）	○
初十二オ	娘の成人（後半）	○
初十二ウ	乙姫の労咳	○
初十四オ	足留の盃	○
初十八ウ	盗人の恋風	○
初十九ウ	鶴の見物	○
初廿一オ	娘の不器量	○
初廿一ウ	灸所の早合点	○
初廿二ウ	天狗の怪我	○
初廿三ウ	姉女郎の異見	○
初廿五オ	大食の後悔	○
初廿六オ	浪人の系図	○
初廿七ウ	砂糖味噌	○
初廿八オ	新参の使	○
初廿九オ	当世の眉毛	○
初三十オ	懸物の唐詩選	○
続一オ	役者の噂	○
続二ウ	武士の嗜	○

四ウ	雀の子飼	×
六オ	噺の行過	×
六ウ	盗人の逆追	×
七ウ	おこりの見舞	×
八オ	富突の指南	×
九オ	鰒のせんさく	×
十オ	あんま取の感心	×
十一オ	うさぎのしゆつくわい	×
十二ウ	神拝も見立	×
十三オ	七福神の遊び	×
十四オ	弁慶ハ調法	×
十四ウ	魚の寸法	×
十五ウ	萱原へおふせ	×
十六ウ	清水寺の開帳	×
十八オ	盗人の白状	×
十九オ	万年のあらそひ	×
十九ウ	狸のきんたま	×
廿ウ	泥亀の立腹	×
廿一オ	座敷上留理	×
廿一ウ	塩干の道筋	×
廿二ウ	くらげも骨に逢	×
廿三オ	鷺を烏	×
廿三ウ	地口の御褒美	×
廿五オ	かぶろのはつめい	×

ひきはた	○
あたまはり	○
（無題）	×
乞食	×
浦しま	×
まごの手	×
かるわざ	○
銭湯	×
寺侍	○
硝子	○
精進	○
襌	○
新宿	○
どうらん	○
うらなひ	○
五十服	×
不動	○
はつ音	×
土左衛門	×
鷺	○
角力	○
佐理行成	×
むすこ部屋	○
熊の皮	×
かゞ見もち	×
番太郎	×
居風呂	○
野島地蔵	○
柱かくし	○
赤飯	○
三味せん	○
乞食	○
畳屋	○
碁	○
比目魚	×
心中	○
竹鎗	○
大入道	○
雷	○
蚤虱	○
鎗の師匠	○
大釜	○
水じまん	×
御馳走	○
五つ眼	○
昼寐	×
天徳寺	○
菊	○
杖	○
うす着	○
大人国	○
益庵老	○
橋の下	○
風の神	○
両聾	○
夜遊び	○
切落	×
夜具	○
鞍馬天狗	○
深川	○
関取	×
山伏	×
鬼も十八	○
非人	○
井の字	×
閑居	○
雁首	×
溲瓶	○
十面	○
眼病	×
くすり喰ひ	○
酒	○

三オ	角大師の噂	×
四ウ	雀の子飼	×
六オ	噺の行過	×
六ウ	盗人の逆追	×
七ウ	おこりの見舞	×
八オ	富突の指南	×
九オ	鰒のせんさく	×
十オ	あんま取の感心	×
十一オ	うさぎのしゆつくわい	×
十二ウ	神拝も見立	×
十三オ	七福神の遊び	×
十四オ	弁慶ハ調法	×
十四ウ	魚の寸法	×
十五ウ	萱原へおふせ	×
十六ウ	清水寺の開帳	×
十八オ	盗人の白状	×
十九オ	万年のあらそひ	×
十九ウ	狸のきんたま	×
廿ウ	泥亀の立腹	×
廿一オ	座敷上留理	×
廿一ウ	塩干の道筋	×
廿二ウ	くらげも骨に逢	×
廿三オ	鷺を烏	×
廿三ウ	地口の御褒美	×
廿五オ	かぶろのはつめい	×

これをみると、本書の「初一」丁オモテの「初夢の大吉」から「続二」丁ウラの「武士の嗜」までの二一話では、すべての咄において庵点が使用されていることがわかる。しかし、残る「三」丁オモテの「角大師の噂」から「廿五」丁目の最終話「かぶろのはつめい」までの二五話に、この庵点の使用は一切見られない。

さて、ここで注目したいのが、庵点に変化のみえる箇所である。この庵点の使用が見られなくなる箇所は、前節で明らかになった丁付に不整合の見られる箇所、ならびに字体・字数・字高に大きな変化の認められる箇所と合致するのである。このことから、本書の転換点が実際には「続二」のウラと「三」のオモテの間にあったことが、あらためて確認できるのである。

つまり、『蝶夫婦』は、馬鹿人一人の手で編集された個人笑話集ではなく、序文および前半部分を手がけた馬鹿人と、後半部分を担当したもう一人の人物、この二者の手によって執筆された板下を合冊した作品であると考えられる。ただし、後半の特徴的な字体の書き手がどのような人物であったかについては、現時点では不明である[13]。

以上の点から、本来本書は「初一」～「続二」までの前半部と「三」～「廿五」までの後半部によって構成されたものであり、序文における「初編、続篇ひとつに合」という馬鹿人の言葉が〝初編〟と〝続篇〟の存在、そして合冊の事実を述べたものであったことを確認できよう。

四、南畝の噺本三部作と『蝶夫婦』

次に、これまでの検討で明らかになった『蝶夫婦』初編の特徴をふまえ、南畝の噺本との比較を行いたい。南畝が自ら編集を手がけたと考えられる噺本には、『春笑一刻』（安永七年〈一七七八〉）、『鯛の味噌津』（安永八年）、『うぐひす笛』（安永七、八年カ）の三作がある。これらの序はいずれも別号を用いているものの、序文、本文ともに南畝の自筆板下とされる作品である。[14] これら南畝の噺本三部作と『蝶夫婦』初編を、特に編者の個性が反映していると考えられる次の二点に注意して比較してみたい。

まず、第一に各話のタイトルである。この三作に収められた小咄の全タイトルを【表I】Bに示した。これらを【表I】Aの『蝶夫婦』初編のタイトルと比較すると、南畝の三作が『鹿の子餅』以降、江戸小咄の主流となっていた、熟語または名詞一語を中心とする形態を踏襲しているのに対し、『蝶夫婦』初編は、むしろ上方軽口咄において長く見られた、「〇〇の〇〇」のように助詞「の」で名詞を繋ぐ、当時の江戸小咄ではかなり特殊な形態を採る点で大きく異なっている。この形態は初編全二一話中「砂糖味噌」を除くすべての咄のタイトルに一貫して使用されている点でも注目すべき傾向といえよう。

第二に、庵点の使用率とその用法である。先述したように、『蝶夫婦』の初編担当者である山手馬鹿人は、全二一話中二一話、つまり一〇〇%、何らかの形で庵点を用いている。[15] それに対して、南畝の三部作では、それぞれ『春笑一刻』が七一%、『鯛の味噌津』が六二%、『うぐひす笛』が八四%と、いずれも高い割合での使用が確認できるものの、『蝶夫婦』初編に見られるような徹底した編集意識はうかがえない。

また、この庵点に表れる編者の意識の相違は、使用率のみならず、その用法においても見い出すことができる。特にその違いが大きく表れているのが、各話の冒頭の台詞部分である。次に例を掲げる。（各話の最初の発話に該当する台詞には、私に傍線を引いた）

i「碁将棊」（『春笑一刻』）

どふもひまで身にもちあつかうが、なんぞよいなぐさミはあるまいか。〽それにハ碁将棊（ごせうぎ）がよふござります〽碁（ご）とせうぎとハちがつた物か〽ハテ、字（じ）のあるが将棊のこま、字のないが碁石（いし）でござる。少ししあんして、

〽そんなら、碁を打(うた)ふ

ⅱ「色男」（『鯛の味噌津』）

本多ぐミのひとむれよりあひ、なんと、からばなしでハ、ねつからさへねいから、酒(さけ)といふところを、きどろふでハないか。〽ヲ、よかろう〽ヲレがかいにやらふか〽イヤ〱、をのしにばかりおごらせてハ、おれがすまぬから、ミんなをいれて鬮(くじ)取にしよう〽インヤ、それもめんどうだ。なんでも此内での色男(いろおとこ)が、かつたかいゝといへば、となりのむすこ、あたまをかひ、くハばら〱

ⅲ「鎗の師匠」（『うぐひす笛』）

おらがむす子が鎗(やり)のけいこに出てから、どうも物事ぞんざいになつてならぬ。武芸(ぶげい)の師匠に似合(にあハ)ぬおしへ方と見へると、親父(おやぢ)、以の外の腹立(ふくりう)。そのまゝ師匠へしかけ、せがれが段々(だん〱)おせわで、ぞんざい物になりました。御流義(りうぎ)ハ何でござりますといへバ、師匠(しせう)〽拙者流義(せつしやりうぎ)ハ投鎗(なげやり)

ⅳ「砂糖味噌」（『蝶夫婦』初編）

下女(けちよ)のおなへが、さとう味噌(みそ)を摺(すつ)て居る所へ、飯焚(めしたき)の釜(かま)平か来て、腕(うで)まくりをして、握(にき)り拳(こふし)をすつと差出(さした)し、〽その味噌を、手のこうへのせてくんな〽けしからねへ。旦那様がお叱りなさる〽ヱ、ハナ。ちつとくんな〽イ、ニヤサ、ならねへよ〽そんなら、此手をねぢつて見ろ

ⅴ「新参の使」（『蝶夫婦』初編）

〽コレ歩介。此手紙を、入福富右衛門様へ持ていけ　〽ハイ。何所で御座ります　〽なんでも、此通りをまつすぐにいつてナ、辻番へ突あたつて聞ていけ　〽畏りましたと、手紙受取、まつ直に行て、辻番の椽頬へおもいれつき当れバ、辻番、腹を立て、〽昼ひなかに、目が見へぬか。どふした物だ　〽ハイ、私ハ、どつちへ行ので御座ります

この例を見てもわかるように、i・ii・iiiの南畝作品では、当時の一般的な江戸小咄本の用法を踏襲し、最初の発話にあたる箇所に「〽」を付さない咄が、『春笑一刻』で三三話中三二話、『鯛の味噌津』で二八話中二七話、『うぐひす笛』で三八話中三五話と、その大勢を占めている。(16)一方、『蝶夫婦』初編では、こうした冒頭の発話に庵点の使用が見られない咄は、対象とした二〇話中、二話のみとなっている。これは、書き方がまだ定まっておらず、とりわけ長咄となっている巻頭の二話にあたり、この二話を除くと、冒頭、文中問わず、その最初の発話に該当する台詞には、〝庵点を正確に付す〟という点で一貫しているのである。

このことから馬鹿人は、庵点のもつ特性を理解し、現在の〝開き括弧〟に近い用法で庵点を用いるという高い編集意識をもち合わせた、かなり几帳面な人物であったことが推察される。

これらに加えて、『蝶夫婦』初編に見られる筆跡は、南畝の三部作にみられるものとは明らかに異なるだけでなく、南畝作品では本文一丁目にいずれも内題が記されているのに対し、『蝶夫婦』ではそれがみられない。このような点から「山手馬鹿人」は、明らかに南畝とは異なる人物であり、その人物が『蝶夫婦』初編の執筆に携わっていることが確認できよう。

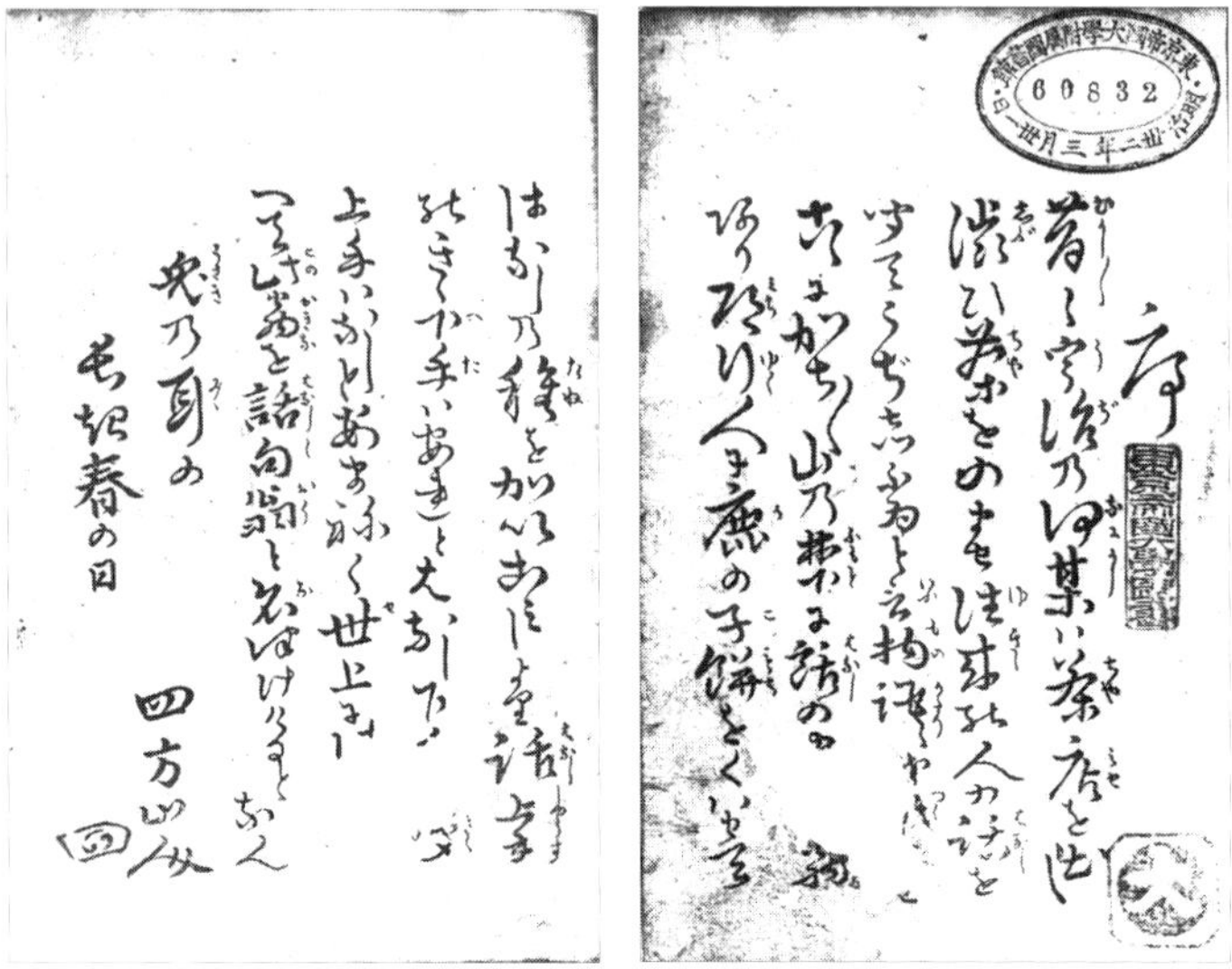

【図6】『話句翁』序文（東京大学文学部国語研究室蔵本）

五、『蝶夫婦』と『話句翁』

「馬鹿人」と「南畝」の別人説を検討していく上で、特に興味深いのが『蝶夫婦』の嗣足改題本『話句翁（はなしくおう）』（天明三年（一七八三））の存在である。本書は『蝶夫婦』から山手馬鹿人の序と冒頭の四話を削り、新たに四方山人の序と新刻の六話を加えた作品となっている。この『話句翁』の序文を【図6】に掲出した。

これをみると、『蝶夫婦』における馬鹿人の序文（【図1】参照）との筆跡の相違は明白である。南畝と馬鹿人が同一人物であるとするならば、『蝶夫婦』刊行からわずか数年後に、自分の作品の序を削り、再び新たに自身の序を付け直すという、きわめて不自然な作為を施したことになるのではないだろうか。

また、前章でもふれたタイトルに注目してみてみると、『話句翁』の新刻部分のタイトル（【表I】C参照）は、名詞、または熟語一語で統一されており、先述した『蝶夫婦』初編とはまったく異なる傾向を示していることがわかる。この相違は、庵点の用法の面でも確認できる。これを『話句翁』において、新刻部分と既存部分との転換部に位置する小咄「娘の成人」で確認してみたい。

「娘の成人」（『蝶夫婦』）

〽お見廻申ます〽是ハ珍らしいお客マア何と思し召てサアまあ、おあがりなされ
〽ハイ扨〱御無沙汰久しうてお目に懸りましたと挨拶して

「娘の成人」（『話句翁』）

をみまひ申ませう。是ハめづらしいおきやく〽マア何とおぼしめして〽サア御あがりなされ
〽ハイ。こぶさたをいたしました。ひさしう御免にかゝりませぬと。あいさつして

この「娘の成人」は本来『蝶夫婦』に収められていた咄であるが、『話句翁』では、その前半部のみが書き写され、後半部に関しては『蝶夫婦』の初十二丁以降の板木がそのまま利用されている。しかし、この『話句翁』の書写部分をみると、漢字から平仮名への書換えをはじめとし、細かい言い回しや表記、振り仮名の多寡などが少しずつ変化していることがわかる。さらに、『蝶夫婦』ではたしかに付されていた冒頭の発話における庵点もまた、『話句翁』ではみられなくなっている。こうした点からも、噺本のタイトルや表記には編者の意識が如実に反映されることがわかるとともに、南畝と馬鹿人には、その編集意識の面で、大きな差違のあったことが確認できよう。

六、山手馬鹿人と洒落本

ここでは、「山手馬鹿人」について、従来、南畝の著作として一括して捉えられてきた洒落本の序跋を中心に検

討してゆきたい。現在、「馬鹿人」の関与が推定される洒落本は『甲駅新話』『世説新語茶』『粋町甲閨』『深川新話』『道中粋語録』の五作である。次に所見本の書誌と特色について掲出する。

①『甲駅新話』（安永四年〈一七七五〉）（國學院大学図書館蔵本甘露堂文庫本）

体裁　小本一冊
表紙　三角波散らし模様、黄土色、一五・八×一一・五糎
題簽　左肩、子持枠。「甲駅新話　全」九・七×二・五糎
構成　漢序（一丁半）、白紙（半丁）、和序（一丁半）、口絵（一丁）、目録（半丁）、本文（三十七丁半、跋（一丁）、
　　全四十三丁半
漢序　馬糞中咲菖蒲述　印（○内に「甲州」）／印（□内に「道中」）
和序　安永四ツのとし文月の比　風鈴山人水茶屋に書す
口絵　春章画
内題　甲驛新話
柱刻　なし
丁付　ノド丁付。漢序に「甲序一」「甲序二」、和序・口絵・目録に丁付なし、本文に「甲一」～「甲三十七」、
　　跋文に丁付なし
匡郭　一三・一×九・五糎
跋　随行散人随帰の枕上（ずいいきさんじんずいがへりまくらもと）に跋（ばつ）す
刊記　安永未乙秋　新甲館蔵書

奥付　なし

【特色】

舞台…四谷新宿

序文…風鈴山人

跋文…随行散人

＊序跋に馬鹿人の名は見えないものの、風鈴山人の序が、南畝の特徴的な筆跡で記されていること、『粋町甲閨』の序に「こゝに山手馬鹿人（やまのてのばか）が甲駅新話の一巻。ふしぎのあたりをとりしより」と明記されていることから、従来「風鈴山人」＝「大田南畝」＝「山手馬鹿人」と考えられてきた。

②『世説新語茶』（安永五、六年頃）（大東急記念文庫蔵本）

体裁　小本一冊

表紙　黄色、一六・一×一一・六糎

題簽　左肩、単枠。「世説新語茶　完」一一・三×一・四糎

構成　見返し、序（一丁半）、本文（三十四丁）、跋（一丁半）、全三十七丁

序　冒頭の盃図内に「家在 二合半坂」。末尾に「折輔談翁（おりすけだんのう）／印（□の中に「タケミツ」）／印（□の中に「ダンノウ」）」

口絵　秀車画

内題　なし

柱刻　なし

丁付　ノド丁付　序・口絵に丁付なし。本文「山一」～「山六」「山六」「山七」「川一」～「川五」「深六」「深

七」「い壱」～「い七」「を壱」～「を十一」、跋文に「大尾」
匡郭　一三・〇×九・五糎
跋　酔醒茶弦がいふ
刊記　なし
奥付　なし

【特色】

舞台…上野山下・深川・いろは茶屋・音羽
序文…折輔談翁
「今山の手の馬鹿人が著す所の一篇は。南鐐一片にまされる事遠し。身は岡場所の卑に居て。天水桶高きをしり。心は浅黄裏のあさきに似て。藍より青き色に染んかしよ。書肆何某の数請にまかせて。葦簾の陰にごそ〳〵と序す」
跋文…酔醒茶弦
＊『洒落本大成』第七巻の解題において、濱田啓介氏は「本文、序、跋、それぞれの筆跡は、大田南畝の手に似ていると言えば言えるが、確言できない」とする。

③『粋町甲閨』（安永八年）（大東急記念文庫蔵本）
体裁　小本一冊
表紙　薄茶色、繋花文浮出し、一六・〇×一一・〇糎
題簽　後補　左肩、子持枠。「粋町甲閨　全」八・八×一二・〇糎

構成　序（一丁半）、口絵（半丁）、白紙（半丁）、自序（二丁）、本文（三十九丁半）、全四十五丁
序　印（扇巴）／印（□内に「店在両国」）
自序　山手の馬鹿人　小便桶のうらの　灰小屋ニ序ス
口絵　春章画
内題　粋町甲閨
柱刻　なし
丁付　ノド丁付　序・口絵に丁付なし。自序に「序一」「序二」、本文「一」～「三十四」「甲」「乙」「三十五」～「卅八了」
匡郭　一三・〇×九・五糎
跋　なし
刊記　なし
奥付　なし
広告　『世説新語茶』『甲驛新話』『粋町甲閨』『賣花新驛』『深川新話』『評判茶臼藝』『たから合の記』

【特色】

舞台…新宿

序文…印章（扇巴）（大田南畝）

「大士さんの御籤に曰。駅は変駅なり。あたるもふしぎ。あたらぬも亦ふしぎなる哉。こゝに山手馬鹿人が甲駅新話の一巻。ふしぎのあたりをとりしより。書林文屋安雄なるもの。好い味を〆てになりて。床の内にひめ置たる。粋町甲閨の文枕。世に並べ行はんとし。来て例の序をせがむ。予書林の為に序をかく事。凡

三千三百三十三度。三橋亭と高をあらそひ。新不二山をも張ぬくべし。多くの中でこなさんの。本に度〳〵序する事。義理一片のあだつきならず。そのあだつきのつき〳〵にはやり。日には何度沽らめや〳〵」

自序…山手の馬鹿人

「鳶とろゝと鳴は天気と知。烏かあ〳〵と啼は。揚場へ米がこぼれたと悟る。爰といへば向所。安けらといふとこんけらと。先走ル通の世の中。洒落とはあつかま敷島の。歌人ならぬむだ人は。居ながら飯をくふ〳〵寂〳〵。じやくも肴交の作者皃。がをとの外題を持ながら又モ後編あるべきにと。進られたる此一冊。甲駅新話の其あとへ。まくら並べし粋丁甲閨。久しいものと笑はば否　山手の馬鹿人」

④『深川新話』（安永八年）（早稲田大学図書館蔵本）

体裁　小本一冊

表紙　改装　茶色、一六・〇×一一・〇糎

題簽　欠

構成　㈠朱楽館主人序前半（半丁）、口絵（一丁）、朱楽館主人序後半（半丁）、㈡千里亭白駒序（一丁）、本文（三十六丁半）、全三十九丁半

序　㈠安永八亥とし　正月　朱楽館主人題
　㈡千里亭白駒撰

口絵　未詳

内題　深川新話

柱刻　なし

丁付　二つの序、口絵ともに丁付なし。本文「一」～「廿三」「ノチ廿三」「廿四」～「三十六」

匡郭　一三・〇×九・五糎

跋　なし

刊記　なし

奥付　なし

【特色】

舞台…深川

序文…朱楽館主人（朱楽菅江）

「爰に山手の馬鹿人といふ人あり。むだの聖也。又肩のごとくひど丸といふ人あり。むだはぞつこん得手也。ひど丸は馬鹿人か上にたゝんことかたく。馬鹿人はひど丸か下にたゝんことかたくなん有ける。ひど丸も御好なれはばかひとも御好。日さへくるれは早往〳〵と鳴。鳥はもとより助兵衛鳥。一たび垂天に羽うつて野暮天を睥睨す。されは山の手の西より深川の東のはて。蟻の穴まで仔細に見きはめ。一巻の書を著す。名つけて深川新話といふ。予蓬蒿際よりちよびと閲して。これを如在の序の字とす」

序文…千里亭白駒

「むかふよりくる潮さきの小ふね。何やらいふをよく聞は。ばか〳〵〳〵馬鹿人か。書あらはせし魂胆秘密。もとより好の義理とふんどし。これはかゝずはなるまいと。いきちよん脇差の小尻に書す」

⑤『軽井茶話道中粋語録』（安永九年）（大東急記念文庫蔵本）

体裁　小本一冊

表紙　改装　薄茶色。一六・三×一一・四糎
題簽　後補　左肩、無枠。「変通軽井茶話」十一・〇×二・一糎
構成　序（二丁半）、口絵（二丁）、白紙（半丁）、本文（三十一丁）、全三十四丁
序　序題「変通軽井茶話序」姥捨山人書　扇形の内に「巴」
口絵　春章画
内題　軽井茶話道中粋語録
柱刻　なし
丁付　序、口絵に丁付なし。「二」～「廿五」「廿八」～「三十三尾」
匡郭　一三・一×九・五糎
跋　なし
刊記　なし
奥付　なし

【特色】

舞台…軽井沢

序文…姨捨山人　印章（扇巴）（大田南畝）

「かきしるしたる此一巻。あまねく世上にうり詞として。その買ことばをまつはたそ。山の手の馬鹿人なり」

※特色の項で示した序跋者のうち、戯号や印などから人物を特定できるものに関しては（　）内に明記した。また、序跋中で「作者」に言及していると思われる箇所についてはその部分をすべて掲出した。

これらを通覧すると、③『粋町甲閨』や⑤『道中粋語録』の序末には南畝がしばしば戯作において使用した「扇巴」の印章[17]が見受けられるなど、南畝の関与をうかがわせる形跡が色濃く残されていることがわかる。こうした点も、これまで馬鹿人＝南畝と考えられてきた大きな要因の一つであろう。

しかし、右の序跋の文言を検討すると、南畝の洒落本第一作目と考えられている①の『甲駅新話』を除く四作には、「山手の馬鹿人」「山の手の馬鹿人」とその呼称に若干の差異はあるものの、共通してこの「馬鹿人」の名が明記されていることに気づく。

南畝は明和・安永期の戯作において「山手馬鹿人の戯号を除いては、殆んど一作ごとにその時限りの名前を用いている」とされる。[18]これは見方を変えると、戯作においてはその都度仮初めの号を用いる姿勢を貫いていた南畝に対し、一貫して〝馬鹿人〟の号を称し、戯作を執筆し続けていた別の人物が存在していたことの証左であり、序跋を寄せた文人らがもち合わせていた、南畝と馬鹿人を別人とする認識の表れともいえるのではないだろうか。

そこで注目したいのが、『甲駅新話』の続編として刊行された、③の『粋町甲閨』（安永八年）である。本作は扇巴、すなわち南畝を示す印章が記された「序」と「山手の馬鹿人」と署名のある「自序」、二つの序文を併せもつ、大変興味深い作品である。

この「序」文中で、南畝は自ら、板元である文屋安雄、つまり富田屋新兵衛にせがまれ本書の序を書き下ろしたこと、これまでにも彼のために幾度となく序を寄せていることを、愚痴めいた言い回しで誇張を交えながらも明言している。それに加え、「山手の馬鹿人」と署名された「自序」が独立して存在しているのである。こうした行為や彼らの言辞を単なる虚構として、看過するわけにはゆかないだろう。

そこで実際にこの『粋町甲閨』の自序（【図7】）および序（【図8】）を見比べてみたい。

この二図から、それぞれの序文が異なる人物によって記されたものであることは明白である。ここで注目したい

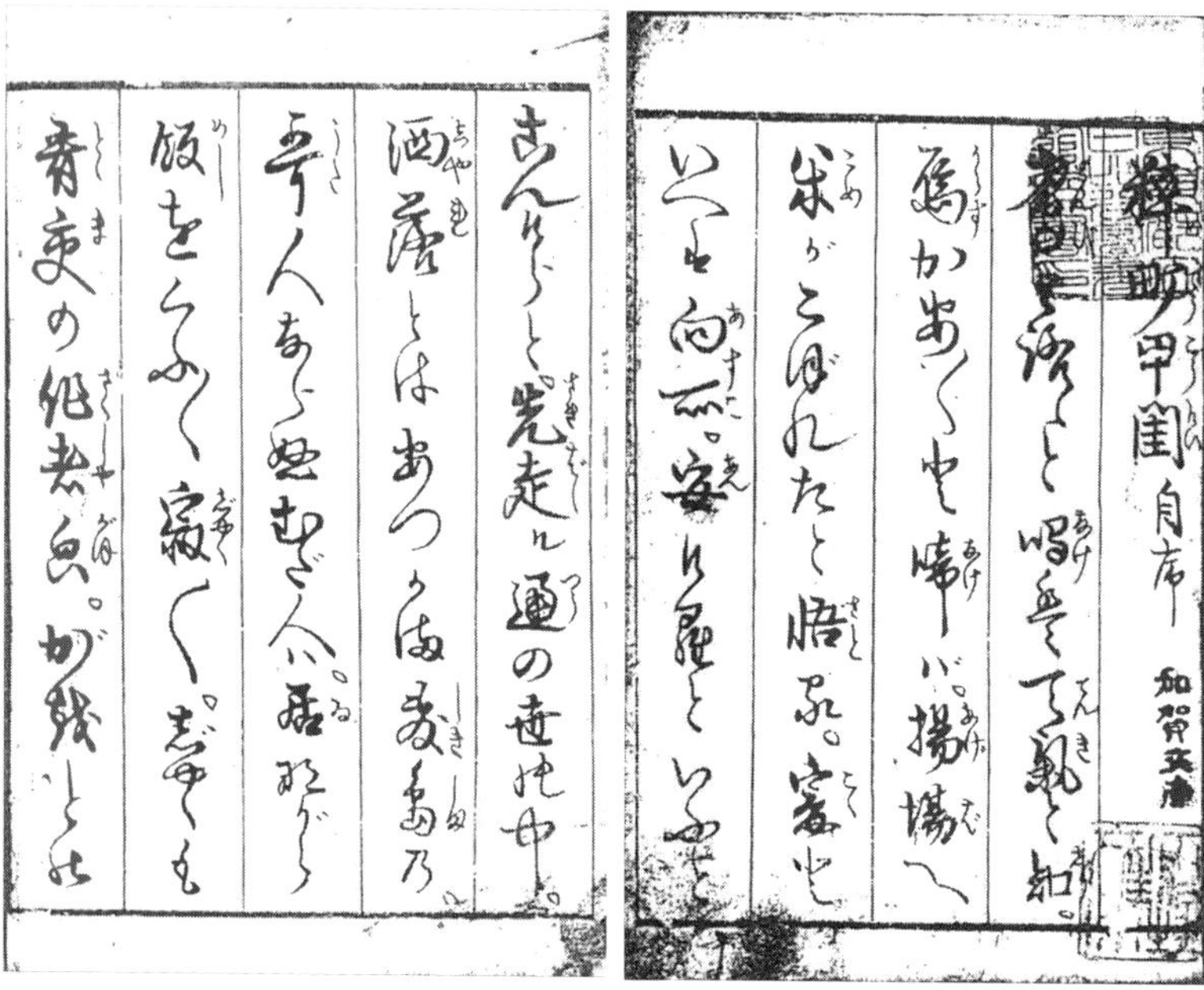

【図7】『粋町甲閨』自序（東京都立中央図書館蔵本加賀文庫本）

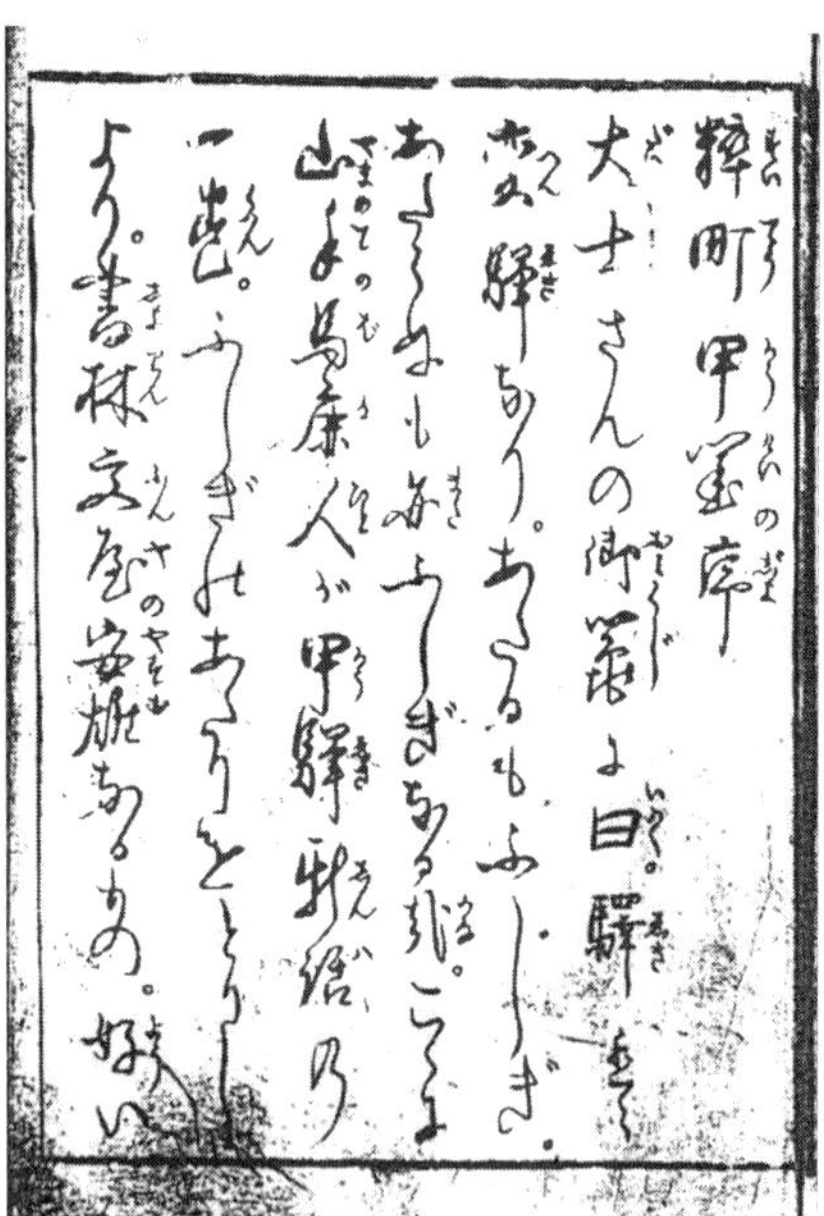

【図8】『粋町甲閨』序文（東京都立中央図書館蔵本加賀文庫本）

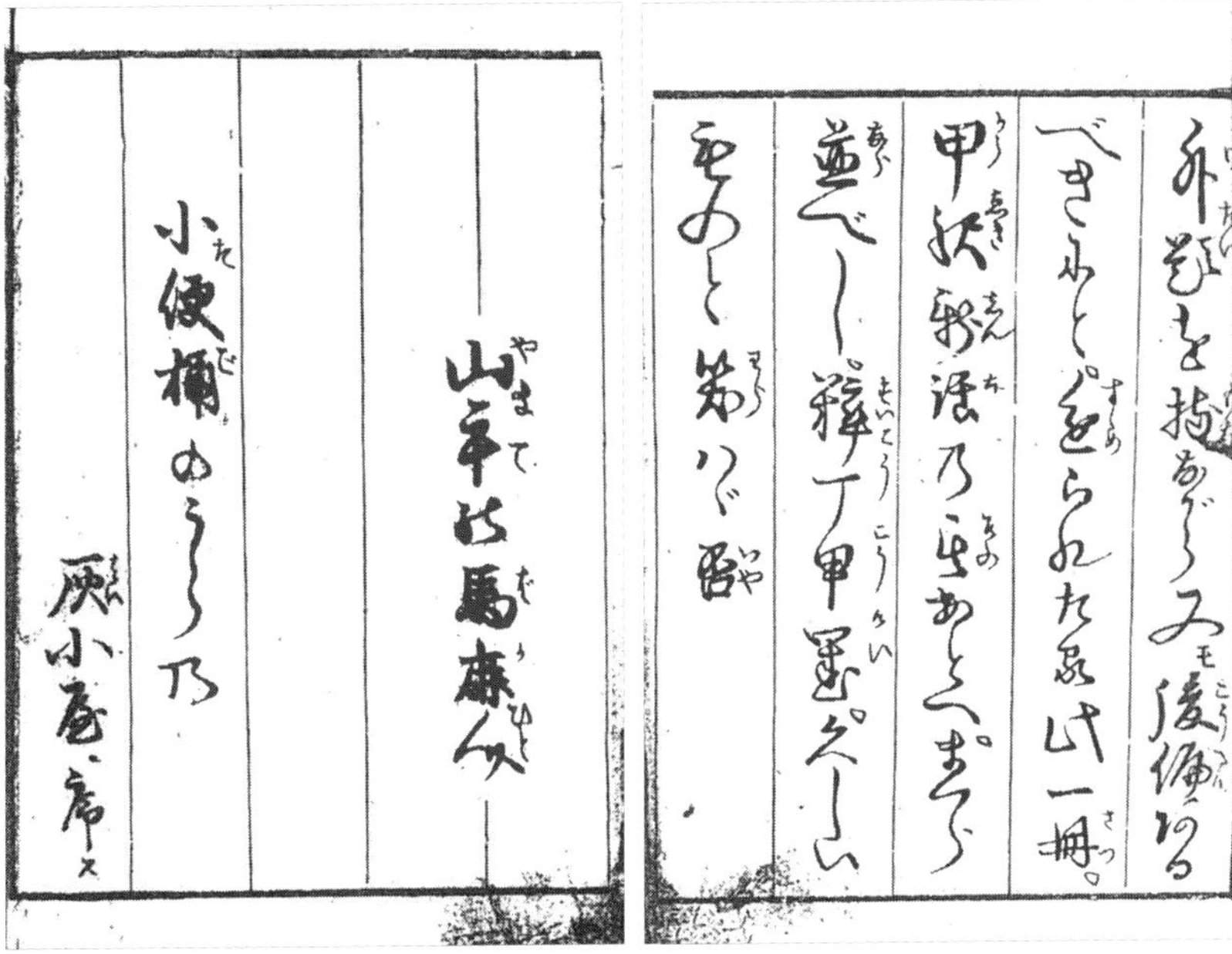
山手馬鹿人

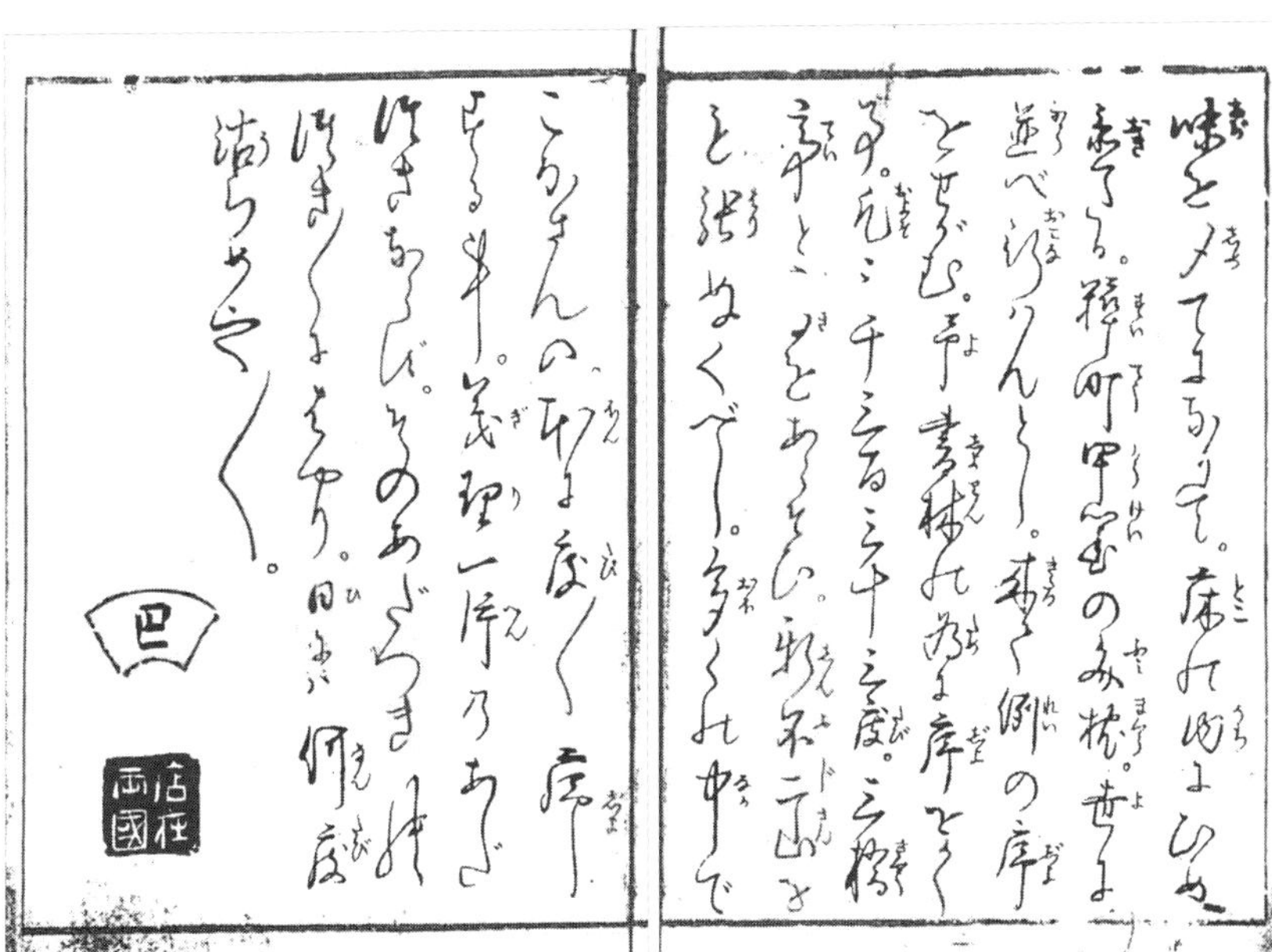

のは、この自序における「馬鹿人」の筆跡である。興味深いことに、この筆跡はこれまでの検証で明らかとなった、『蝶夫婦』の序文から初編にかけて見られた「馬鹿人」の筆跡と一致するのである。

『蝶夫婦』が二冊から成る作品であることの裏付けの一つともなったこの特徴的な筆跡は、『粋町甲閨』の「自序」

【図9】『粋町甲閨』本文（東京都立中央図書館蔵本加賀文庫本）

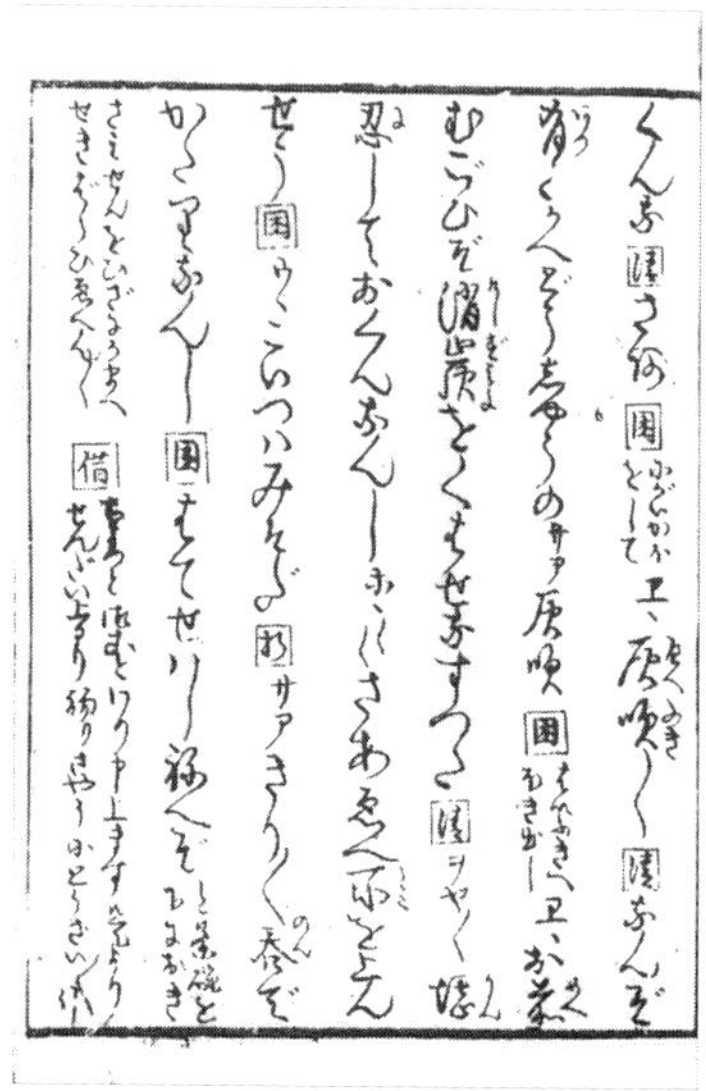

三十四オ

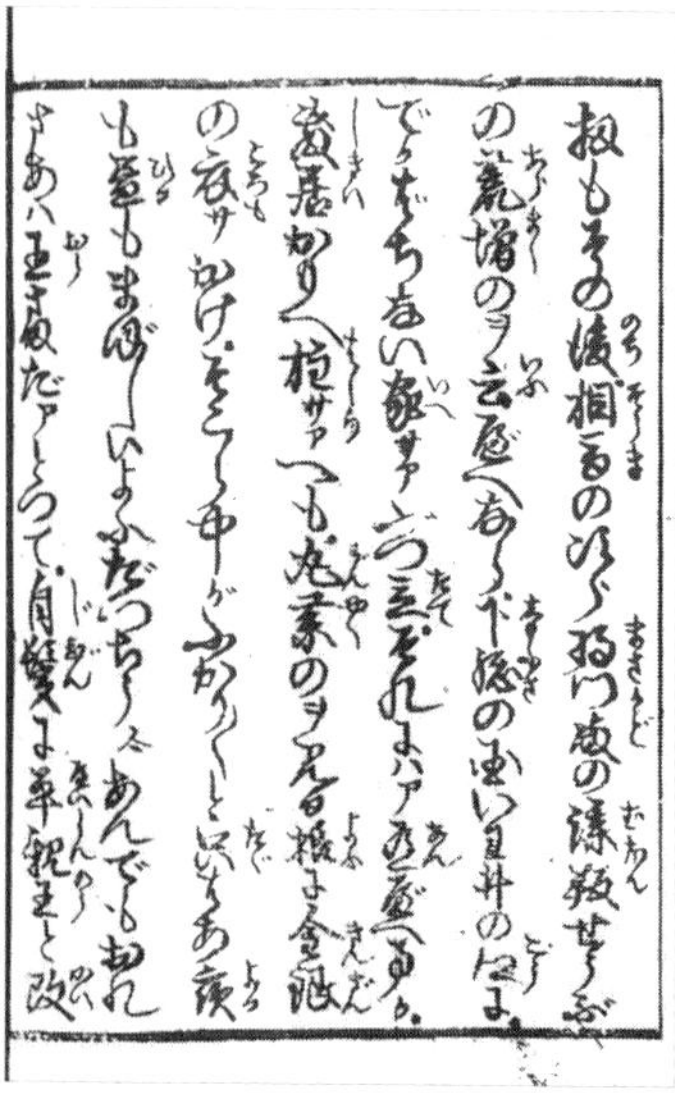

三十四ウ

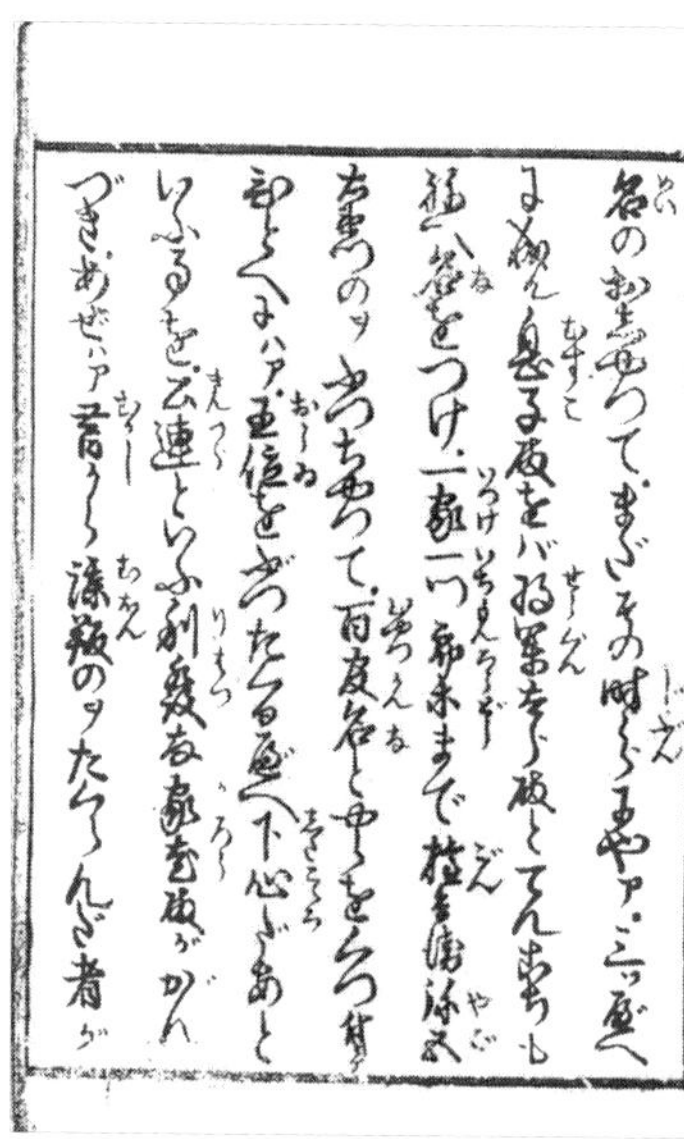

甲オ

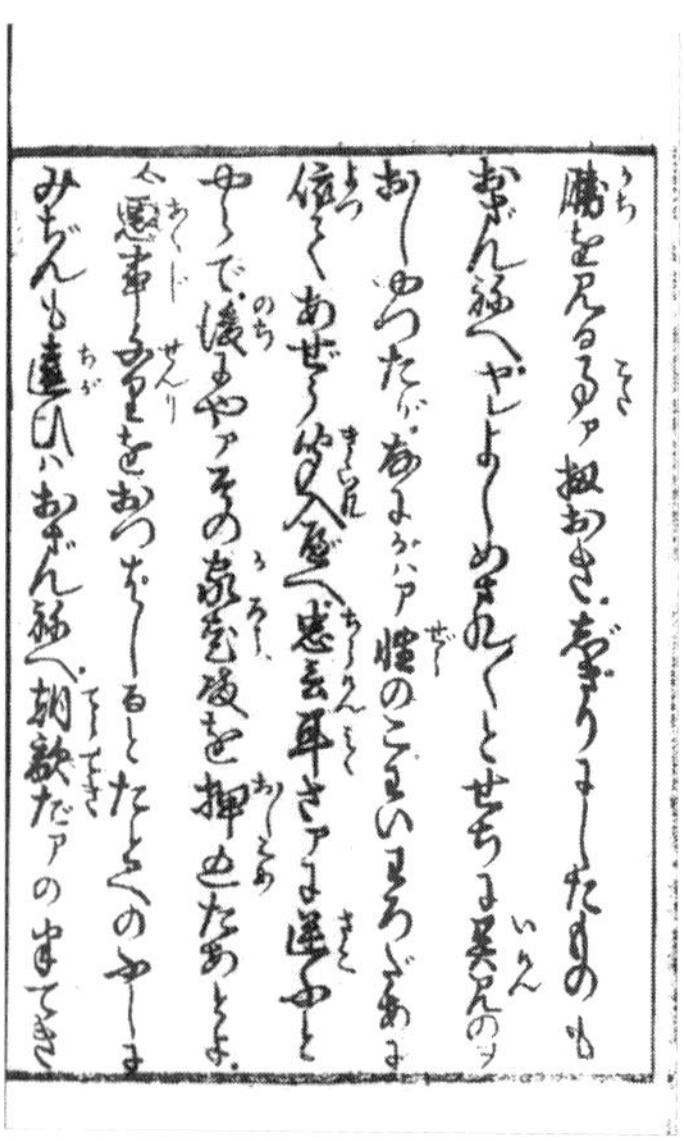

甲ウ

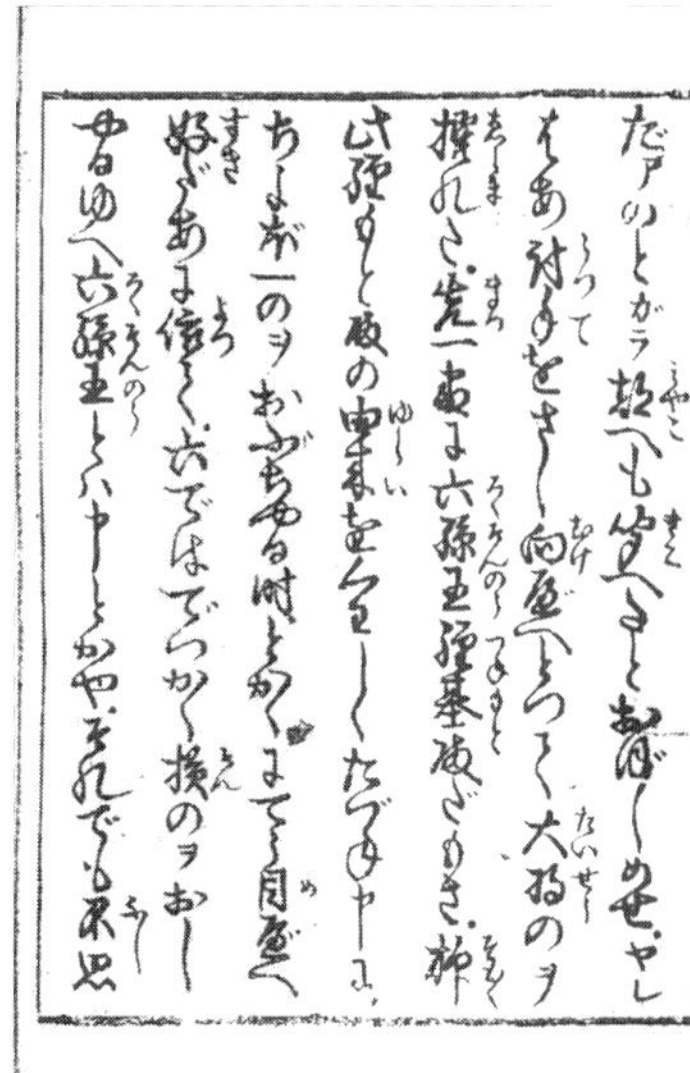

乙オ

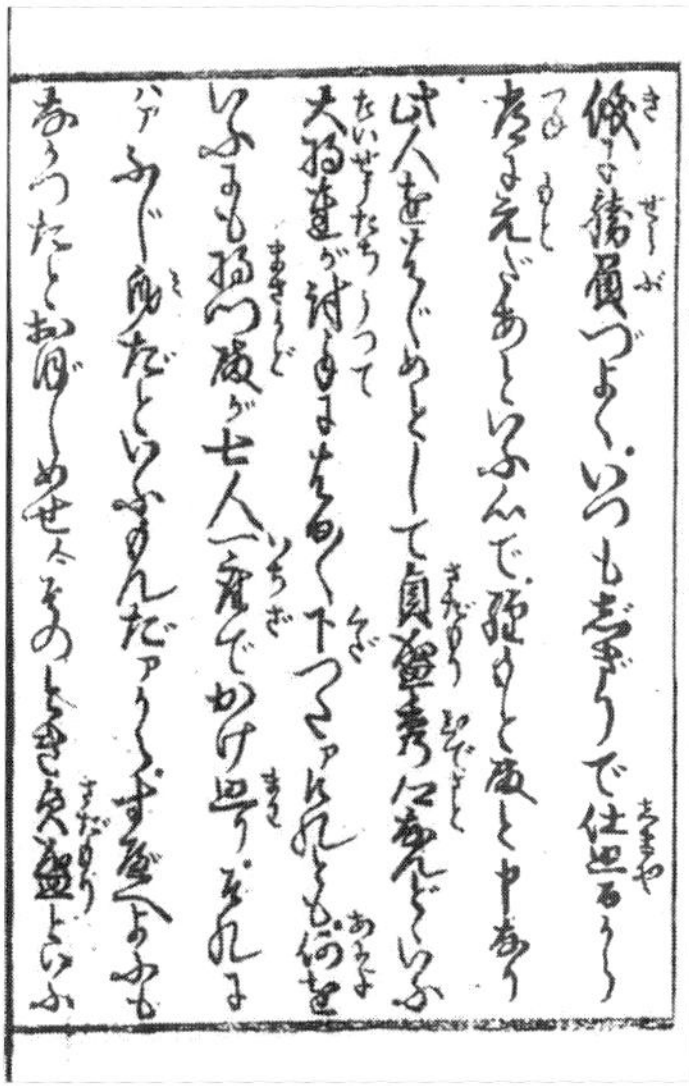

乙ウ

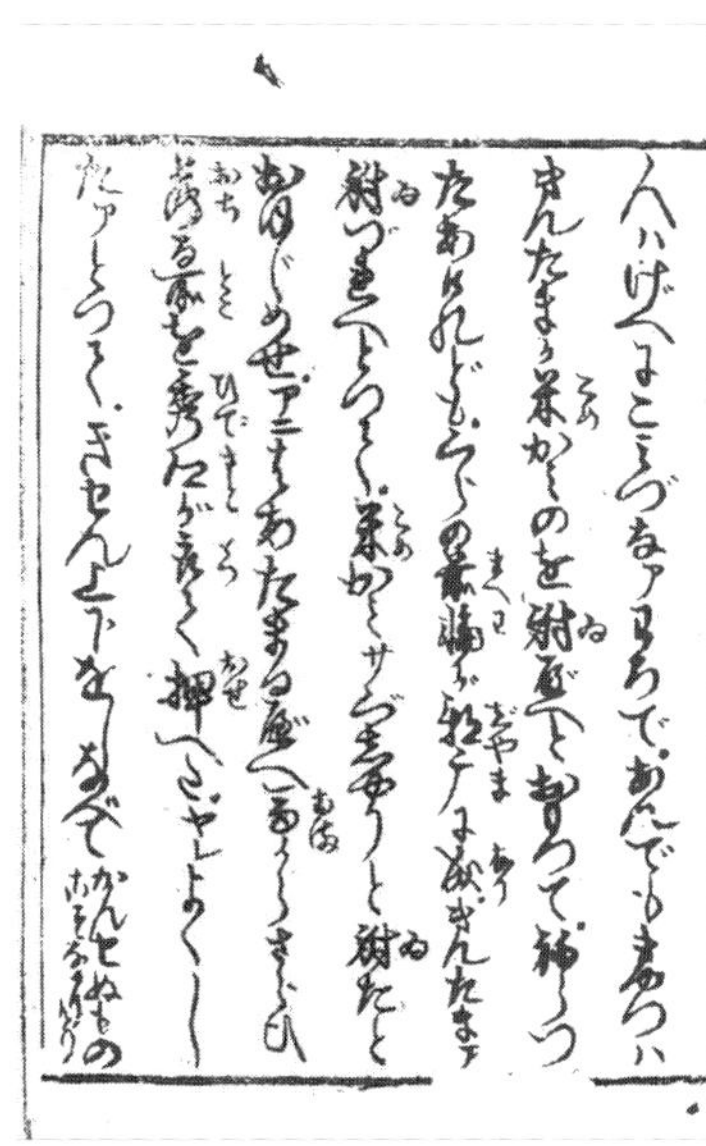

三十五オ

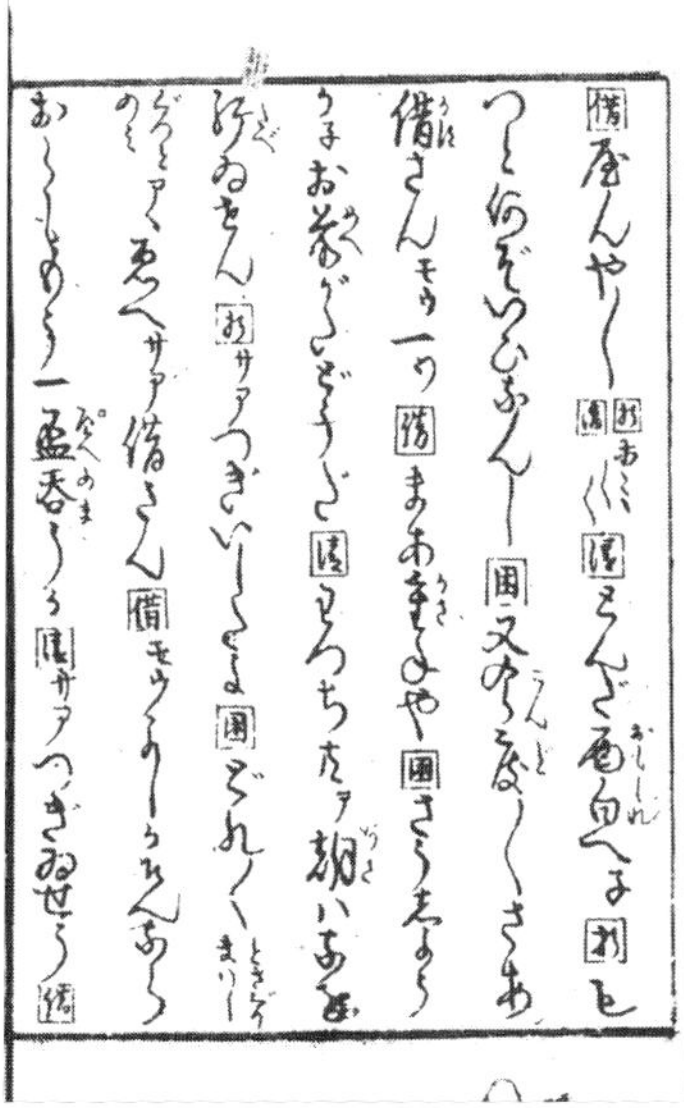

三十五ウ

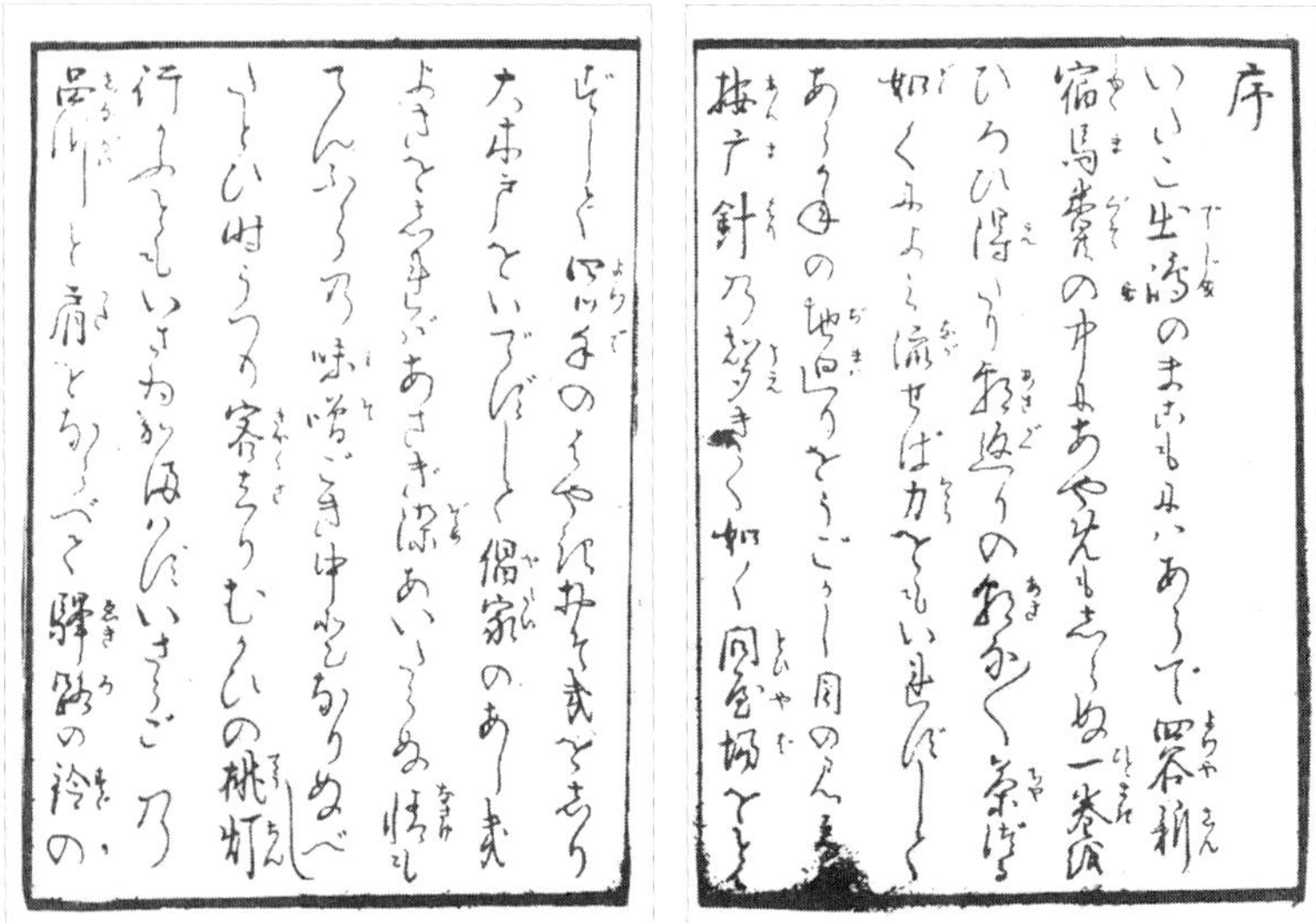

【図10】『甲駅新話』（國學院大學図書館蔵本甘露堂文庫本）

だけでなく、本文中の〝ある箇所〟においても確認できる。それが三十四丁〜三十五丁の場面である（【図9】参照）。

ノド丁付のため図版では見えないが、本作の三十四丁と三十五丁の間には甲、乙の丁付をもつ二丁が挿入されている。右の図を比較すると、三十四丁のオモテからウラへ、また三十五丁オモテから三十五丁ウラへと移行する部分に、明らかな筆跡の変化を見て取れる。

この筆跡の異変にいち早く気づき言及していたのが、濱田啓介氏である。濱田氏は「本書の板下は『三十四丁ウラ』から『三十五丁オモテ』までを除いて、他は大田南畝の手になるものと思われる[19]」と指摘している。実は、ここで濱田氏が南畝の筆跡から除外した箇所、すなわち、「三十四丁ウラ」から甲・乙の二丁を挟んだ「三十五丁オモテ」までの筆跡こそが、これまで確認してきた特徴的な馬鹿人の筆跡と符合するのである。

この箇所での部分的な筆跡の交代は一見、中途半端な印象も受けるが、内容を見ればその謎はすぐに解ける。馬鹿人の筆跡が確認できる箇所は、本書の見せ場の一つでもある座頭客の借都（かすいち）と困弥（ひとや）の語る、方言を多用した滑稽な「仙台浄瑠璃」の挿入部分にあたるのである。

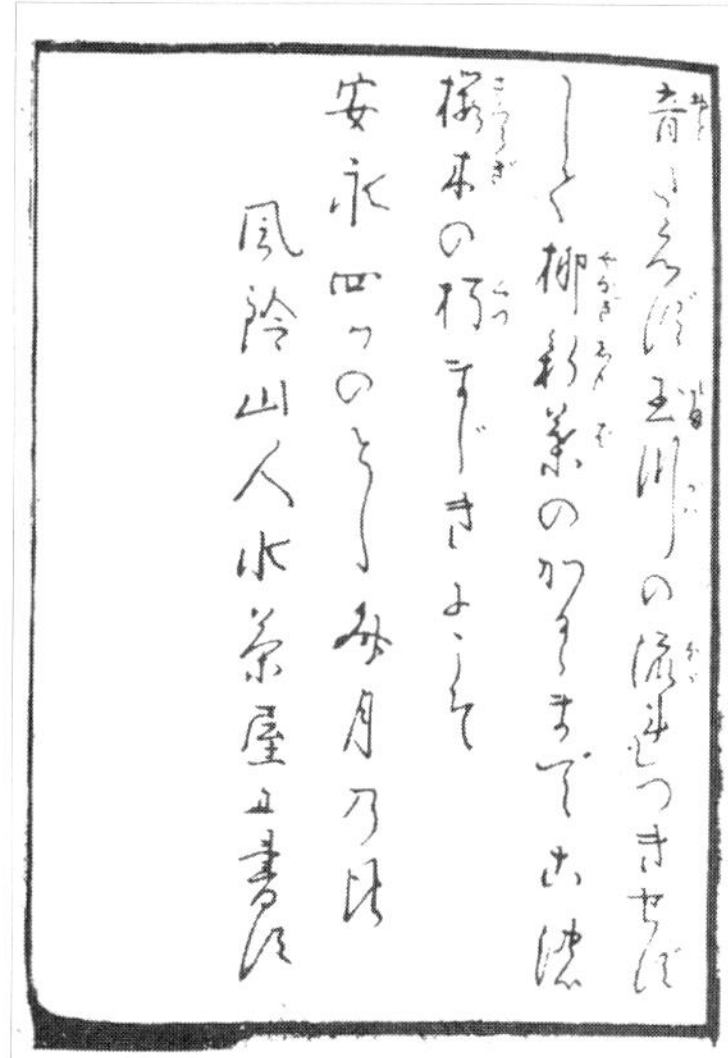

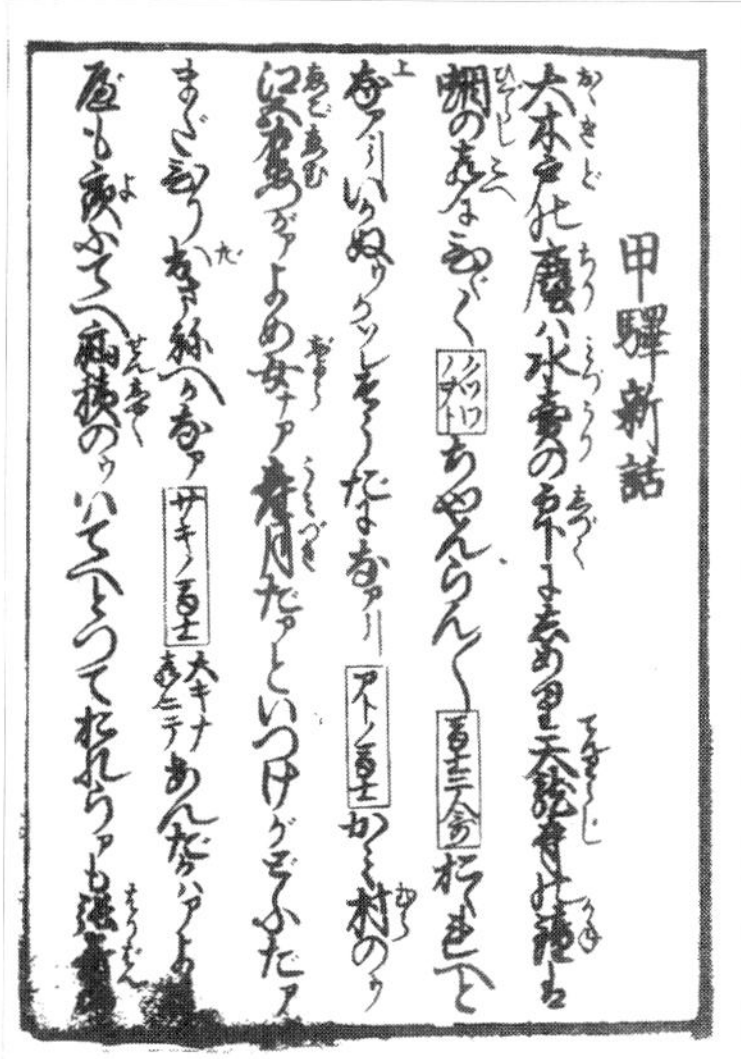
甲驛新話

この箇所については、のちに『近世物之本江戸作者部類』で曲亭馬琴が「内藤新宿なる賣色のおもむけを綴りたり。賣女の坐席にて盲目法師か仙臺浄瑠理をかたる打諢場ありしを看官抱腹せさるハなかりき」（前掲注（7）参照）と記しており、また、洒落本評判記『花折紙』では、本作を若女形之部の上上吉（吉の三画目以降白抜き）に据えた上で、頭取が「座頭困弥の加役にて仙臺上るりの場まて大でき〳〵」と評していることから、とりわけ当時の読者から賞賛を浴びていたことが知れる場面でもある。

これは中野三敏氏によって「作者の滑稽指向を如実に示した所として特徴的」であり、「この仙台浄瑠璃の丁だけは板下も変えて、浄瑠璃本らしく作るなど、細かい趣向を見せている」[20]と評される箇所に該当するのである。言い換えるならば、趣向を凝らし、誇張した仙台浄瑠璃の詞章をいきいきと写すことで、当時の読者を魅了するほどおかしみに満ちた出色の場面へと仕上げた馬鹿人の手腕が如実にうかがえる箇所ともいえるのである。

ここまで『蝶夫婦』の序と初編、『粋町甲閨』の自序、および「仙台浄瑠璃」部分に共通して確認できたこの筆跡は、さらにもう一箇所、『甲駅新話』の本文すべてにおいても確認することができる。【図10】に『甲駅新話』の序文と本文の冒頭を掲げた。

この序文と本文については、最後の幕臣の一人でもある山中共古氏が『権蒟蒻（ごんこんにゃく）』（大正五年〈一九一六〉）において「此本内藤新宿のことを記せしも、馬鹿人は蜀山人なりといふ。（中略）予は序文は蜀山なるも、本文は然らずと思へり」[21]と述べている。この山中氏が、蜀山人のものではないとする本文の筆跡こそが馬鹿人の筆跡であったのである。つまり、『甲駅新話』の序文に関しては南畝が、冒頭の「甲一丁」から最終丁である「甲三十七丁」までの全本文に関しては一貫して馬鹿人が担当していたものと思われる。

以上の点から、南畝の洒落本第一作目と考えられてきた『甲駅新話』およびその続編として板行された『粋町甲閨』の執筆には、「山手馬鹿人」が深く関わっていたと考えられる。これらの筆跡に関しては、二者の表記が特徴的な文字を対応させる形で比較を行い、【表Ⅱ】に掲出した。

こうした点からも、「大田南畝」と「山手馬鹿人」が明らかに異なる人物として存在していたことが確認できよう。また、残る『世説新語茶』『深川新話』『道中粋語録』の三作についても、序文に馬鹿人の名が一貫して挙げられている点、舞台を吉原以外の岡場所に求めている点、方言や江戸言葉を多用した文体を好んで取り入れている点など、他の同時期の洒落本と比較しても、かなり個性的な特色を有することから、板下は南畝の筆跡であるものの、馬鹿人が関与した作品である可能性は高いと考えられる。

おわりに

本章では、長く文学史上の定説とされてきた、大田南畝・山手馬鹿人同一人説について、従来、南畝作と捉えられてきた洒落本および噺本に、これまであまり取り上げられることのなかった噺本『蝶夫婦』を合わせて比較検討することで、「山手馬鹿人」がたしかに南畝とは別個人として存在していたことを確認、証明することができたと

【表Ⅱ】山手馬鹿人・大田南畝筆跡対照表（二重線より上段は山手馬鹿人、下段は大田南畝）

の
ひ
へ
ん
な
蝶夫婦（序文）
蝶夫婦（前半）
甲駅新話（本文）
粋町甲閨（自序）
粋町甲閨（浄瑠璃）
甲駅新話（序文）
甲駅新話（跋文）
粋町甲閨（序文）
粋町甲閨（本文）

考える。
今後は、安永期、限りなく南畝と近しい間柄にあり、高い文芸性と豊かな発想力をもちながら、何らかの理由で表立って名を明かすことのなかった、南畝とは明らかに異なる「山手馬鹿人」という人物の存在を念頭においた作品の検討が必要となってくるであろう。

注

（1）大久保葩雪氏「洒落本目録」（『新群書類従』第七巻所収、国書刊行会、一九〇六年）「安永四乙未年 甲駅新話 一 風鈴山人作 四方山人の作なり」

＊朝倉無聲氏も同様に「甲駅新話 一 風鈴山人・勝川春章畫 安永四年 風鈴山人は大田南畝の仮号なり」「深川新話 一 山手馬鹿人 安永八年 山手馬鹿人は大田南畝の仮号なり」（『新修日本小説年表』、春陽堂、一九二六年）とする。

（2）玉林晴朗氏「大田南畝と山手馬鹿人」（『集古』第一八五号、一九四二年十一月）

（3）水野稔氏『黄表紙洒落本集』解説（日本古典文学大系第五十九巻、岩波書店、一九五八年）

（4）石川淳氏「蜀山雑記」（『川柳狂歌集』、日本古典文学大系第五十七巻・月報二十、岩波書店、一九五八年）

（5）濱田義一郎氏「山手馬鹿人の問題」（『近世文藝』第十二号、一九六五年十月）

＊濱田氏は、石川氏の指摘した『判取帳』の記載について、歌麿が北川豊章からの改名時に配布した摺物であるとの前提で、交際の有無を問わず現役作者を網羅したものと推定、馬鹿人の存在を示唆するものではないとする。しかし、石田泰弘氏（「喜多川歌麿・北川豊章別人説」『デアルテ』第十一号、九州藝術学会編、一九九五年三月）は、歌麿・豊章別人説の見地から、この名寄せ部分が歌麿の改名時ではなく、デビュー時に配られた摺物の版木の一部であり、当時の歌麿の有力な後援者が名を寄せたものであろうとしている。筆者は、当時このように各界で名を馳せていた著名人らの名に交じり、馬鹿人と南畝の名が

書き分けられている点にこそ積極的な意義があると考える。

（6）『蜀山人判取帳』安田文庫蔵本複製（米山堂、一九三一年）南畝と馬鹿人の号は「四方の赤良／あけら菅こふ」と「山の手のばか人／えんば」の組み合わせで、それぞれ異なる色紙に記されている。

（7）『近世物之本江戸作者部類』では「四方山人」の項に続き、「山の手の馬鹿人」の号が立項される。「山ノ手ノ馬鹿人　何人なるをしらす。安永天明の間この作者の洒落本二三種見えたり。そか中に賣花新駅といふ中本（略）は内藤新宿なる賣色のおもむけを綴りたり。賣女の坐席にて盲目法師か仙台浄瑠璃をかたる打諢場ありしを看官抱腹せさるはなかりき」との記述あり。（『賣花新駅』は『粋町甲閨』の誤り）

（8）武藤禎夫氏は噺本の作者について「多くの場合、当時伝わっている笑話を採録して噺本に仕立てるか、同好の士の創作を選択して一本にする方が多く、その限りにおいて作者とは編者にすぎない」（武藤禎夫氏編『江戸小咄辞典』東京堂出版、一九六五年）としている。

（9）bには、安永五年刊『鳥の町』の「摘菜」が墨書で挿入される。振り仮名がない点、「の」の表記に「乃」を用いている点を除き、文面、庵点の使用箇所ともに、原話と一致することから、明らかに筆写したものとわかる。

（10）林美一氏「資料小咄『蝶夫婦・話句翁』」（『江戸文学新誌』第三号、一九六一年五月）

（11）武藤禎夫氏編『噺本大系』十一巻（東京堂出版、一九七九年）

（12）ここでは見やすさを考慮し、版面がより整っている東京誌料本を用いる。

（13）庵点の使用が一切確認できない点から、当時の江戸小咄本に対してさほど下地がなく、小咄における庵点という概念をもち合わせていない人物が、執筆を引き受けた可能性がある。序にみえる「此楓」に関しては、他の馬鹿人の名が見える洒落本にも見受けられず、また、「山手馬鹿人」の名に比して、ひときわ大きい字体で記されており、続篇担当者に関係する号である可能性もあるものの、いまだ不明な点が多いため、今後の課題としたい。

（14）三馬旧蔵書に『鯛の味噌津』「今の蜀山人なる所謂四方の赤良先生自筆を、そのまゝに上木したる本なり」、『うぐひす笛』「四方赤良（略）今の蜀山人の若かりし頃、つくりて板下地をも自筆に書給ひしもの也」と、それぞれ三馬自身の識語が備わる。

（15）『蝶夫婦』初編における庵点の使用箇所は「時代違の長物語」での歌の引用表記としての使用を除き、すべて会話文に付されるものとなっている。

（16）大田南畝の他の著作における庵点の用法を検討すると、その膨大な著述のなかでも、それを確認できるのはごくわずかであり、随筆等における狂言や歌の引用箇所、そして噺本においてのみであることがわかる。このことは、南畝が庵点に対して、音声表象あるいは会話を示す指標という認識をすでにもちあわせていたことをうかがわせる。

（17）森銑三氏は「大田南畝洒落本小記」（『森銑三著作集』第十巻、中央公論社、一九七四年）において、南畝が扇の地紙のなかに、安永五〜九年までは巴の一字を、天明二年以降は三つ巴の図を書き入れていることを指摘している。

（18）中野三敏氏「寝惚先生文集・狂歌才蔵集・四方のあか」解題（『新日本古典文学大系』第八十四巻、岩波書店、一九九三年）

（19）濱田啓介氏『洒落本大成』第九巻解題（中央公論社、一九八〇年）

（20）中野三敏氏「南畝の戯作」（『大田南畝全集』第七巻、岩波書店、一九八六年）

（21）山中共古氏著・中野三敏氏校訂『砂払』（岩波書店、一九八七年）所収。

第二章　山手馬鹿人の方言描写

はじめに

「山手馬鹿人」の号については、安永期の洒落本数点にその名をとどめる以外、手がかりとなる記述がきわめて少ないこともあり、従来、大田南畝の別号とするのが定説であった。しかし、前章において、謎に包まれたままであったこの「馬鹿人」の号について、その表記・形式・序跋・筆跡等の検討を行い、南畝とは別人物を指すものであることを明らかにした。

これまで南畝の作品として捉えられてきた、一連の洒落本に共通して登場する「馬鹿人」の名が、別人物の存在を示すものであったと考えると、長く〝南畝らしい〟と高い評価を受けてきたこれらの作品のもつ特色は、実際には〝馬鹿人らしい〟特色が表出したものであった可能性が浮上してくる。そこで、本章では依然として不明な点の多い馬鹿人の文芸性について解明するにあたり、その文体、とりわけ、方言に着目し、アプローチを試みたい。

一、馬鹿人の洒落本と方言

現在、作品の序跋中に山手馬鹿人の名を確認することのできる洒落本には『甲駅新話』（安永四年〈一七七五〉）、『世説新語茶』（安永五、六年頃）、『粋町甲閨』（安永八年）、『深川新話』（安永八年頃）、『道中粋語録』（安永九年）の五作がある。

これらはいずれも吉原以外の遊里を舞台とする点で共通する。なかでも『道中粋語録』は、軽井沢の遊里という設定の特異性から、『田舎芝居』（万象亭著、天明七年〈一七八七〉）『東海道中膝栗毛』（十返舎一九作、享和二〈一八〇二〉～文化六年〈一八〇九〉）といった後続作品へも大きな影響を及ぼした作品である。

この『道中粋語録』にみえる軽井沢の遊女や田舎客の方言について、東条操氏は『世説新語茶』に登場する新五左の方言との間に方言的要素の一致点が多いこと、また、それらが一般的な洒落本の方言的要素とも共通することを指摘した上で、右の二作にみえる方言を「当時の戯作者の方言常識」と結論づけている。(1) また、外山映次氏は『道中粋語録』と『世説新語茶』における助動詞「べい」の様相について、語形、接続の観点から詳細な検証を行っている。(2) また、本田康雄氏は、洒落本の江戸語描写と方言描写における「浮世物真似」の影響を指摘するとともに、『膝栗毛』二編上との関係性について言及している。(3)

しかし、『道中粋語録』をはじめとする個々の作品に焦点を当てたこれらの指摘は、いわゆる「南畝の洒落本」における方言について言及したものであり、「馬鹿人作品」という視点から概観したものではない。そこで、本章ではこれらの作品を南畝ではなく、馬鹿人の作品として捉え、作中の方言描写における表記に注目し、検討してゆきたい。(4)

馬鹿人の名がその序にみえる洒落本には、『世説新語茶』『道中粋語録』の外にも田舎者の描かれる場面が存在する。ここでは、田舎者の登場がみられない『深川新話』を除く、次の四作を対象とした。

各作品における方言描写は、以下の場面に見られる。

①『甲駅新話』……【新宿】馬士、隣座敷の田舎客 孫右衛門の台詞
②『粋町甲閨』……【新宿】表座敷の座頭客 借都、困弥の語る仙台浄瑠璃の詞章
③『世説新語茶』…【上野山下】田舎侍 伝五右衛門の台詞
④『道中粋語録』…【軽井沢】遊女刈藻と浮草、隣座敷の田舎侍 弥五左衛門と遊女田毎の対話

右の各場面における田舎者の台詞を検討すると、東条氏が指摘するように、③『世説新語茶』の田舎侍と、④『道中粋語録』の軽井沢遊女の方言には、たしかに共通する点が多くみられる。そして興味深いことに、この③と④の共通項は、①の『甲駅新話』と②の『粋町甲閨』においても該当することがわかる。

こうした方言描写の共通点を具体的に探るため、各場面における台詞をそれぞれ文節単位で区切り、検討を行った。ここでは四作に共通して確認できた特徴的な表記を【表Ⅰ】に示した。

【表Ⅰ】

作品	話者	舞台	ハア	サア	ナア	ノヲ	ダア
①『甲駅新話』	田舎客	新宿	12	2	12	10	12
②『粋町甲閨』	座頭客	新宿	8	4	1	8	8
③『世説新語茶』	田舎侍	山下	7	2	1	5	7
④『道中粋語録』	遊女	軽井沢	52	5	5	4	33

特に頻繁に用いられているのが、文節間にあって間をもたせる、または軽く感情を添えるための助詞「ハア」である。[5]この「ハア」は、「あにハア」「あにがハア」（①②③④）、「あぜハア」（②③④）、「只ハア」（②④）といった形で用いられることが多く、四作に共通して見受けられる。とりわけ、作品全体を通して軽井沢の遊女および客の対話が活写される『道中粋語録』では、相方の遊女田毎に浮気を疑われた田舎侍の弥五左衛門が、

弥そりやアはあ、おらが悪ゐでも有べへが、ガラさそはれたアからの事だアよ。それもはア、友達だらば断もゆんべへけれども、名主殿の猶子の言れる事だから、やあだともいはれねへから二三度アいつたアけれ共、何お身様に見替べへ

と弁解する場面がある。ここでは方言を強調した台詞が多く、必然的に「ハア」の使用頻度も高くなっている。この「ハア」同様、①〜④で多く見受けられるのが、文節末の長音化表記である。特徴的なのが、表に示した「サア」「ナア」「ノヲ」「ダア」の四表記である。方向や目的を示す助詞「サ」を長音化した「サア」は、絶対数は少ないものの、「宿サア」（①）「国サア」（③）「耳サア」（②）「湯サア」（④）などの形で四作に共通して、その使用が確認できる。また、「ナ」の長音化表記「ナア」も、「せゑどへナア」（①）「こみづナア」（②）「それもそうだナア」（③）「あじナア」（④）といった、形容動詞の活用語尾や助詞の延引から、「物ア」（③④）のような転訛型まで多様な用例がみられる。そして、特に注目したいのが「ノ」の長音化表記である。①〜④の四作において、この表記は「新田ノヲ」（①）「異見ノヲ」（②）「ひでんノヲ」（③）「遠慮ノヲ」（④）のように「ノヲ」の表記がもっぱら用いられている。[6]当時の洒落本において「ノ」の長音化表記は、「ノウ」または「ノフ」が一般的であった。そうしたなかで、この「ノヲ」を一貫して用いている点に、編者独自の〝こだわり〟を看取できよう。[7]

最後に、助動詞および形容動詞の活用語尾「ダ」の長音化した「ダア」であるが、これは「ようダア」（①④）「好ダア」（②④）「〜もんダア」（①②③④）などの形で用いられ、「ハア」と並び『甲駅新話』『道中粋語録』の二作にとりわけ多く見られる表記である。

以上の点から、馬鹿人の名のみえる洒落本『甲駅新話』『粋町甲閨』『道中粋語録』『世説新語茶』の四作では、おもに方言描写場面の表記において、共通した特徴をもち合わせていることが明らかとなった。

二、洒落本における田舎言葉

では、田舎者の登場する他の洒落本ではどうであろうか。ここでは、『遊子方言』（明和七年〈一七七〇〉頃）以降に板行された洒落本のうち、特に「江戸人士」の視点から「田舎者」の描写がなされている会話体洒落本を中心にみてゆくこととする。[8]

前節で明らかとなった馬鹿人作品の特徴的な表記を、これらの作品においても同様に調べたところ、【表Ⅱ】のような結果となった。[9] ここでは、該当する長音化表記がみられる場合は○で、みられない場合は×で示した。

会話体洒落本の始祖的存在であり、『甲駅新話』の目録にもその影響がうかがえる『遊子方言』にも、田舎者の座頭が登場する。しかし、本文中の座頭と新造との対話において、馬鹿人作品にみられるような方言描写や語尾の長音化は一切みられない。

これは『辰巳之園』（明和七年）においても同様であり、田舎言葉としては、新五左が回想して真似る、軽井沢の遊女の台詞に「むし」の語が一度みられるにすぎない。

このように今回対象とした洒落本を通覧すると、『呼子鳥』（安永八年〈一七七九〉）の「ダア」や、『当世真似山（にたやま）

【表Ⅱ】

作品	刊年	話者	ハア	サア	ナア	ノヲ	ダア
『遊子方言』	明和七頃	田舎座頭	×	×	×	×	×
『辰巳之園』	明和七	新五左衛門	×	×	×	×	×
『蕩子筌枉解』	明和七	田舎客	×	×	×	×	×
『両国栞』	明和八カ	田舎客	○	×	×	×	×
『穴知鳥』	安永八	田舎客	○	×	×	×	○
『呼子鳥』	安永八	馬方・ばあ様	×	○	○	×	○
『真似山気登里』	安永九	近在の者	○	○	×	○	○
『奴通』	安永九・天明元	新五左	○	○	×	○	×
『真女意題』	天明元	陸野奥右衛門	○	×	×	×	×
『新吾左出放題盲牛』	天明元	房州本尽邑出身者（才六）	○	○	○	×	×
『歌舞伎の華』	天明二	在郷の娘	×	○	×	×	×
『残座訓』	天明四	田舎者	×	×	×	×	×
『田舎芝居』	天明七	越後南鐙坂村出身者	○	○	○	×	○
『田舎談義』	寛政二	葛飾竹之塚出身者	○	○	○	×	○
『文選臥坐』	寛政二	新五左	○	×	×	○	×
『阿蘭陀鏡』	寛政十	奥州茂左衛門	×	○	×	×	×
『大通契語』	寛政十二	馬奴	×	○	×	×	×
『甲子夜話後編』	享和二	権兵衛	×	○	×	○	○
『廓意気地』	享和二	山里住まい（太郎作）	×	×	×	×	×
『松の内』	享和二	田舎客（太郎兵衛）	×	×	×	×	×
『甲駅夜の錦』	享和二・三	百姓八	○	×	×	×	○
『浮雀遊戯嶋』	文化三	道者	×	○	×	×	×
『船頭新話』	文化三カ	近在の旅人（徳兵衛）	○	×	×	×	○
『四季の花』	文化十一	田舎者の見物	○	×	×	×	×

気登里』（上戸菴酔人〈小松屋百亀〉、安永九年）、『文選臥坐』「北廓の奇説」（蒼竜闞湖舟作、山東京伝序、寛政二年〈一七九〇〉）の「ハア」のように、時折、部分的な長音化表記は見受けられるものの、馬鹿人作品のように四種の表記を兼ね備えた例はほとんど見られないことがわかる。

そうしたなかで、馬鹿人の特色にもっとも近い表記の用例を確認できるのが、『道中粋語録』の影響を受けたと考えられる『田舎芝居』（万象亭、天明七年〈一七八七〉）と、さらにそれを模倣して成ったとされる『田舎談義』（竹塚東子、寛政二年）の二作である。これらは「ノ」の長音化表記として「ノヲ」ではなく「ノウ」を用いるものの、それ以外は、馬鹿人作品とほぼ同一の長音化表記を行っている。こうした田舎をその舞台とする特殊な洒落本は、その内容だけでなく、方言表記の面においても馬鹿人作品の影響を少なからず受けていたものと考えられる。

以上の点から、馬鹿人の洒落本に一貫してみられる文節末の長音化表記が、他の洒落本と比してもきわめて特徴的であり、編者の「音声」描写に対する強い意識を反映したものであることがわかる。

三、『粋町甲閨』と仙台方言

ここで、馬鹿人の作品に描写される、仙台方言について考えてみたい。

『粋町甲閨』において、馬鹿人は二人の田舎座頭に「仙台浄瑠璃」を語らせている。しかし、当時広く知られていた特徴的な語句を除き、この詞章中において実際に用いられているのは、他の三作に共通して確認できたものと同じ一般的な東国方言なのである。そこでまず、他の文芸における仙台方言の描かれ方について検討してゆく。

仙台浄瑠璃、または仙台方言の描写場面が作品中の重要な要素となる文芸の代表的なものとしては、常盤津『蜘蛛絲梓弦』（明和二年〈一七六五〉）、そして式亭三馬の『浮世風呂』（文化六〈一八〇九〉～文化十年）が挙げられる。

この二作における仙台浄瑠璃の詞章の描写は、『粋町甲閨』のそれとは明らかに異なる。

これは、馬鹿人が「仙台方言の写実的な描写」よりも「音声表記」を重視し、いかに「田舎らしさ」を表現するかに力点を置いていたのに対し、この二作の作り手は、細緻な長音化表記より、「でかばちなく」「つん出した」「めゝず」「どんのくど」といった独特の方言語彙を中心に用いることで、いかに「仙台方言らしさ」を表現するかに腐心していたことを示しているといえよう。

また、誇張した仙台方言が大きな特色の一つでもある、『碁太平記白石噺』（安永九年〈一七八〇〉）における妹「おのぶ」と姉「宮城野」の対面の場を見ても、おのぶの台詞に「サア」と「ダア」がわずかに散見されるほか、馬鹿人作品と一致する長音化表記の使用は見受けられない。このように、同じ仙台方言を描写する場面であっても、作り手によって方言の表記に明らかな意識の差異があることがわかる。

この点から、馬鹿人が『粋町甲閨』において実際の仙台浄瑠璃、すなわち奥浄瑠璃の記録や仙台方言の写実的描写ではなく、身近で見聞きすることの多かった東国方言の語尾を誇張する形で表現し、可笑味を描き出すことに意を用いていたことを推察できるのである。

次に注目したいのが、「もさ」の語である。当時の方言集『夷艸（えびすぐさ）』（安永五年頃カ）に、「申（モサ）は中（マフス）也　是亦奥仙の俗語也」と記されるこの「もさ」は、「六法詞」とも呼ばれ、本来歌舞伎などで多用される言葉であった。この「もさ」と「もし」との相違について東条氏は、「『世説新語茶』ではわずか一例だが「徒然だもさ」とあるのに、粋語録では多数の「もし」がみえる」とし、例を挙げた上で、「これは粋語録ばかりではなく洒落本では『もし』か『むし』が多く、『もさ』の例はまれである」とする。(10)

たしかに、洒落本においてこの「もさ」の用例は少ない。前節で検討の対象とした、田舎者を題材とする洒落本において「もさ」の使用がみられる作品は、管見の限りではあるが『当世真似山気登里（にたやまきどり）』（安永九年）、『世話双紙歌舞伎の華』

（容楊黛作、天明二年（一七八二））、そして『田舎芝居』（天明七年）の三作のみであった。

　ところが、意外なことに東条氏の指摘する『世説新語茶』のほか、同じく馬鹿人作と考えられる『粋町甲閨』の仙台浄瑠璃中に「大将のヲ撰まれた　先一番に六孫王経基殿だもさ」という形での使用を確認できるのである。（傍線筆者）さらにこの「もさ」の使用を、洒落本と同様に会話体で構成される噺本において検証したところ、馬鹿人が手がけた『蝶夫婦』初編のうち二箇所で確認できるほかは、『百生瓢（ひゃくなりふくべ）』（瓢亭百成、文化十年刊）と『舎（いなか）もの江戸かせぎ落し噺』（文政期）にそれぞれ一箇所ずつその用例がみえるのみであった。

　つまり、この「もさ」は、話し言葉の紙上での再現を試みていたはずの噺本においても、使用例のきわめて少ない語であったことがわかる。このように文字化された方言のなかでも、とりわけ稀であった「もさ」の語を洒落本と噺本、いずれの著作にも取り込んで使用している点に、馬鹿人の大きな特徴を見い出すことができよう。

　先述したように、馬鹿人は仙台方言の忠実な写実ではなく、「関東・東北方面の田舎詞として漠然と認識していた語」を用い、より誇張した表記を取り入れることで、方言の生みだす滑稽味を表現していたものと考えられる。

四、『蝶夫婦』初編と南畝噺本三部作における田舎者

　本節では、これまでに明らかとなった馬鹿人作品の共通点について、同じく馬鹿人が手がけたと考えられる、噺本『蝶夫婦』の初編を照らし合わせながら検討してみたい。この『蝶夫婦』初編において、田舎者を扱う小咄は次の三話である。

「お国者の春袋」（『蝶夫婦』初編）
町のけしき賑かに、なんでございく〵の声も長閑さ。御年玉物御望次第の看板目当に、あさぎうらの短い小袖着た侍が、舛屋の見せへ上り、縞のびんろうどがほしいといふを、手代が聞て、手前には左様な物ハ御座りませんといへバ、〽アニ、ねへ。おれらが国サア迄も聞へたいわき舛屋に、びんろうどがなくつて、あんとすべへ〽それでもどふも、手前には御座りませんと、迷惑そふにいふ内、脇に居る手代が心付て、側に有合た縞のひろうどを出して、是でハ御座りませんかと見せれバ、侍、大に腹を立、〽それほど有物を、ねへとべへいつて、アゼ、おれに売ハやあだか〽イヱ、憚ながら、是ハびろうどで御座ります。びんろうどと、おはねなさりましては違ひます〽ム、、そふだかナ。そんなら、これを切て貰ふべへ〽ハイ、何に被成ます〽きちやくにする

「びろうど」を求めて枡屋へとやってきた田舎侍だが、「びろうど」を訛って「びんろうど」と撥音化してしまっているため通じない。ようやく気づいた手代が、「びんろうど」の「ん」が必要ないことを教える。呑み込んだ田舎侍は早速「きんちゃく」というべきところまで、撥ねないよう「ん」を抜き「きちゃく」としてしまうというオチになっている。

「鶴の見物」（『蝶夫婦』初編）
田舎へ鶴がおりて羽を休めて居るを、野ら廻りの親仁が見付て、〽おんぢゐ、見なさろ。ヤレはあ、とんだア鳥がぶつちいた〽ホンニさあ、げへに見事なア毛色だ。あんちう鳥たんべへ。あんねへもせなあも出て見されと、村中を呼集て評儀すれども、どふも名かしれぬに依て、そんだら一向寺のおせう人さまに見せべへもさ

と、頓て和尚を呼て来て見せけれども、和尚も知らず。〽愚僧も終に見た事のねへ鳥だ。何といふか知り申さぬと、暫らく考へ、イヤ待つせへよ。あれで觜に蝋燭立があれバ鶴だが

鶴を初めて見た田舎の人々が、その正体についてあれこれ評議するも答えが出ない。一向寺の和尚を呼び、見せてみたものの、和尚もまた分からない。ところが思案するうち、和尚は鳥の形を模した蝋燭立てに思い当たり「あれで嘴に蝋燭立があれば鶴だが」と結論を出す。物知りであるはずの和尚が、普段見ている蝋燭立ての形をそのまま、鶴の本来の姿だと思い込んでいることによるオチ。

「役者の噂」（『蝶夫婦』初編）

在郷もの、芝居を見て帰り〽あのナアお里好殿ハ、ハア器量ハよし、名の様に利口もりこうで、云ぶんハおざんねへが、おしい事にハア、性悪だモサ。仲蔵殿の女房だアと思へバ、団蔵さまの為にも、おく様だあげな〽ホンニはあ、夫よりもまだ、利口発明なア三五郎殿だもし。あのよふなアお役人を、おぢとう様イ置てへもんだよ〽ほんにサ、したがハア、高くハいわれねへがハア、音八どのハちつと抜て居るよ

芝居を見た後、互いに感想を言い合う在郷者。芝居の内容を事実と勘違いした男が、道化役の嵐音八を実際に抜けた人物と評する点にオチがある。

この三話はいずれも「物知らず」「道理知らず」といった、状況愚人譚を中心としながらも、一方で、方言を誇張して描写することによって、そこに生まれる可笑しさを生き生きと描き出すことに成功している。

これらを表記の面から検討すると、いずれも馬鹿人の手がけた洒落本四作の傾向とほぼ一致することが確認でき

る。一方、作者未詳の『蝶夫婦』続編において、田舎者を題材とした咄は次の一話のみとなっている。

「座敷上留理」（『蝶夫婦』続編）

コレ文好や。此中もとなりの日待に呼れたが、新上るりをおもしろく語ツたぞい。田舎者、是を聞て、モシ文好さま。なぜあのよふに、イヨありがたい、うまい事とほめまする。何がありがたくて礼をいふのか、すつきりがてんがいぎましないと、りくつをいへバ、文好うなづき、礼をいふ筈が有わな。ソリヤあぜたな。ハテ、床代がいらないから

この「座敷上留理」の中心は、初編にみられるような田舎者ではなく、物知らずの田舎者の問いに対し、男が見当違いな返答をするところにオチがあり、あくまでも田舎者はその咄を展開させる役割を担っているにすぎない。また、一般的な方言の使用は見受けられるものの、初編に見られるような、誇張した文節末の長音化表記はみられない。ここに、『蝶夫婦』の初編と続編が別人の手によって成立したことによる相違を看取することができよう。

次にこれらの点を踏まえ、南畝の作品についてもみてみよう。南畝の手がけた噺本において、意外なことに田舎者を中心とした小咄は少なく、『春笑一刻』『鯛の味噌津』にそれぞれ一話、『うぐひす笛』に二話みられるのみとなっている。これらを次に掲出する。

「安たばこ」（『春笑一刻』）

いなかからの客が、たばこをきらしました。一ふくくださりませといへば、そ葉じやがまいれと、こくふをだす。

これハありかたいとのめは、ついぞのんだ事のないよいたばこ。どふもわすれられす、たばこ屋へゆき、そはといふたばこがかいたいといへば〽アイ、これになさりませ〽一ふくのんてミて、いや〳〵、これハよしませふ〽イヤ、これよりしたハこざりませぬ〽ハテ、びんぼうなたばこ屋じや

「すりこ木」（『鯛の味噌津』）
コレく作右衛門どの。聞なさろ。お江戸衆ハおそろしい。毎日八丈八寸ある擂槌を、がり〳〵かぢり申すといふ事つたよ。〽ヲヤ、てんこちない。あんとしてくハれべいぞ〽ハアテ、お江戸ハ八百八町だ。もし毎日すりこ木で味噌をするに、一町で一寸つゝ減ると見て、ざつとつもつて、八丈八寸でハないか

「年代記」（『うぐひす笛』）
田舎もの、山下をそゝりありき、両面の年代記を見て、いくらで御座る〽十六銭でござります。田舎者、煙草入から八文出して〽こゝへ片面下さい

「新五左」（『うぐひす笛』）
新五左二三人、非番日に出合、今のはやりハもえぎの小袖に浅黄うらの事だ〽しかし、それもあまり当世過る。ヤハリ空色にすミる茶のうらの底至りがよい〽そんなら大小ハ〽太刀拵の貫の木ざしさ〽三徳ハ〽萌黄羅紗の事〽足袋ハ〽生木綿〽頭巾ハ〽いふにや及ぶ。袖頭〳〵

これら四話は、いずれも田舎者ゆえの「無知」を笑いの中心に据えている点で共通している。しかしながら、方

言の描写はいたってシンプルであり、馬鹿人作品でみられたような誇張した、方言の長音化表記も見受けられない。咄の展開も簡潔で、田舎言葉に関しても「あんとして」や「てんこちない」といった語が用いられるにとどまっており、特徴的な語彙の使用は確認できない。これらの馬鹿人作品および南畝作品の方言描写における助詞の長音化の有無を【表Ⅲ】に掲出した。

【表Ⅲ】

作品	刊年	ハア	サア	ナア	ノヲ	ダア
『蝶夫婦』初編	安永六	6	2	4	0	3
『蝶夫婦』続編	〃	0	0	0	0	0
『春笑一刻』	安永七	0	0	0	0	0
『鯛の味噌津』	安永八	0	0	0	0	0
『うぐひす笛』	安永七、八	0	0	0	0	0

これを見てもわかるように、『蝶夫婦』続編および南畝の噺本において方言の延引表記は一切みられない。この点から『蝶夫婦』初編における方言描写の表記がいかに特殊なものであるかが知れよう。

短くテンポの良い、簡潔さを旨とする「江戸小咄」の文体および表記を踏襲している南畝に対し、馬鹿人は幾分長くなろうとも、その情景を紙上に生き生きと描出することに重点を置き、力を注いでいたものと推察される。ここにも、南畝と馬鹿人、二者の編集意識の差異を見てとることができるのである。

五、他の噺本との比較

最後に、『蝶夫婦』初編のもつ特色について、他の噺本との比較から検討してゆきたい。噺本史上において「田舎者」は常に重要な「笑いの対象」として取り上げられてきた。上方軽口本において「田舎者」は当然のことながら、京、大坂以外の土地、または近在出身者を指す。それに対して、この「田舎者」の語が本格的に、江戸へとやってきた地方出身者、または江戸近在の田舎者を示すようになるのは、やはり明和・安永期の江戸小咄本からであろう。

では、この江戸小咄における田舎者および新五左の台詞はどのように描写されているのであろうか。ここでは『噺本大系』[11]に収められている江戸を舞台とする小咄を中心に調べてみた。

会話体を中心に進められる江戸小咄において、登場する田舎者は常に生き生きと描かれている。しかし、『蝶夫婦』初編にみられるような、誇張した多様な長音化表記を兼ね備えた例はみられない。そのため、馬鹿人作品と共通する表記としても『意戯常談』（馬琴作カ、寛政十一年〈一七九九〉）「女郎買」で「田舎から初て江戸へ出た金持」の「なんでもハア」や、『花の咲』（享和二年〈一八〇二〉）「田舎者」で「アリヤアハアあんちうこつてござります」、また『のぞきからくり』（享和三年）「えど見物」での「江戸サア」「ソリヤハア」といった用例が、わずかに確認できるのみであった。

本来、江戸小咄の魅力はオチの可笑味、テンポの良さ、生き生きとした口語の描写にある。しかし、その表記に関してはさほど意識されていなかったようで、きわめて簡素なものが多く、方言に関しても前節で例示した南畝作品の小咄のように、簡潔な丁寧語で記されるのがもっぱらであった。

つまり、会話体の描写が柱となる小咄は、その一瞬の再現に重点が置かれており、田舎者であることさえわかれば、必ずしも精緻な描写や誇張した表記が意識的になされる必要性はなかったものと考えられる。また、部分的に語尾の長音化表記を用いる咄もわずかに確認はできるものの、方言描写や語尾の長音化に関しては最低限に抑えられたものがほとんどであった。

そうした噺本の大きな流れのなかにあって、過剰ともいえる馬鹿人の表記手法は目をひく。当時、江戸近郊で用いられていた一般的な関東方言を、文節末の誇張という独自の表記を採り、他の登場人物の台詞と対比させることで馬鹿人は、その方言の息づかいとそれによって生まれる滑稽味を描き出そうと試みていたのである。

この滑稽味あふれる表記は、やがて『田舎芝居』や『東海道中膝栗毛』といった〝田舎芝居物〟の系譜に連なる作品の成立にも大きな影響を与えたものと推察される。(12)

おわりに

以上、本章では馬鹿人作品における方言描写とその表記について検討してきた。

山手馬鹿人の名のみえる洒落本四作に、同じく馬鹿人の手がけた噺本『蝶夫婦』を加えて検討すると、方言描写場面における文節末の長音化という点で、共通した特色をもつことが明らかとなった。この徹底した表記の一致は、同時期に江戸で板行された他の洒落本や噺本には見受けられない傾向であり、逆に、このことによって「山手馬鹿人」の存在が裏付けられるのである。

『蝶夫婦』初編に見られる庵点の使用をはじめ、こうした噺本と洒落本に共通してみられる方言の克明な表記に、「言葉」や「会話」といった音声を文字化するにあたっての配慮、そして厳密さより面白さを優先し、「読み手」の読みやすさをより強く意識した編集姿勢をみてとれる。このような点に南畝ともまた異なる馬鹿人独自の文芸性の一端を垣間見ることができよう。

注

（1）東条操氏「洒落本の方言」（『方言学の話』所収、明治書院、一七五七年）

（2）外山映次氏「洒落本に見える『べい』について」（『埼玉大学紀要　教育学部（人文・社会科学）』第四十六巻第一号、一九九七年三月）

（3）本田康雄氏「洒落本の方言描写」（『国語と国文学』第五十七巻第二号、一九八〇年二月）

（4）武家言葉ではなく、田舎言葉を話す田舎侍についても調査の対象とした。

（5）方言、江戸語を問わず語頭に用いる、一般的な感動詞としての「ハア」「サア」は対象としない。

（6）『甲駅新話』と『道中粋語録』では、「ノヲ」とともに「ノウ」、「ノフ」の表記も併用されているが、それぞれ、馬士の対話および軽井沢の遊女とその土地の田舎侍の対話の場面に集中して用いられていることから、作者が意識的に使い分けていたものと考えられる。

（7）同様の傾向は方言の類型的な描写の一つとして多用される「ベイ」の表記においてもみえ、他の洒落本では「ベイ」「ベヱ」が一般的であるのに対し、馬鹿人作品では「ベヘ」の表記が共通して用いられている。

（8）『洒落本大成』に収められた作品、特に江戸以外の地方、および江戸近在の田舎者の会話の描写がみられるものを対象とした。武家言葉の使用のみの作品はここでは対象外とした。

（9）田舎者の登場場面に割かれる紙幅は、作品ごとに異なるため、絶対数や使用頻度の差はあるが、ここではその有無に重点を置き、確認を行った。

（10）前掲注（1）参照。

（11）武藤禎夫氏編『噺本大系』（東京堂出版、一九七五～一九七九年）

（12）『道中粋語録』と『膝栗毛』二編上三島宿との関係についてはすでに多くの指摘が備わる。とりわけその影響を看取できるのが「此あいだ木曾海道の追分から来た、女郎衆がふたり」登場する場面である。しかし、女郎の方言に関しては『道中粋語録』における軽井沢の遊女のそれとは異なっており、『道中粋語録』にみえる方言はむしろ『膝栗毛』二編下で登場する六部と巡礼の方言、また、四編下の諸国同者の方言と共通する点が多い。

※作品中において「はあ」「のヲ」のように、平仮名または、平仮名＋カタカナで表記されるものも、便宜上本章ではカタカナで統一した。

第三章　山手馬鹿人と洒落本

はじめに

前二章では、山手馬鹿人が南畝とは別人を示すものであることについて、馬鹿人の名がみえる噺本および洒落本における表記や表現の検討を通して指摘してきた。

馬鹿人がどのような人物であるかについては、依然として特定できていないのが現状だが、これまで南畝作として高い評価を受けてきた『甲駅新話』をはじめとする一連の洒落本を、馬鹿人の作品として捉え直すと、方言描写にとどまらず、修辞や人物描写、とりわけ「子ども」の描き方といった点においても新たな共通性がみえてくる。

そこで本章では、いまだ判然としていないこの「山手馬鹿人」の作品について、文体および内容の両面から検討を行い、あらためてその特徴を明らかにしてゆきたい。

一、馬鹿人の文体

従来、南畝の洒落本と看做されてきた作品は『甲駅新話』（安永四年〈一七七五〉）・『世説新語茶』（安永五・六年頃）・

『粋町甲閨』（安永八年）・『深川新話』（安永八年）・『道中粋語録』（安永八・九年頃）・『南客先生文集』（安永八年）の六作である。これらの作品が、長く南畝作と捉えられてきた大きな要因としては、その作品の序にしばしば南畝を示す「扇巴」(1)の印形が見受けられること、また本文の板下にも南畝のものと思われる筆跡が確認できることが挙げられよう。そのため、洒落本作者としての南畝に焦点を当てた研究もすでに多く備わっており、そこで南畝作として扱われている洒落本はいずれも高い評価を受けてきた(2)。

しかし、南畝の洒落本という前提が失われた今、これらの評価は馬鹿人に対するものと言い換えることが可能なのではないだろうか。この点について考察するにあたり、本章では右に挙げた六作のうち、序跋に馬鹿人の関与が明記される『甲駅新話』『世説新語茶』『粋町甲閨』『深川新話』『道中粋語録』の五作を馬鹿人作品と捉え、検討を加えることとする。また唯一、馬鹿人の名がみえない『南客先生文集』については、あらためて後述する。

ここではまず、その文体に注目してみてゆくこととする。玉林晴朗氏をはじめ水野稔氏や伊東明弘氏らはこれらの洒落本の特色として、文体、特に本文の冒頭・末尾における謡曲調の詞章の使用について指摘している(3)。しかしながら、対象とする作品も曖昧であり、具体的な語句についての検討もなされていないため、本章ではその修辞についてあらためて検証を行い、そこに凝らされている趣向について考えてみたい。次に例として『粋町甲閨』および『道中粋語録』の本文の冒頭・末尾をそれぞれ掲げる。（傍線筆者）

『粋町甲閨』

「魚田の火の影は寒うして何をかやく。駅路の鈴の声は夜山の手から下町かけて、名にしおふ逢坂ならで大木戸のせきこんだのか昇せたか、知もしらぬも通ひ帳てうど〆たる其数は、八十軒余の茶屋大みせ。鵜呑にしたる粋な客、まだ給つけぬ野暮な奴、意気な人柄いかぬ風。みなそれ〴〵の楽しみに、飲めや諷へや一寸先はや

みくもに、さはぐとなりはしつぽりと」【冒頭】

「はや明渡るしのゝめに、馬追虫も音を留め、表には轡の音、勝手には居風呂へ水さす音のみ残るらん〳〵」【末尾】

『道中粋語録』

「初めて旅を信濃路や〳〵東へかへる道急ぐ、馬追分も過来つゝ、暫しとゞめて打替る沓掛の宿あとになし、泊り近づく足元は、何所ともなしに軽井沢、旅籠屋ちかく成りにけり」【冒頭】

「あいと手に取菅笠の、白きを見れば夜ぞ明けにけり。東雲の心うきたつ轡の音、夢にみてさへよいといふ、その春駒に乗初の、仕合よしや木曾始、商ひはじめ筆はじめ、笑ひはじめになれかしと、はじめて馬鹿を又つくす、尽せぬ春のお目出たに、愚作は堪忍信濃新板〳〵」【末尾】

まず『粋町甲閨』の本文冒頭における「魚田の火の影」は、作品名同様、『和漢朗詠集』に典拠を求めることができ、「漁舟の火の影は寒うして浪を焼く 駅路の鈴の声は夜山を過ぐ」（杜荀鶴）を踏まえたものであることがわかる。これは舞台である新宿の景物として「駅路の鈴」の語を引くためであり、同様に「大木戸」を引き出すため「名にしおふ逢坂」と、『百人一首』で知られる「名にしおはば あふ坂山の さねかづら人にしられで くるよしもがな」（藤原定方）を、また、「せき」からの縁で、同じく『百人一首』の「これやこの 行くもかへるも 別れては しるもしらぬも 逢坂の関」（蟬丸）を下敷きとして取り込んでいる。

こうしてテンポの良い七五調の文体に新宿特有の光景を織り込みつつ、最後に「飲めや諷へや」と俚言を繋ぎ、舞台となる座敷の情景へと描写を移行させてゆく。また、本文末尾でも「馬追虫」からの連想で表の街道の「轡の音」を出し、それに対比させる形で勝手、つまり遊女屋の内側の「居風呂の音」を並べ、新宿の朝ならではの慌しい音の風景を描き出すと、最後は謡曲『松虫』の末尾「虫の音ばかりや残るらん」[4]を踏まえた、「音のみ残るらん」で語調を整え流麗に結んでいる。

次に、『道中粋語録』の本文冒頭では、舞台が軽井沢であることから「信濃」の縁で、謡曲『兼平』の冒頭「始めて旅を信濃路や」[5]をそのまま据えて導入とし、さらに「追分」「沓掛」「軽井沢」といった中山道の宿駅と、「馬追」「打替」「沓」と馬に纏わる語を、掛詞と縁語によって絶妙に掛け合わせつつ、道行風の文体を作り上げている。また、本文末尾では『粋町甲閨』同様、『百人一首』の「かささぎの わたせる橋に おく霜の しろきを見れば 夜ぞ更にける」(中納言家持)を「夜ぞ明けにけり」ともじることで「夜明け」を、「夢にみてさへ」と祝唄『春駒』の詞章を引用することで「春」をそれぞれ引き出し、文末の「尽せぬ春のお目出たに」と、謡曲『猩々』の末尾「尽きせぬ宿こそめでたけれ」[6]を重ね、跋文を兼ねた形でしめくくっている。残る馬鹿人作品の本文における首尾についても同様に検討したところ、次のような典拠や修辞の特色を確認することができた。

『甲駅新話』…【冒頭】馬子唄・俗謡・音声描写
【末尾】『百人一首』・音声描写

『世説新語茶』…【冒頭】謡曲『三井寺』・『和漢朗詠集』・『説文解字』・俗謡・流行歌
【末尾】謡曲『鸚鵡小町』・『古今和歌集』・谷中づくし・上野づくし・慣用句・発句(芭蕉)

『粋町甲閨』…【冒頭】諺・『和漢朗詠集』・『百人一首』
【末尾】謡曲『松虫』・音声描写

『深川新話』…【冒頭】謡曲『羽衣』・諺

【末尾】謡曲『邯鄲』・深川づくし・『伊達競阿国戯場』・諺
『道中粋語録』…【冒頭】謡曲『兼平』・『百人一首』
【末尾】謡曲『猩々』・祝唄『春駒』・信濃づくし・俗謡

以上の点から、作品によって多少文の長短はあるものの、これら五作の首尾では先行研究で指摘される謡曲の利用にとどまらず、『和漢朗詠集』や『百人一首』をはじめ、多様な古典作品を下敷きにしている点で共通することがわかる。また、俗謡や流行歌などを取り込みつつ、掛詞や縁語などを自在に利かせながら七五調で言葉をつなぎ、舞台とする土地柄を彷彿とさせる音声描写を添え、「雅から俗へとくずし」[7]てゆく点でも一貫した手法を採っているといえよう。

古典を利用した修辞法は江戸時代の文芸に広く見受けられるものであり、洒落本においても後の京伝作品などにその傾向を見い出すことができるが、馬鹿人作品以前または同時期の、前・中期洒落本において、このように冒頭と末尾に共通する文体を採る作品はみられない。つまり、短文でありながらも意識的に修辞を多用したこの文体は馬鹿人の大きな特徴の一つであったといえる。これは、馬鹿人の自筆であることが明らかな『粋町甲閨』の自序、そして馬鹿人唯一の噺本である『蝶夫婦』の序文および初編の小咄に共通してみえる文体であることからも確認できる[8]。

このように、後に独自の文体を完成させてゆく山東京伝ら後期洒落本作者に先駆けて、馬鹿人が洒落本にこうした文体をいち早く取り入れていた点は注目に値しよう。

二、洒落本における少女

次にこれら五作の特色について、内容の観点から検討してみたい。馬鹿人の作品はその筋立てにおいて、基本的に『遊子方言』の打ち出した会話体洒落本の形式を踏襲しており、その型を大きく逸脱するものは見受けられない。しかし、そうしたなかで馬鹿人の独創性が発揮されているのが、その人物造形である。

本節ではこの点について遊里側の人物、とりわけ「子ども」の描き方に注目してみてゆくこととする。遊里における少女たちは基本的に「遊女見習い」ともいうべき身であり、本来遊郭という場とは切り離すことのできない存在である。

しかしながら、一般的な洒落本では、女郎やその名代となることも多い新造に、一個の人格が付与されることはあっても、直接客の相手をすることのない、脇役の子どもたちを一個人として扱い、その言動を写すことは大変稀であった。そうした「子ども」を馬鹿人は作品の重要な構成要素の一つとして捉え、その言動についても丁寧に描き出しているのである。必ずしもその登場場面に筆が多く割かれているわけではないが、いずれの馬鹿人作品にもこの「子ども」の描写場面が必ず存在する点は興味深い。そこで、馬鹿人がどのような意識をもち、こうした「子ども」たちを描いていたのかについて考えてみたい。

近世の遊里における「子ども」の語は、大きく分けて深川など岡場所での女郎、すなわち〝大人〟を指す場合と、遊女に仕えた禿（かむろ）や使い走りの少女、すなわち実際に年齢の低い〝子ども〟を指す場合があった(9)。馬鹿人の作品に登場する子どもは、いずれも客の案内や給仕をはじめとする小間使いとしての仕事を主としていることから、深川などの遊郭における一人前の遊女を指す「子ども」ではなく、遊里で遊女の使い走りや雑用を担当する少女、すなわち一般的に知られる「禿（かむろ）」に該当する七、八歳から十二、三歳の〝子ども〟であると考えられる。

この点を踏まえた上で、『洒落本大成』[10]に収められる評判記形式・会話体・論議体など多様なスタイルをもつ六一〇作の洒落本のうち、本章では馬鹿人作品と同様の体裁をとるもの、つまり、「実在の遊里を舞台とする会話体洒落本」であり、「台詞の冒頭に単独で話者が表記される」[11]という条件を満たす二五九作を対象として、そこに描かれる「子ども」について検討を行ったところ、以下の点が明らかとなった。[12]

延享三年（一七四六）の『月花余情』から嘉永六年（一八五三）の『花霞』に至るまでの全該当作品を概観すると、台詞の有無に関わらず、遊里における「新造」未満の少女と考えられる「子ども」が登場するものは、うち一五八作あり、そのなかで彼女達は「禿」をはじめ、「小女郎」「小職」「下女」と、さまざまな名で呼ばれている。

これらの呼称は作品によって異なっており、その内訳をみると、「禿」が八七作と最も多く、次いで「子ども」が三〇作、「小女郎」「下女」が各一三作、「小職」「子飼」が各七作ずつ見えるほか、一作のみではあるが「ちよつぽり」という名称も確認できた。このうち、特に耳慣れないのが「子飼」と「ちよつぽり」の語だが、「子飼」のみえる七作の舞台がいずれも熱田や伊勢古市といった名古屋地方の遊里であること、また「ちよつぽり」のみえる『潮来婦志』（文政十三年（一八三〇））の舞台が潮来の遊里[13]であることから、これらの呼称の相違には、それぞれの舞台の地域性が深く結びついていることがわかる。

では、「禿」や「子ども」、「小女郎」や「小職」といった一般的な呼称にもこうした地域的差異はみられるのであろうか。この点について、今回対象とした作品を地域別に調べたところ、次のような遊里がその舞台となっていることが明らかとなった（括弧内に作品数を示した）。

当然のことながら、吉原を舞台とした作品が一一七作と圧倒的に多く、次いで深川（三六）・品川（二一）・新宿（二〇）・名古屋（一七）・大坂（一二）・京都（九）・伊勢（七）・本所（四）・上野（三）・両国（三）・谷中（二）と続く。さらに向島・下谷・本郷・芝・音羽・浅草・霊岸島・薬研堀といった岡場所に加え、鶴岡・信州・軽井沢・越後・加賀・

潮来・駿府・長崎のような地方の遊里も一作ずつではあるが確認できることから、洒落本の舞台として多様な地域の遊所が取り上げられていたことがわかる。

そこで、あらためて少女の呼称と地域との関わりをみると、「禿」の登場する八七作のうち、七三作が吉原を舞台とする作品であることから、「禿」が吉原においてもっぱら使用されていた言葉であることが確認できる。一方、「禿」に続いて使用の多い「子ども」の呼称がみえる三〇作のうち、舞台として突出して多いのは新宿と品川であり、以下、深川・谷中・音羽と続くのだが、これらに共通するのはいずれもその舞台が岡場所であるという点である。管見の限りではあるが、この「子ども」の呼称は、吉原を舞台とする作品での使用が確認できないことから、吉原における「禿」に相当する語として、主として岡場所で使用されていた名称であり、作者らもまた意識的に使い分けていたものと思われる。

また、「小女郎」の語が、いずれも京・大坂といった上方の遊里を、「小職」の語がおもに深川をはじめ、新宿・霊岸島・品川・本郷・上野といった江戸の岡場所を舞台とする作品において見受けられることからも、これらの呼称の相違が、その地域性の差異に起因することを確認できよう。また、同じ岡場所を舞台とする作品の呼称でありながら「小職」と「子ども」では、周知の語である「小職」より、むしろ「子ども」の方が多い点も注目すべきであろう。残る「下女」については遊里特有の語ではないこともあり、その地域的差異は確認できなかった。

以上のように洒落本における少女たちの呼称にはさまざまなものがあり、またそれらの相違は舞台とする遊里の地域的差異と深く結びついていることが明らかとなった。作者の知識の範囲もある程度関係するだろうが、右のような傾向がみえることからも、基本的に洒落本の作者らはその土地の風俗を描く際、そこで生活する人々の呼称についても忠実に写し、作品に反映させていたものと推察される。

こうした、当時の「禿」と「子ども」の認識の相違を端的に知れる江戸小咄が、同時期の噺本『興話都鄙談語（とびだんご）三篇』

（安永二年〈一七七三〉）にみえる。[14] そのなかで、岡場所へ遊びにきた客が「子共（こども）」のことを〝雛（ひよっこ）〟と呼んだところ、女郎が「とんだ事をいひなんす。尤端（はし）〳〵で禿とはいひやせぬけれど、雛（ひよっこ）とハなんの事でありんす」と、立腹する一幕がある。女郎は客の言葉に憤慨しつつも、自分たちのいる「端〳〵」、すなわち岡場所では「禿とはいひやせぬけれど」と、「子ども」が吉原の「禿」と同等の扱いではないことを自認していることがうかがえる。ここに吉原とそれ以外の非公式な遊里との大きな隔たり、そして卑賤な土地ではあるものの、その地に勤める遊女がもっていたであろう意地を垣間見ることができよう。

このように、遊里における少女の呼称はその遊里によって意識的に使い分けられていたことが明らかとなったが、その人物造形という意味では、やはり「禿」も「子ども」もあくまでも脇役であり、人格をもった一個人として意識的に描かれる作品となると、かなり限られてくる。多様な遊里人物の詳細な写実に筆を揮った京伝や一九の洒落本ではさほど珍しくなくなる、こうした脇役としての少女の描写であるが、それらに先行する形ですでにそれを試みていたのが馬鹿人であったと考えられる。そこで、あらためて馬鹿人の描く「子ども」について具体的にみてゆくこととする。

三、「子ども」の描き方

ここでは、前節の検証で特にその用例を多く確認できた「禿」と「子ども」の登場する作品についてそれぞれ吟味してみたい。

まず、「禿」についてみてみよう。前・中期洒落本において、禿に自由な言動をさせている作品は意外に少なく『郭中奇譚（かくちゅうきたん）』（明和六年〈一七六九〉）・『婦美車紫鹿子（ふみぐるまむらさきがのこ）』（安永三年〈一七七四〉）・『穴知鳥（あなちどり）』（安永六年）・『三教色（さんきょうしき）』（天明三年（一七八三）・『和唐珍解』（天明五年）と数える程度である。その後、積極的に禿の言動を写しはじめたのが、唐来参和であり、山東京伝であった。しかし、京伝以後の作品において、同様に禿を描いたものとなると多くはなく、わずかに振鷺亭・式亭三馬・十返舎一九、といった戯作者の手による作品が挙げられるのみであるのは、決して偶然の符合ではないだろう。

では、一方の「子ども」はどうであろうか。この「子ども」の呼称を最初に使用したのは、品川を舞台とした『古今馬鹿集』（安永三年）だが、本作での「子ども」はあくまでも登場するのみであり、類型の枠を出るような自由な言動の描写はまだみられない。

この「子ども」を意識的に取り上げ、あえてのびのびと自由に振る舞わせたのが、その翌年に刊行された馬鹿人の『甲駅新話』であった。以降、馬鹿人は自身のすべての作品において「子ども」の登場場面を設け、大人のための世界を描きながらも、生き生きとした無邪気なその姿を随所に挿入してゆく。そこで、こうした馬鹿人の洒落本における子どもの描写場面のうち、他の登場人物との具体的なやり取りが見られる箇所を中心に、次に掲出した。

まず馬鹿人の初作となる『甲駅新話』についてみてゆきたい。本作は初めて内藤新宿を舞台として取り上げた洒落本としても注目すべき作品である。目録が備わることや、半可通が振られ息子株がもてる、という典型的な会話体洒落本の筋立てをもつことから、従来、『遊子方言』の影響が指摘される作品だが、本作においてこの「子ども」はどのように描写されているのであろうか。次にその言動のみえる場面を例として挙げる。（引用に際し、子どもの台詞には傍線、動作には二重傍線を引いた）

『甲駅新話』（安永四年）

子供はるの（茶を二ツぼんにのせて持来り）あい、お茶ァおあんなんし 後 置ていきや。ドウダ眠そふな皃だの はるの 寐ておりゐした［谷］押付見せへ出よふが、そのよふに。眠がつちやァ客衆がいやがるぜへ［はる］しつたかへ［後］ホンニあなたへ水あげをお頼申しや［はる］おがみゐす。おめへまでおんなじよふになぶんなんす。にくいぞ［半］〔女郎のたばこぼんきやくたばこぼんも持来る〕又何をさわぐ［谷］イ、ニヤサ、みづあげの。約束よ［半］ナニサ水あげはわたくしがとふにいたして置ました［はる］又、半兵へどんよさつせへ、すかねへぞよ引〔と半兵衛がせなかをたゝいてにげる〕［半］逃たとつて。にがす物かと〔つゞゐて下へ行て〕

半可通「谷粋」と息子株「金公」の座敷へ茶を運んできた際、茶屋の後家に眠そうなことを指摘され、「寝ておりゐした」と素直に認める子ども「はるの」。しかし、便乗して嫌味をいう谷粋に対しては、「しったかへ」と一言冷やかに返す。一方で、谷粋へ水あげを頼め、とからかう後家に対しては、やはり丁寧で可愛らしい返答をし、同調してからかう若い者に対しても「すかねへぞよ引」と背中を叩いて逃げるという少女らしい一面を覗かせる。また、谷粋が水を持ってくるよう催促した際、はるのは「今にあげいすよ」と言ったきり話題を転換するのだが、以後、水を運んだと思われる描写は一切見受けられない。ところが、温和で優しい遊女「三沢」に火入れと茶を頼まれると、はるのはすぐさま茶を運んでいるだけでなく、夏の夜の暑さを考慮し、「ぬるうおぜんす」と冷ました茶を運ぶ気遣いまでみせている。この点から、先刻の「はるの」が、意図的に谷粋の依頼を無視していたことがわかるのである。このように本作において子どもの言動は一様ではなく、半可通・茶屋の後家・若い者・遊女といった対象に応じてその待遇表現も異なっており、周到に描き分けがなされていることが知れる。

続く『世説新語茶』は、山下・深川・国字・音羽という四つの遊里を舞台とした岡場所寸描ともいうべき短編集となっている。このうち子どもの描写がみえるのは、音羽を舞台とする「笑止」である。その短さゆえに登場人物自体も少なく、大部分が客と遊女との対話によって進む本話において、簡潔ながらも子どもの言動がしっかりと挿入されているのである。

『世説新語茶』「笑止」（安永五・六年頃）

① ［源］コレ茶ァ一盃くりや ［市］アイ今に上いす（と下へ行）（略）［市］サアお茶ァ上んせふ ［源］ヲツトよくした

② ［源］はやく連て来や ［市］ヲヤけしからねへ。今にお出なせいす

③ ［市］重野が方をむきて舌を出す ［重］目まぜでしかる

④ ［重］コレお市や、爰へ耳を出しや ［市］エあい ［重］よ ［市］あい〳〵 ［源］なんだちつと聞てへの ［市］お前のお聞なんす事じやアごぜんせん（と出て行）（略）［市］膳を持て来てだまつて源が前へ

半可通の客「源六」に茶を頼まれた「お市」は当初、素直に茶を運んでいる（①）。しかし、横柄な態度で遊女を催促されると次第に態度を硬化させ（②）、その後も高慢なもの言いを並べ続ける源六に腹を立てた「お市」は、遊女「重野」に舌を出す仕草を見せて、重野から目配せで窘められてしまう（③）。また、重野との内証話をしつこく聞こうとする源六を冷たくあしらった「お市」は最後に膳を運ぶも、「だまって」源六の前へ置くことで（④）、彼への反感を露骨に示す。このように本作では、時間の経過にともない、半可通の高慢な態度が表面化するにつれ、子どもの対応、とりわけその態度があからさまに変化していく様がさり気なく描き出されているのである。

次に『甲駅新話』の好評を受けて執筆された、続編『粋町甲閨』ではどうであろうか。本作の舞台は引き続き新宿となっているが、登場人物も一新され、客が遊里へ至るまでの典型的な導入を略し、直接座敷の情景描写から入るなど、内容の重複を避けるための作者の工夫がうかがえる作品である。本作で馬鹿人は「お文」と「大吉」とい

う二人の子どもの描写を試みている。

『粋町甲閨』（安永八年）

①松 そんなら茶を取寄ようのと手をたゝく 子供お文 あゐ引 川 お文や〳〵 文 あゐ引 松 エ、もふ此子ァさつきから呼あナ 文 夫でもお部屋の用をして居いした

②子供大吉 あい引 大吉 あい とそこらかたつける（略）淀 ゥ、いきや〳〵コレ大吉おれと寐ねへか 大 いや〳〵 川 ホ、、、あひそうのねへいひようだのヲ コレ気をつけてくりやよ 大 あい。かたつけしまいてお休みなんし 淀 寐ていかねへか 大 しつたかへ

③文 アイ塩茶でおぜんす と滝川が前へ 川 おれじやァねへ、ぬしに上もうしや。此子ァねぼけたそうだ 武 可愛そうにねむからうぞい 伊 床をかゝへて来り、さあモウゑへ。往ててねろ〳〵 文 へんじもせず立てゆく

客へ茶を出すため、遊女「松野」は子ども「お文」を何度も呼ぶが、返事ばかりでお文は一向に姿を現さない。怒る松野に、「夫でも」と反駁するお文（①）。また、半可通の客「淀車」の場面で登場するのが、もう一人の子ども「大吉」である。女郎に相手にされない淀車が、大吉に向かって一緒に寝ないかと声をかけると、大吉はすげなく拒絶、それでも懲りずに誘う淀車に最後は「しつたかへ」と言い捨てて出て行く（②）。この大吉の捨て台詞は、『甲駅新話』の「はるの」の台詞でも見られた語であり、こうした簡潔で小気味の良い言い回しの重複がこの作者の作品にはしばしば散見されることから、馬鹿人が好んで用いていた表現であったことがうかがえる。

また、遊女「滝川」から馴染客の「武太夫」へ塩茶を出すよう頼まれたお文は素直に運んでくるものの、眠さの

あまり、間違えて武太夫ではなく滝川に塩茶を差し出してしまう。それを見た周囲の人々があれこれ声をかけるも、お文は返事もせずに退出してゆくのであった(3)。これらの例からもわかるように、本作で描かれる二人の「子ども」の言動自体はきわめて短い。しかし、それを取り巻く周囲の人々のテンポのよい台詞によって、この二人の子どもらしさや気儘さ、そしてその言動が生む可笑しさがかえって際立つ結果となっているのである。

『粋町甲閨』と同じく安永八年刊の『深川新話』は、沖釣り帰りの客が深川の舟宿で遊興する情景を描いた作品であり、筋立ては典型的な洒落本の域を脱するものではないが、深川という土地柄を色濃く描き出した情趣溢れる作品といえる。本作では馬鹿人の作品中、最も言動の多い子ども「小市」が登場する。

『深川新話』（安永八年）

① 小 そんなら安どん呑ツしやらねへか 安 こいつはまづいやつだ。おれにやァ売れあまりを呉るの 小 余りぢやにやア福が有からさ 安 そんならのもふか 小 へ、あたじけねへの、といひすてゝにげて行 安 なんと云たとかけ出す所へ（下略）

② 小 どふも火鉢アわつちがのにやア持れゐせん そ へエ役に立ねへの。そんならまあ、おたばこぼんを持て来さつせへ 小 ふせうぶせうに、あい。（略） 小 たばこぼん持来りだまつて置て行（略） 小市 アイお食をおあんなんし そ ソレお膳がまがるお汁がこぼれるはナ 小 どふもそれでも足元が見やせん 安 そふだ〳〵手前のか尤だ そ よしなんし只でせへ口ごうせうだに

客である半可通の「東里」と息子株の「文二郎」に茶を出したものの、気どって口をつけない東里の茶を、そのまま船頭の「安」へ回そうとする「小市」。不平を言いつつも、茶に手を出す安に小市はすかさず「へ、あたじけ

ねへの」つまり（みみっちいの）という一言を言い捨てて逃げていく（①）。

これは『甲駅新話』で見られた若い者と「はるの」とのやり取りを彷彿とさせる場面であり、気を許している相手に見せる子どもの自由な言動がよく表れた箇所といえる。その後も火鉢を運ぶよう言われると、自分には持てないと言い張り、煙草盆を頼まれれば、嫌々引き受け無言で置いてゆくなど、『世説新語茶』の「お市」と同様の反抗的な態度をみせている（②）。また、膳を運ぶ足取りの危なっかしさを、見かねた中居の「その」に注意されると、「それでも」と『粋町甲閨』の「お文」同様、ここでも間髪入れず反論している。このように気心の知れた人々が相手ということもあり、小市の言動も子どもらしい理屈によるものが多い。一連の作品のなかでもとりわけ子どもの言動が生き生きと描写されており、「その」の「口強情」という言葉が巧く言い表しているように、奔放な言動や口答えの多い点がこの作品の子どもの特色となっている。

『道中粋語録』は軽井沢の遊里という、従来の洒落本では描かれることのなかった土地を舞台とした作品である。本作は江戸とは異なる風俗を描くことに重点がおかれているため、他の作品に見られるような半可通の太平楽といった場面の描写は存在せず、終始遊女と江戸からの客の習慣や言葉の相違から生じる素朴な可笑しみと、それを取り持つ江戸の出である店の女房との穏やかなやり取りを中心として構成される。このように先行作とはやや趣を異にした作品ながら、本作でも馬鹿人は先の四作同様「子ども」を登場させている。

『道中粋語録』（安永八・九年頃）

初　干物（ひもの）のむしりざかなとてうし持きたる　嘉　此肴（さかな）を見や　伊　とんだ事ぶゑんの干（ひ）ものだの　初　いんねぶゑんじやァござりましねへ、あじの干物でござりますよ　嘉伊　ハ、、、く客に干物を運んできた子ども「初」は、江戸の客「伊助」の言った、塩を用いていないことを指す「ぶえん」という言葉を知らず、（ぶゑんの干物ではなく）鯵の干物だと訂正し、江戸の客にその勘違いを笑われる、という流れになっている。本作での子どもは軽井沢と江戸という土地柄の違いを強調するとともに、小咄的な滑稽味を生み出す役割を果たしているといえる。一方の江戸の客は、そうした習俗の違いに驚き呆れつつも、終始それを楽しむ姿が写されており、そうした点に、自らの野暮ったさを自覚しつつも懸命に勤めようとする遊女たちのいじらしさに対する作者自身の温かいまなざしを読みとることができよう。

以上五作品における「子ども」は、いずれも個々に名前と台詞が与えられているだけでなく、時に生意気ともいえる奔放な言動をとる、一個の人格をもった少女として描かれている点で共通することが明らかとなった。また、一方でそれぞれの作品における子どもの言動は少しずつ変化しており、馬鹿人が本来脇役に過ぎなかった「子ども」という存在を類型的な描写にとどまることなく、意識的に描き分けていたことがわかる。

他の一般的な洒落本に登場する「禿」が、店側の人間であるという自覚をもち、客と遊女の関係に口を出すなど、大人びた言動をとることも多いのに対し、馬鹿人作品に登場する「子ども」は、その言動の幼さから年齢設定が低いものと思われ、話の本筋に積極的に関与せず、また、周囲の人間からの強い制限も受けず、ある程度、自由な言動が許容されている点も大きな特徴の一つと考えられる。

馬鹿人は、従来の洒落本において、これまであまり焦点を当てられることのなかった、こうした幼い子どもを作品に登場させ、主旋律ともいえる遊女と客とのやり取りの合間に、時折その無邪気で奔放な言動を織り込むことで、岡場所を舞台とする作品の世界に奥行きをもたせるとともに、和やかさと笑いを添えることに成功しているといえよう。

四、馬鹿人以前、そして以後

馬鹿人がこのように「子ども」の描写に意を用いるきっかけとなったものは何であったのであろうか。初作である『甲駅新話』には、その構成や筋立てにおいてとりわけ『遊子方言』の模倣の跡がうかがえる。しかし、先述したように『遊子方言』や『辰巳之園』に、肝心の禿や子どもの具体的な描写は一切なされていない。

この「子ども」の描き方という観点から洒落本を通覧した時、この人物造形の面で馬鹿人作品に先行する作品として挙げられるのは『遊子方言』よりむしろ一足はやく刊行された『郭中奇譚』（明和六年〈一七六九〉）の「弄花巵言（ろうかしげん）」である。吉原を舞台とするこの『郭中奇譚』には、禿の「若葉」と「柴木」が登場する。少し年長と思われる若葉が、柴木をからかって追いかけっこをしていると、その光景をみた客が「三歩（ちうさん）になるものがそのやうにでうだんするものか」と揶揄したため、若葉が柴木の首すじをなでながら「旦那に水上ケおたのみ申さないけりやならぬ」と便乗してからかうと、柴木が「ナニばかッらめ」と返すというくだりがみえる。「若葉」の言葉を「柴木」が容赦なく撥ねつける台詞の歯切れの良さは、話題の面だけでなく、馬鹿人の描く奔放で生意気な子どもの造形の原点にもなったと思われる。

では、馬鹿人以降の作品においてこの「子ども」はどのように描かれているのであろうか。馬鹿人の活躍した安永期以降、岡場所を舞台とした作品も続々と板行されるが、それらに必ずしも「子ども」の語がみえるわけではなく、幕末に至るまでに確認できた一九作のうち、馬鹿人作品と同様に、子どもに自由な言動を許すものとなると、『南客先生文集』（安永八年）・『多佳余宇辞（たかようじ）』（安永九年）・『廓（さと）の池好（いけずき）』（寛政八年〈一七九六〉）・『面和倶噺（おもわくばなし）』（文化三年〈一八〇六〉）

といった作品がわずかに挙げられるのみである。また、馬鹿人と同時代に同じ岡場所を舞台とし、独自の作品を著した洒落本作者として知られる、蓬莱山人帰橋や田螺金魚の作品においてもそうした子どもの登場はみられない。

一方、「禿」として表記される少女については、時代を追うごとに、次第に個性を有して作品内にその姿を現しはじめる。特にそれを顕著に見てとれるのが、洒落本にとって大きな画期ともなった山東京伝の会話体洒落本である。京伝作品では、『通言総籬』（天明七年〈一七八七〉）・『閨中狂言廓大帳』（天明九年）・『傾城買四十八手』（寛政二年）・『繁千話』（寛政二年）・『娼妓絹籭』（寛政三年）・『錦之裏』（寛政三年）の五作に禿の自由な言動をみることができる。

京伝の描く禿は、客に人形を強請る、のれんを引っ張りながら話す、犬と戯れて叱られるなど、小道具を介してその幼さを描く点で特徴的である。また、動作の描写も微細にわたっており、可笑しさよりもむしろ、写実に重点が置かれている。

また、京伝に続く洒落本作者として、名を挙げられるのが十返舎一九であるが、彼の作品では『恵比良濃梅』（寛政十二年）・『野良の玉子』（享和元年〈一八〇一〉）・『起承転合』（享和二年）・『松の内』（享和二年）・『素見数子』（享和二年）といった会話体洒落本にとりわけ人物の具体的な描写がみられ、禿の自由で生き生きとした言動を確認することができる。

一九の描く禿もまた、「きしゃご」つまり、おはじきを持ち歩いていたり、化け物人形を見たがるようなあどけなさを残している場合が多い。しかし、描写の面ではそういった幼い禿の言動よりもむしろ、それを辛辣に罵る番頭新造や振袖新造、禿廻しなどの言動に紙幅が割かれており、そうした人々がその後、きしゃごを踏んだり火傷をしたりと痛い目に遭うといった、一九の他の滑稽本に通ずる痛烈な笑いを描く点にその主眼が置かれているといえよう。そのため、禿自体の存在感は薄く、小声で不満をもらすことはあっても、表立って強い反発や口答えはしていない。

このように京伝や一九の洒落本では、多くの遊里関係者を詳細に描き分けることに重点が置かれており、禿の描写はあくまでもその一端に過ぎないものと考えられる。また、彼女達は外見を含め具体的に描写されてはいるものの、その言動はけっして気儘とは言い難い。そうすることの許されない厳しさが吉原という地にあったことも、その要因の一つと考えられよう。

以上の点から、馬鹿人が先行作の影響を受けつつ、特に思い入れの深かった「子ども」という存在を意識的に独自の筆致で描き出していたことが明らかとなった。こうした脇役、とりわけ子どもの造形に意を用いた作家は、長い洒落本史においてもきわめて稀であり、京伝や一九に先行する形でいち早く着目し、描き出していたのが、ほかならぬ馬鹿人であったといえよう。

馬鹿人と後の戯作者との関係については、直接的な影響を万象亭の洒落本『福神粋語録（ふくじんすごろく）』や『田舎芝居』、そして一九の滑稽本『東海道中膝栗毛』において指摘できることから、人物描写の面でも間接的に影響を及ぼしていたとしても不思議ではないだろう。

五、『南客先生文集』の作者

最後に、これまで南畝の洒落本とされてきた作品であり、かつ序跋に馬鹿人についての言及がない『南客先生文集』についてみておきたい。本作の冒頭は「日長風暖柳青青　北雁帰飛入窅冥」と、唐詩「西亭春望」（賈至）の句で始まり、末尾は七五調でしめくくっているものの、馬鹿人の作品五作に共通して確認できた、謡曲や和歌のような古典の引用はみられない。また、品川を舞台とする本作には子ども「平次」の登場がみえるものの、その描写手法は馬鹿人のものとはいささか異なっている。

例えば、遊女「春風」の馴染み客である「芝幸」に、「芝　コレ平次や、あつちィいつておれが箸を取て来てくりや」と自分の箸を持ってくるよう頼まれた際、平次は「平　あつちたァへ」と、その意味がわからず問い返す。その呑み込みの悪さゆえに、遊女「初梅」から「初　エ、此子もほんに、春風さんの小箪笥のいつちうへの引出にあるはナ」と苛立たしげに指図されることになる。しかし、それに取り立てて反発することもなく平次は「平　あい」と素直に箸を取りに行く。また、醤油を持ってくるよう頼まれる場面においても、何かと間の悪い平次は、周囲の遊女たちから一方的に叱責を受ける立場にあるが、それに対しても反抗的な態度は一切とっていないのである。こうした点に先述したような馬鹿人の描く「子ども」との大きな差異がみえてくる。

本作について、森銑三氏は「洒落本の内でもめづらしく深みのある作品である（略）私は南畝の洒落本の内、これを以て第一位におきたいと思ふのである」と評し、また、伊東明弘氏も「この作に至って南畝は、それまでの類型をようやう脱け出して、洒落本の世界に明確な人間像を打ち出してきたのであった」とその他作品との相違について言及している。

これはむしろ、馬鹿人の名がみえる五作と本作とが、同一人物の手による作品ではないことによる評価の相違といえるのではないだろうか。本章で取り上げた馬鹿人の洒落本が江戸小咄的なテンポの良さと簡潔さを備えた、穏やかな笑いを湛えるものであったとするならば、本作は会話以外の叙述の割合も多く、言動による笑いよりも、遊女と二人の客との台詞のやり取りによって心情の変化を描くことに重点を置いた、きわめて小説的な作品といえる。この点から、『南客先生文集』こそが、南畝自身の手による洒落本であった可能性を指摘できるのである。[15]

馬鹿人作品が立て続けに板行された安永期、当時南畝は疥癬を患い床に臥していることが多く、その生涯において身体的にも金銭的にも最も厳しい状況に陥っていた。そのため、自ら遊里に赴きその経験をもとに生き生きと筆を執れる状態にはなかったと思われる。また病臥の間、南畝の外出の記録はほとんど見受けられず、反比例するように友人から借り受けた書物の書写数が増加している。こうした点から、床に居ながらできる作業の一つとして他の作者の板下を請け負い、それらに多分に影響を受けつつ、病の癒えた安永末年頃、自身の洒落本を著すに至ったと考えられよう。

おわりに

以上、山手馬鹿人の洒落本について、「作者の意識」という観点から文体および内容について検討し考察を加えた。遊里での一夜という限られた時間と空間を描く従来の洒落本の枠組みを保持しつつも、修辞を凝らした文体にはじまり、新鮮な舞台設定、誇張した方言描写、そして可笑味を湛えた人物造形、とさまざまな面で新しさを打ち出したところに、馬鹿人の手法の大きな特色があったといえる。

公許の遊郭である吉原ではなく、あえてそれ以外の地を舞台として選定していることからもわかるように、この作者の視線は、まだ洗練されていないものや、普段人々が目にしていながら見過ごしていたささやかなものへと注がれている。遊里における「子ども」もまたその一つであった。常に簡潔な言葉で構成されるこの子どもたちの言動は、作品に笑いを添える役割を果たしている。言葉を尽くさないことでかえって笑いを誘うという形は当時隆盛をきわめていた江戸小咄にも通ずる手法といえる。

馬鹿人の作品の随所にちりばめられているこうした笑いは、当時の他の洒落本に多くみられる、穿ちによる優越的笑いや嘲笑ではなく、例えば「子供の稚気[16]」といった人間の本質を観察し続ける穏やかな笑いであり、そこに馬鹿人の対象への温かいまなざしを看取することができるのである。

本章では、長く南畝作として高い評価を受けてきた洒落本を文体および内容の観点から検討し、これらの作品が、南畝作という前提を取り払っても、豊かな教養に裏打ちされた高い文芸性を有することを確認するとともに、それまでの会話体洒落本の型を踏襲しながら滑稽味と新しさを多様な形で追求し、表現し続けた洒落本作者としての「山手馬鹿人」の輪郭をあらためて浮き彫りにできたと考える。

注

（1）この南畝を示す扇巴の印として広く知られるのは、扇地に巴紋を配したものであるが、本章で取り上げる馬鹿人の洒落本にみえるのはいずれも扇地に「巴」の文字を記したものである。この二種については森銑三氏によって刊行期の相違が指摘されている。注（2）参照。また朱楽菅江の洒落本『大抵御覧』（安永八年）の四方赤良の序にこの印が見受けられることから、この扇地に巴の字の印もまた南畝の用いた印形であることが確認できる。

（2）作品内容に具体的に言及した論考としては、尾崎久弥氏「蜀山人とその洒落本」（『古本屋』第九号、一九三〇年五月）。森銑三氏「大田南畝とその洒落本」（『国語と国文学』第十巻一号、一九三三年一月）。浜田義一郎氏「南畝洒落本小論」（『歴史と国文学』第八巻四号、一九三三年四月）。玉林晴朗氏「大田南畝と山手馬鹿人」（『集古』第一八五号、一九四二年十一月）。伊東明弘氏「洒落本作者としての蜀山人」（『詩林泝洄』第一巻、一九六一年二月）。水野稔氏「岡場所の哀歓─山手馬鹿人─」（『黄表紙・洒落本の世界』所収。岩波書店、一九七六年）などがある。

（3）玉林晴朗氏は「これらの郷土色描寫と、名文調、浄瑠璃調、七五調の首尾とは、以後の作にも見受けられる」と指摘し、水野稔氏は「謡曲の道行ぶりを俗にくずした修辞から始まる。他のいくつかの作品に通ずるこの作者の常套手段」とする。また、伊東明弘氏も「いくつかの作品の冒頭と結末に謡曲調の詞章が付せられている」とその謡曲の影響について指摘しているが、その文体の厳密な検討はいずれもなされていない。

（4）横道萬里雄氏・表章氏校注『謡曲集』下（日本古典文学大系 第四十一巻、岩波書店、一九六三年）

（5）伊藤正義氏校注『謡曲集』上（新潮古典集成 第五七四、新潮社、一九八三年）
（6）前掲注（5）参照。
（7）前掲注（2）水野氏論考参照。
（8）『粋町甲閨』の自序には、謡『江口』・俚言・『和漢朗詠集』・『百人一首』・俗謡、『蝶夫婦』の序には、謡『猩々』・『和漢朗詠集』・諺・狂言『釣針』が利用されている、また『蝶夫婦』には「時代違の長物語」という、さまざまな伝説・歴史上の人物・事物が登場し、黄表紙的綯い交ぜの世界を作り上げる五丁半に及ぶ長編の小咄がみえる。典拠には『羅生門』『俊成忠度』『夜討曽我』『道成寺』『鵺』等の謡曲をはじめ『平家物語』『前太平記』といった先行文芸が踏まえられており、筆者の関心の所在がうかがえて興味深い。
（9）前田勇氏『江戸語大辞典』（講談社、一九七四年）・『日本国語大辞典』（小学館）
（10）水野稔氏編『洒落本大成』（中央公論社、一九七八～一九八八年）
（11）ここでは、箱、庵点の有無に関わらず、話者を台詞とは独立させて記している作品すべてを対象とした。また、本筋に直接関与しない七～八歳から十二、三歳の遊女見習いの少女を対象とし、新造・振袖新造・番頭新造などは対象としなかった。
（12）吉原・品川・深川を扱う『突当富魂短』（安永十年）・島の内・新地・坂町・堀を扱う『十界和尚話』（寛政十年）のように複数の遊里を舞台とする作品については章ごとに検討を加えた。
（13）式亭三馬の『潮来婦志』（文政十三年）に「十二三の小娘たばこぼんを持来ル江戸にて禿ともいふべきを此所にてはちよつぼりといふ也」とあり、禿に相当する少女の地方独自の呼称であったと思われる。
（14）「鳥類」『都鄙談語 三篇』、安永二年（武藤禎夫氏編『噺本大系』第九巻所収、東京堂出版、一九七九年）
（15）戯作評判記『花折紙』には馬鹿人の五作品がいずれも掲載されており、当時すでにその内容が高い評価を受けていたことがうかがえるが、そのうち朱楽菅江の序をもつ後刷をみて判断したであろう『深川新話』に朱楽作と記される以外はすべて「馬鹿人作」と明記されているのに対し、『南客先生文集』に関してのみ「鷺銭作」とあり、その上に屋号として南畝を示す扇巴が記されている点は注目すべきであろう。

(16) 麻生磯次氏『笑いの研究』(東京堂、一九四七年)

第四部　噺本作者の横顔 ―瓢亭百成をめぐって―

第一章　瓢亭百成の文芸活動

はじめに

第二部第二章での検討により、その会話体表記の特色が明らかとなった人物の一人に、上毛の「瓢亭百成（ひょうていひゃくなり）」がいる。寛政期以降、噺本の作り手には、十返舎一九、振鷺亭、山東京伝といった著名な戯作者の名が登場するようになる。彼らはその手軽さからか、習作として、あるいは余技的に噺本を手がけると、やがて本格的に自身の才能や手腕を発揮できる場を見い出し、次々に洒落本や滑稽本といった新たな舞台へと乗り出してゆく。

そうしたなか、一貫して噺本作者であり続けたのが、この「瓢亭百成」である。百成は天明～文政期にかけて、十数種もの噺本を残しているにも関わらず、その執筆活動の実態についてはこれまでほとんど顧みられることがなかった。話芸の台頭によって記載文芸としての噺本が少しずつ衰退しつつあったこの時期に、「咄の会」にも噺家の部類にも属さず、独自の視点で個人笑話集を著している事実はそれだけでも興味深いが、さらに上毛の地に住しながら、江戸の文人らとさまざまな交流をもっていた点でも看過することのできない人物といえる。

そこで本章では、百成が「本来上毛の人ではなかった」点に注目し、その著作の特色とそこから見い出せる執筆意識について検討するとともに、彼の文芸面での多彩な活動を通して浮かび上がる文化的ネットワークの諸相についても考察したい。

一、百成の閲歴

百成については、これまでに本多夏彦氏が小伝をまとめており、[1] 山口剛氏、宮尾しげを氏、武藤禎夫氏らが代表的な作品の翻刻・紹介をしているものの、彼の文芸を論じた研究はほとんどなされていない。[2] 百成の文芸を検討するにあたり、本節ではまず、本多氏の研究に、百成の入夫先である黒沢家旧蔵『山中領黒沢家文書』（高崎市立図書館蔵）[3] の検討を通して明らかになった点を加え、百成の閲歴について確認しておきたい。

先にもふれたように百成は本来、上毛の人間ではなかった。明和四年（一七六七）十二月、対馬藩士 村喜兵衛（本名は一定）の嫡子として江戸向柳原の宗対馬守藩邸に生まれる。本姓は村氏。名は定重。後に黒沢覚太夫。別称に、村瓢子・瓢百成・浅笆庵百成などがある。十歳で当時の碩儒市川鶴鳴に学ぶなど早くから学問に親しんでいたが、生来病弱であったことから医者に養生のため勉学を禁じられる。しかし、天明二年（一七八二）、父一定が亡くなり十六歳でその跡を継ぐこととなった百成は、当主として学問の必要性を感じ、各分野に秀でた師について、[4] あらためて幅広い知識と教養を身につけていった。

ところが、藩士としての生活を不向きと感じた百成は、寛政三年（一七九一）に「生質病身ニ在之奉公難相成」[5] という名目のもと、二十四歳で隠居を願い出る。家督を弟の喜兵衛へ譲り、自らは浪浪の身となる道を選んだのである。しかし、隠居後、自適の日々を送りはじめた彼にほどなく転機が訪れる。上野国甘楽郡神原村の割元名主、黒沢覚右衛門の跡目相続の話が舞い込んだのである。この件をすぐに承諾した百成は、同年中に黒沢家が治める山中領へ赴き、亡くなった先代覚右衛門の妹であるむまに入夫、正式に「黒沢覚太夫」を名乗ることとなった。[6] 代々続く旧家であったこの黒沢家だが、その内状は天明の飢饉の際に背負った負債により大変逼迫したものであった。

そこで、百成は名主として領地の改革に取り組む一方、その窮状を切り抜けるべく、当家に長く受け継がれていた造酒を「第一之渡業」[7]とし、質業、植樹、養蚕、[8]豆の仕入れ、そして紙・煙草の江戸への出荷と多岐にわたる事業を手がけてその才覚を発揮し、黒沢家の建て直しを図っていった。

この上毛への移住以前に板行された百成の著作は、天明九年刊の噺本『ふくら雀』一作のみであった。物理的にも江戸から離れ、それまでとはまったく異なる環境に身を投じることとなった百成が、そのまま江戸の文壇から遠ざかる可能性も低くはなかった。しかし、上毛の地にあって、彼の創作意欲が衰えることはなく、「上毛山中の百成」としてむしろ積極的に執筆活動に乗り出してゆくのである。天保六年（一八三五）十二月、六十四歳で百成がその生涯を閉じるまでに著した作品の大半が山中領への移住後、つまり名主として多忙な日々を送るなかで執筆されたものであることが何よりそれを物語っていよう。

以下、これら百成の著作の特色について検討し、彼がどのような意識をもって文芸に携わっていたかについて考察する。

二、百成の噺本

現在、百成が手がけたと考えられる文芸作品は一五作であり、このうち滑稽本一作を除く一四作すべてが噺本である。そこで、まず百成の噺本についてその体裁および形式面に注目し、検討してゆきたい。（【表Ⅰ】参照）

【表I】瓢亭百成噺本一覧

	刊年	作品名	編者	序者／画師	板元	表記	書誌	体裁	所在
①	天明 九年	ふくら雀	雀躍堂百成			□・〽	刊・小本一冊 三十七丁・四七話	『高笑い』（安永五年）嗣足改題本	東洋岩崎、早大、東大霞亭、上田花月
②	寛政 五年	落咄梅の笑	上毛山中 村瓢子	曲亭主人序	蔦屋重三郎	□・〽	刊・小本一冊 二十二丁・一七話	『富貴樽』（寛政四年）嗣足改題本	国会、東大国語、東大霞亭、早大、高崎
③	享和 三年	福山椒	瓢百成	万歳庵亀人序 栄松斎長喜画		□・〽	刊・小本一冊 十丁・一八話	全丁に挿絵あり	都立東京
④	文化 元年	百夫婦	上毛山中 瓢百成	並木丹作序 杢林斎秀麿画		□・〽	刊・小本一冊 九丁半・一四話	冒頭三丁半のみ挿絵あり	国会
⑤	文化 三年	舌の軽わざ／とらふくべ	上毛山中 瓢亭百成	（長喜画カ）	濱松屋幸助	□・〽	刊・小本一冊 九丁半・一九話	冒頭三丁半のみ挿絵あり	東大霞亭
⑥	〃	百なりばなし	（瓢亭百成）	―	―	―	―	―	日本小説年表による
⑦	文化 四年	瓢百集	上毛山中 瓢亭百成	（長喜画カ）	濱松屋幸助	□・〽	刊・小本一冊 九丁半・一八話	冒頭三丁半のみ挿絵あり	大東急
⑧	文化 五年	咄の種瓢	（瓢亭百成）	―	―	―	―	―	日本小説年表による

⑨	文化　十年	百生瓢	上毛山中 瓢亭百成	辰斎老人画	柏屋 半蔵	□・〽	刊・小本一冊 十九丁半・二四話	小咄のみで構成 口絵あり	国会、東大国語、東大霞亭、天理
⑩	文化十一年	山の笑	〔上毛山中瓢子〕印			□・〽	刊・小本一冊 十九丁半・二五話	小咄のみで構成	国会、早大
⑪	文政十三年	瓢百文	（瓢亭百成）	—	—	—	—	—	日本小説年表による
⑫	文政　七年	瓢孟子	上毛山中 瓢亭百成			□・〽	刊・小本一冊 四丁半・八話	六草庵の発句 口絵あり	都立加賀
⑬	文政十二年	山中絹	上毛山中 瓢亭百成			□	刊・小本一冊 四丁半・七話	六草庵の発句 口絵あり	『小噺再度目見得』第十二冊に翻刻あり
⑭	文政十三年	初夢漬	上毛山中 瓢亭百成			□・〽	刊・小本一冊 四丁・七話	六草庵の発句 口絵あり	都立加賀

【所蔵先正式名称】都立加賀…東京都立中央図書館加賀文庫、都立東京…東京都立中央図書館東京誌料、早大…早稲田大学図書館、国会…国立国会図書館、大東急…大東急記念文庫、東大国語…東京大学国語研究室、東大霞亭…東京大学総合図書館霞亭文庫、天理…天理大学附属天理図書館、高崎…高崎市立図書館、東洋岩崎…東洋文庫所蔵岩崎文庫、上田花月…上田市立図書館花月文庫

百成の噺本の体裁は刊年の推移とともに少しずつ変化をみせている。これらは大きく、先行話の流用・改作を中心とした天明・寛政期の作品（①『ふくら雀』②『梅の笑』）、栄松斎長喜や柳々居辰斎といった浮世絵師の挿絵入り小咄を中心とした文化前期の作品（③『福山椒』④『百夫婦』⑤『舌の軽わざ／とらふくべ』⑦『瓢百集』）、挿絵はなく小咄のみを多数収録した文化後期の作品（⑨『百生瓢』⑩『山の笑』）、同じく挿絵はないが冒頭に口絵と「六草庵」の発句を載せ、以降に小咄を収録した文政期の作品（⑫『瓢孟子』⑬『山中絹』⑭『初夢漬』）の四種に分けられる。この点から、百成が噺本の制作にあたり、既存の型の踏襲にとどまらず趣向を変えながらさまざまなスタイルを模索し、独自性を打ち出そうと試みていたことがわかる。

では、こうした百成の意識的な工夫は他の点でも見い出すことができるのであろうか。ここでは江戸小咄本の大きな特色の一つといえる表記の観点からみてゆきたい。これら百成作品に収載される小咄を通覧すると、従来の江戸小咄本における会話体表記とは異なる表記手法が採られている点に気づく。【表I】の「表記」の欄に注目してもらいたい。百成の噺本では⑬『山中絹』を除くすべての作品において、明和・安永期以降の江戸小咄本でもっぱら使用されていた「庵点」（〽）だけでなく、当時、洒落本における話者表記としてその使用が一般的であった、話者を枠で囲む「箱」（□）[9]が併用されていることがわかる。

近世後期、噺本の会話を示すくぎり符号としての役割がすでに確立していた庵点は、噺本の枠を超え、滑稽本、人情本と江戸で板行される会話体文芸においてかなり広く浸透している。[10]しかし、百成のように庵点と箱の表記をあえて併用した作品となるとそう多くはなく、特に近世後期の噺本においては感和亭鬼武、曲亭馬琴、三笑亭可楽、柳下亭種員といった、ごく限られた人物の一部の作品にみられるのみとなっている。すなわち、百成作品に一貫してみえるこの表記手法は、他の噺本との差異を考える上でも重要な判断基準となる大きな特色の一つといえよう。話中の会話において話し手を明示するこの特徴的な表記手法に加え、同音異字の地口をオチに据えた咄が散見される点や、挿絵入りの小咄が多く見受けられる点から、百成が目で読み、楽しむという個的営為としての「笑い」を前提に、咄を「聞くもの」ではなく、「読みもの」として捉え、執筆し続けていたことがわかる。

　では、次に噺本のなかでも特に作り手の読み手への意識が強く反映される、作者名・作品名といった形式面に注目してみたい。

　まず、序や巻末に記される作者名についてだが、百成は江戸在住時の①『ふくら雀』において「雀躍堂百成」を、上毛移住後に著した②『梅の笑』では、旧姓の「村」に因んだ「村瓢子」を称している。(11) この二つの号はどちらも一度かぎりの使用であり、続く③『福山椒』(12)④『百夫婦』の二作では、これらを組み合わせた「瓢百成（ふくべのひゃくなり）」を、⑤『舌の軽わざ／とらふくべ』(13)以降の作品では「瓢亭百成（ひょうていひゃくなり）」をほぼ一貫して用いている。

　とりわけ「瓢亭百成」の号が、百成にとって思い入れの深いものであったことは、著作の序文中でしばしば「己が名をもて瓢百集と題するのみ」（⑦『瓢百集』）、「足下の号を以て百生瓢と題すへし」（⑨『百生瓢』）のように作品名の由来を述べる際、自身の号に因んだ旨を明記する点からもみてとれる。

　こうした百成のこだわりは他の作品名においても指摘できる。初作の①『ふくら雀』と遺作の⑭『初夢漬』を除くすべての作品名に「瓢」「百（百成）」「山（山中）」「笑」の語、またはそれらを組み合わせた語句のいずれかが含まれているのである。この点から、百成がこうした細緻な形式面にまで意を用いていたことがわかるとともに、とりわけ〝百成〟の「百」と〝山中〟の「山」の語が、上毛移住後の百成にとってまさに存在証明ともいえる重要なキーワードであったことがうかがえる。

　また、百成の著作において、作者名や作品名と同様に見過ごすことのできないのが地名表記、すなわち所付である。百成は上毛移住後の第一作となる②『梅の笑』で、所付としてすでに「上毛山中」の語を記している。以降、彼は号の傍らにきわめて高い割合でこの所付を明記し、上毛を拠点に文芸活動を行うことを意識的に強調している。

これは執筆の時点ですでに、百成が「上毛山中」ではない地、就中、江戸の人々を読者として想定していたためと考えられる。このことは、彼の小咄に散見される具体的地名の多くが実在する江戸のものであること、当時の噺本の多くが自板、または板元を明記しない形をとるなかで、板元の明らかな百成の作品がいずれも江戸の書肆からの刊行であることからもいえよう。

また、④『百夫婦』には、作者である百成自身が登場するという珍しい小咄「てうしゆ」（長寿）がみえる。そのなかで百成は、山中に住む百歳を超える夫婦の元へ行き、長寿にあやかった題号を作品名とすることを請うため追従を並べるのだが、その老翁からすかさず「われらふうふのめつらかなるてうじゆをたねにして、なんじさうしをあまたうらんとのたくミでハないか」と切り返され、慌ててお茶を濁しつつも「これハめでたいいきすきじや」（「行き過ぎ」と「生き過ぎ」を掛ける）というくだりがみえる。ここに、老翁の言葉を借りた百成の本音が見え隠れする。つまり、百成にとっての噺本が、単に無聊を慰めるための趣味にとどまるものではなく、明らかに自身の故郷でもある江戸の地で「あまたうらん」とすることを念頭に執筆されたものであったことが知れるのである。

三、咄の構成とその特色

次に、百成の噺本に収録される小咄の特色を内容面からみてゆきたい。噺本、特に個人笑話集では無意識のうちにその作り手の嗜好がその内容に反映されやすいため、咄の選択や脚色手法といった点に作り手独自の特徴が浮かび上がってくる。

では、百成はどのような作品に影響をうけて噺本を執筆したのであろうか。また、百成の手を経た咄の影響を後の文芸に見い出すことは可能なのであろうか。

ここでは咄の展開とオチに焦点を当て、語句単位で先行話と共通点を有するもの、または、きわめて酷似する構成をもつ小咄について検討を行った。百成作品の大きな特徴は「新作、または新作にみえるほど作り変えた小咄」がその大半を占める点にある。そのため、先行作との影響関係を指摘できるほど原形をとどめる咄となると、かなり数は限られてくるが、次の一覧に示すような結果が得られた。

ここでは、百成が利用したと考えられる咄を収録する先行作品名および話数を掲出し、併せてあきらかに百成作品の利用の形跡がみられる後続作品名についても示した。

①『ふくら雀』…【先行】『坐笑産』三話・『飛談語』一話（安永二年〈一七七三〉）、『春みやげ』一話（安永三年）、『新口一座の友』一話（安永五年）、『喜美賀楽寿』一話（安永六年）、『千年草』一話（天明八年〈一七八八〉）

【後続】『笑の初』二話（寛政四年〈一七九二〉）、『おとぎばなし』二話（文政五年〈一八二二〉）

③『福山椒』…【先行】『楽牽頭』一話（明和九年〈一七七二〉）

【後続】『落噺顋懸鎖』一話（文政九年）

④『百夫婦』…【先行】『福喜多留』一話（天明五年）

⑤『舌の軽わざ／とらふくべ』…【先行】『楽牽頭』一話（安永二年）、『春帖咄』一話（天明二年）

【後続】『笑話草刈篭』一話（天保七年〈一八三六〉）、『面白艸紙噺図絵』一話（天保十五年）

⑦『瓢百集』…【先行】『新口一座の友』一話（安永五年）

【後続】『落噺顋懸鎖』一話（文政九年）

⑩『山の笑』…【先行】『御伽噺』一話（安永二年）
⑫『瓢孟子』…【先行】『蝶夫婦』一話（安永六年）

＊先行作品を確認できないもの…②『梅の笑』⑨『百生瓢』⑬『山中絹』⑭『初夢漬』

右の結果から、初作となる嗣足改題本①『ふくら雀』の新刻箇所では、六作（七話）と、もっとも多く咄の再利用が確認できることから、本作が先行作の強い影響を受けて成立したものであり、百成にとってもまだ試行作といえる段階にあったことがわかる。一方、③『福山椒』以後の作品において、明らかに改作とわかる咄は各作品に一話ないし二話確認できるのみとなっており、また、一切先行話の利用を確認できないものも四作存在することから、『ふくら雀』の刊行で感触をつかんだ百成が、徐々に既出作品の安易な焼き直しに終わることなく、独自の視点で咄の創作に取り組んでいった様子がうかがえる。

さて、この検討で明らかとなった典拠を通覧すると一つの興味深い共通点が浮かび上がってくる。これらの作品は、いずれもほぼ安永・天明期に板行された噺本、という点で一致するのである。これは、かつて百成が江戸において病気療養のため学問を離れていた時期とも符合する。さらに一覧の先行作品をみてもわかるように、百成は特定の作品に偏ることなく、多様な噺本に強い関心をもち、それらに目を通していたことがわかる。おそらく、江戸にあって安永・天明の江戸小咄本全盛期を目の当たりにした百成は、その面白さに強く影響を受けて執筆意欲を掻き立てられ、特に意に適った小咄については脚色を施して、自身の作品にも生かしていたものと思われる。

次にこれら百成の手を経て創作、または再製された小咄の後の文芸への影響についてもみてみよう。ここでは、百成作品の影響を認められる作品を右の一覧に【後続】として示した。時代が下るにつれ、噺本の機運も次第に衰え、出板点数自体が減少しつつあったものの、『おとぎばなし』（志満山人作、歌川国信画、岩戸屋喜三郎板、文政五年）や『落噺顋懸鎖（あごのかきがね）』（和来山人作、有楽斎長秀画、京 山城屋佐兵衛等板、文政九年）をはじめとする文政・天保期の作品に、その明らかな再出が認められることは、百成の噺本が江戸はもちろんのこと、上方においても流通していたことを裏付けるものでもあろう。

さて、後の文芸への影響という観点から、ここでもう一つ特筆しておきたいのが、百成の手による小咄と落語との関わりである。⑨『百生瓢』には、富札を当て大金を手にした男がそれ以来夜も眠れなくなる、という古典落語『水屋の富』と同想の小咄「富の札」が収められている。次に本文を掲出する。[14]

富の札

折介、よき夢を見て、ひどくめんにて富の札を買ひしに、とんと一番にあたり百両とる。まことに夢ごゝちにて、しつかりふんどしにゆひつけ、ひよつと追はぎに取られハしまいかと用心して、そう〳〵とび帰り、供べやにねたところが、ひよつとなかまにしられたら取られハしまいかと、夜もしつかりだいてねて、まんじりともせず。昼もそとへ出てハ追はぎがおそろしさに、病気といひ立て、内にばかり、たいてねてゐる。かくの通り四五日すると、よるひるねづにこゝろづかひせしゆへ、大きにつかれはてゝ、これでハ命がたまらぬとかんべんして、百両の内を壱両弐分もつて、かけをち

本話と同想の類話はこの「富の札」以前の噺本においてもいくつか確認できる。しかし、大金を手にするきっかけを富札としたのは本話が初であり、この点においても明らかに『水屋の富』に百成の直接的な小咄の影響が見てとれる。

同じくこの⑨『百生瓢』には「富の札」をはじめ、直接の原話とはいえないまでも、夢の中で燗をつけて酒を飲もうとした瞬間に目が覚め、「冷やで飲めばよかった」という落語『夢の酒』のサゲと同一のオチをもつ「家樽」や、義太夫好きの旦那のひどい語りに辟易した人々がなんとか欠席しようと画策する落語『寝床』と同じ展開をもつ「だんぎ」（『寝床』の「義太夫」部分が「談義」となっている）といった小咄が収められている。

また①『ふくら雀』には、吝嗇家の男が「藁しべ」のけちな使用法を教える落語『しわい屋』と同様のモチーフをもつ小咄「倹約」を、⑩『山の笑』には、馬好きの大屋の眼鏡にかなう「馬づくしの男」は笑い声までも馬の嘶きに似ていた、という落語『馬大屋』と同想のオチをもつ小咄「馬好」の存在をそれぞれ指摘できる。

落語の主題に江戸小咄が大きな影響を与えていることは周知の通りである。落語は本来複合的な要素によって成立しているものであり、原話となる咄が一話とは限らないが、百成の小咄にこうした主題や展開、そしてオチにおける共通性を指摘できる点は見逃せない事実といえよう。

以上の点から、百成が先行話の小手先の書き換えにとどまらず、後の落語にも通ずる普遍的な笑いの要素を見きわめ、選び抜いて咄を〝再製〟していたことがわかる。ここに、百成が咄の連鎖ともいうべき輪の中にあって、時代を超えてそれらをつなぐ重要な役割の一端を担っていたことが知れるのである。(15)

四、『山中竅過多』

百成の著作のなかで唯一、噺本に属さない異色の作品が『山中竅過多』（文化二年〈一八〇五〉）である。本作は上毛山中領における、一一種の生業や気質をもった類型的人物（庄屋・和尚・医者・木屋・財主・盲法師・馬口労・背利商人・社人・侠客・賢人）に焦点を当て、その「出立風俗と又癖付たる仕打」を標準的な江戸言葉で記述し、各人の「せりふ」を徹底した方言で描写した滑稽本である。原本は現在、所在不明となっているが、幸いにも本多夏彦氏による翻刻が出版されており、その内容の詳細を知ることができる。(16)

本作の「せりふ」部分には、現在では確認し得ない珍しい方言が散見されること、またその語彙を山中で一般的に使用される語と、それぞれの職業特有の語とに分け、傍線および記号によって明記するという手法を採ることから、従来、方言学的資料として取り上げられることはあっても、(17)文学的な評価はほとんどなされてこなかったといってよい。そこで、本節では『山中籔過多』の特色について同種の形態をもつ作品との比較を通してあらためて検討してゆきたい。

次に、本書の冒頭に示されている「凡例」を掲出し、それぞれの例としてここでは「山中の醫者」「山中の背利商人」を挙げた。

凡例

一．字行のかたハらに‖此印あるハ山中人のおしなべて用ひ來れる訛語なり

一．字行のかたハらに△――此印あるハ其人々の職分にかぎりて用ふる言語なり

一．章毎に其人々の出立風俗と又癖付たる仕打とを初帖に記し其末にせりふと記せしハ芝居の役者の形情をいさゝかかり用ひたる趣向也

山中の醫者

紋付の紬小袖を着。羅背板の装束つきし長合羽を脇指にてつツぱり。懐中ハ假名附の衆方規矩と手引草にてふくらかし。提印籠に三尺手拭。折々うでをくミ。漢語交りにすました皃つきをするくせあり。茶にて口をそゝ

ぎながら其茶を嚥こみ。又目をねむつて嗽拂ひをする見へもあるべし

せりふ

まづ△脈はゆうとぶつから。げへに△熱りハねへ。べろをくん出して見せさつしやれ。ヨツトよし。こうたに噫気がして。虫のかぢるにハ。臍一寸をやくがいゝと△傷寒論に出てゐる。どれ△前医の△主剤を見せさつしやれ。ム、これにやア△大黄がゐらあるから。よんべハでうや△瀉したんべい。ほんの當場やかないの△處方だもさ。世間にこふたな△庸医の多いにハ。あくせへしはてる。しよつきりからをれが△薬をひんぜると。是げへな△大病にやアならねいつた物を。今じやア。とせへ△六参湯でなけりやアいがねへから。△栃人参をしたくしておつしやれ。ア、△難病一毒とハよくいつたものだ

山中の背利商人

桟留赤嶋の綿入に。伊勢縞三筋立の羽織を着。財布を首に掛け。股引に草鞋。腰に守隨の秤と矢立をきめこミ。紺がすりの風呂鋪包を背負。とかく人の門口にて。首を長くして覗き込むくせあり。敬白笑。空拝み。時々京段をむりに交るみへあり

せりふ

もふ△貳疋めが△落ましたかへ。あんどもねへ早いこんだ。けい義じやアねへが。今度の絹ハにつちかよく△織こめました。志かし今ほつこり△腰をつりたかつたねへ。此比ハ以上△市がふ景気で。△手が鳴やせぬから。

△つぼの衆のおもハくとはがとう違ひやす。△大丸が△三分どめさ。そこでこちらの初絹も。槌のぶん出しに△三百返りと。くつつけやしたが。いかめく損のいく所さ。あの理屈は無尽の未進と。さしつむぎにして△帳をきめて置ませう。イヤもふ△商人もひきつちりに成てハおへやせぬ。とせへ春の△紙にも△なげられて財布の桶拂ひさ。かうたじやア△草鞋でもはけやしねへ。マア△市六賽。△風呂敷を背負廻つて。留主をかゝア任せにしておかよりハ。やつぱり内の自炉ぶちをひつ抓んで。そべつたり。ぶちかつたりして。世間の南風を聞て。はち居るがましさ

右の例をみてもわかるように、山中領の医者や商人の滑稽味を帯びた出立や風俗を江戸言葉で述べた後、その台詞を一般的な田舎方言と山中方言を織り交ぜた形で描写している。

「笑い」を主眼に据える点では、噺本も『山中籔過多』も通底するものは同一といえるが、百成はなぜ噺本ではなく、こうした形態の作品を執筆するに至ったのであろうか。その契機について考えてみたい。

『山中籔過多』のように類型的人物に焦点を当て、誇張して描出する作品は、早く浮世草子の気質物に確認できるが、その形態や内容面において本作により強い影響を与えたと考えられる作品が二種ある。

一つは、明和八年（一七七一）刊の稽古本『役者氷面鏡』（百示斎述、勝川春章画）である。本書は江戸三座の俳優の風姿・演技・台詞を「出」と「せりふ」の二項に分け、挿絵とともに描写した作品である。そしてもう一作は、山東京伝の洒落本『客衆肝照子』（天明六年〈一七八六〉）である。本書はタイトルからもわかるように『氷面鏡』のパロディーともいえる作品であり、『氷面鏡』の俳優に代えて、遊女や遊客の風俗や身振り、口癖といった類型的特性を「出」と「せりふ」とに分け、挿絵を添えて「的確に紙上にとらえ」た作品である。[18] 挿絵はみられないものの、刊年や作品の指向性を勘案しても『山中籔過多』が右のような先行作に刺激を受けて執筆されたものと考えてよいだろう。

そして、この『山中竅過多』の成立を考えるにあたって、もう一つ注目すべき作品が存在する。式亭三馬の『酩酊気質』（文化三年）である。本書はさまざまな酔っぱらいを類型化し、江戸の俗語を駆使してその癖を穿った滑稽本である。『氷面鏡』、そして『客衆肝照子』へと受け継がれた手法を「一般の町人の世界に持込んだ」[19]作品が『酩酊気質』であるならば、その手法を「山中領」という限られた世界に持ち込み、当地の人や言葉に眼差しを向けて描き出したのが『山中竅過多』であったといえよう。題材の相違こそあれ、両書にはいくつもの類似点が確認できる。

『山中竅過多』は、序末に「文化ふたつ きのとのうしの花さくはる」とあり、文化二年春に執筆されたことが知れるが、『酩酊気質』もまた、その自叙に「文化丙寅春開鐫、実は乙丑三月朔日、二日酔のあくる日より一昼夜の急作」とあることから、この三馬の文言が事実であるとするならば、この二作はいずれも文化二年春には成立していたことになる。

また、それぞれ「凡例」を備えており、百成は先に掲げたように「章毎に其人々の出立風俗と又癖付たる仕打とを初帖に記し其末にせりふと記しハ芝居の役者の形情をいさゝかかゝり用ひたる趣向也」と芝居の役者に想を得たことを述べているのに対し、三馬もまた「ござりますは悉く戯場の正本に倣ひてムり升としるせり」と芝居の台本を参考にしたことを明記する。

取り上げる人物も、百成が一一種、三馬が一二種であり、内容も台詞部分に独白体を採用するなど、多くの共通点を指摘することができる。百成と三馬の実生活における交流の有無については明らかとなっておらず、その執筆の前後について即断は避けねばならないが、右のように近似した特色を有する点、百成が江戸在府時、および上毛移住以降も断続的に江戸での活動を維持していた点を考え合わせると、三馬と百成にも文芸を通じての接点や影響関係があったとしても不思議ではないだろう。[20]

また、本作にみられたような田舎方言の描写が特徴的な作品としては、『田舎芝居』（天明七年[21]）やその系譜に連なる洒落本や滑稽本が挙げられる。本文や形態に直接的な共通点は認められないものの、こうした〝田舎芝居物〟[22]の流行も百成が写実的な方言描写の方法を採る遠因の一つとなったと考えられる。

こうした作品を百成が書き得た理由としては、幼い頃から江戸で培った文学的素地に加え、〈江戸の武士〉から〈上毛の名主〉へ、という異色の経歴をもち、山中という未知の環境に赴いて、新鮮な驚きと感動を身をもって体感した人物であったことが挙げられる。

本格的に滑稽本の執筆へと乗り出した三馬と時を同じくして、同様の趣向をもつ作品を著していることや、単なる先行作の踏襲にとどまらず、独自の視点で方言に国語学的な分析を加えていることから、百成が言葉や方言、そしてその文字化に対して高い関心をもち、それを形象化して生みだす能力を備えた人物であったことが確認できよう。

五、百成をめぐる人々

これまでの検討によって、百成が上毛への移住後も江戸との往き来を通して積極的に創作活動を行っていたことが明らかとなった。本節では、こうした文芸から見えてくる百成の交流の実態について探ってゆきたい。

まず、噺本を通しての交流が看取できるものとしては、上毛への移住後初めての作品となる『梅の笑』が挙げられる。本作は前年に刊行されたばかりの『富貴樽』（寛政四年〈一七九二〉正月序、曼鬼武作、蔦屋重三郎板）を利用した闘足改題本であり、序、本文五丁五話を新刻、以降にその第三丁から第十六丁までの板木を流用する。土台となった『富貴樽』の作者鬼武は、本格的な執筆活動の端緒と考えられる噺本『一雅話三笑』に続く第二作として、翌年本作を執筆している。[23]

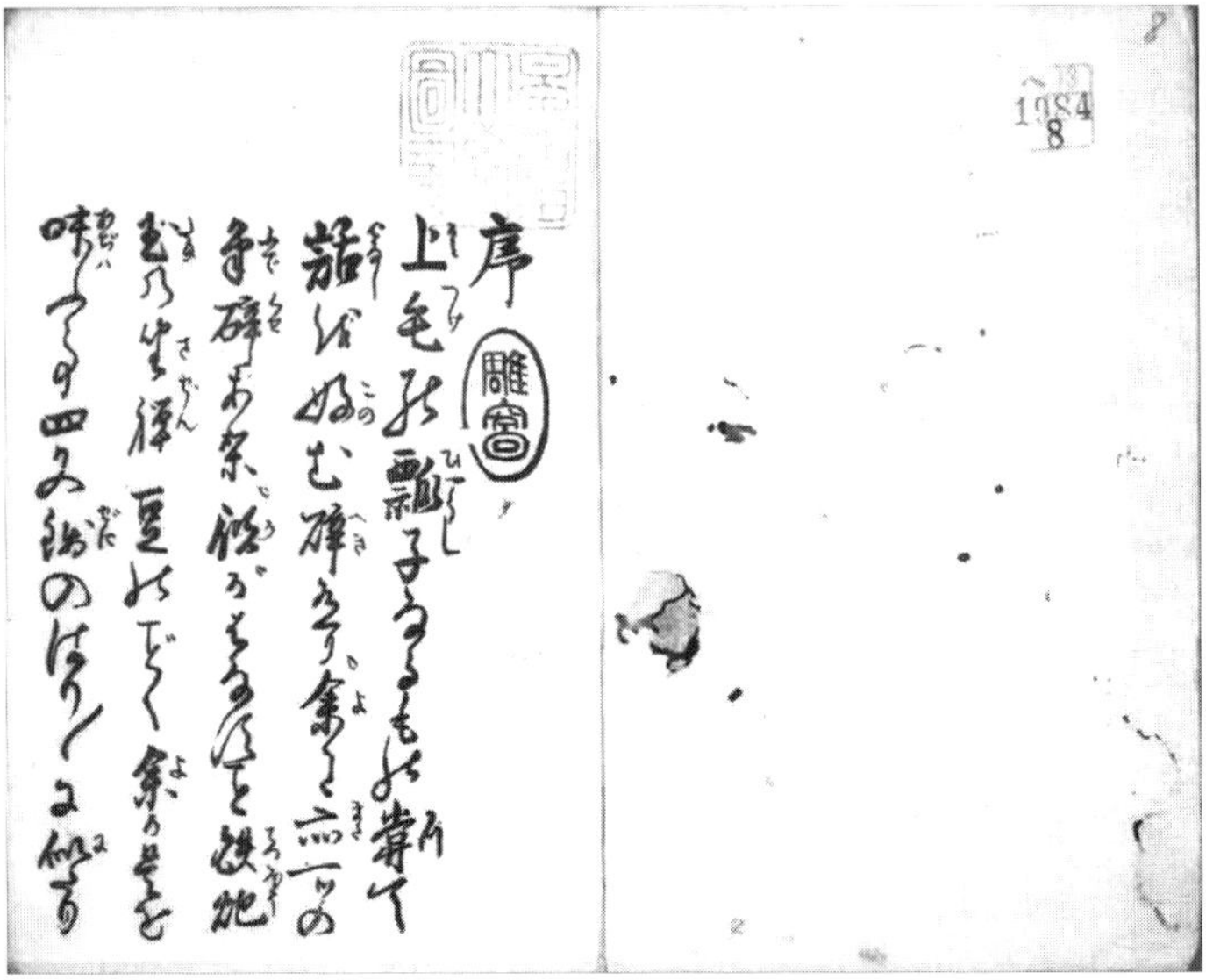

【図1】『落咄梅の笑』序文（早稲田大学図書館蔵本）

この『富貴樽』は、寛政五年に、前半十六丁・後半十七丁に二分され、それぞれ新刻部分を加え、前半を百成の『梅の笑』、後半は自身の『戯話華靨』として同じく蔦屋から板行されることとなる。右の両書の序および校者には、当時、駆け出しの戯作者であった曲亭主人、すなわち曲亭馬琴の名がみえる（【図1】参照）。

この『梅の笑』および『華靨』の二作は、馬琴が他者の作品へ序を寄せたものとしても、最初期に属する興味深いものといえる。寛政四年、すでに蔦屋の手代となっていた馬琴は、その翌年、南畝の黄表紙『手練偽なし』（天明六年〈一七八六〉）を改竄した噺本『笑府衿裂米』を刊行している。[24] つまり、馬琴の噺本における初作は、馬琴自身が序者兼校合者として携わっていた『梅の笑』『華靨』の二作と時を同じくして刊行されたことになる。これら三作が同時刊行に至った経緯については不明だが、おそらく板元である蔦屋の戦略的意図に拠るところが大きかったと考えてよいだろう。

『梅の笑』の序において馬琴は「上毛の瓢子なるもの、嘗て話を好む辟有り。余わ亦一ツの筆辟あり。彼がはなすこと、鉄砲玉の坐禅豆のごとく、余か是を味ふ事、四文銭のはり〳〵に

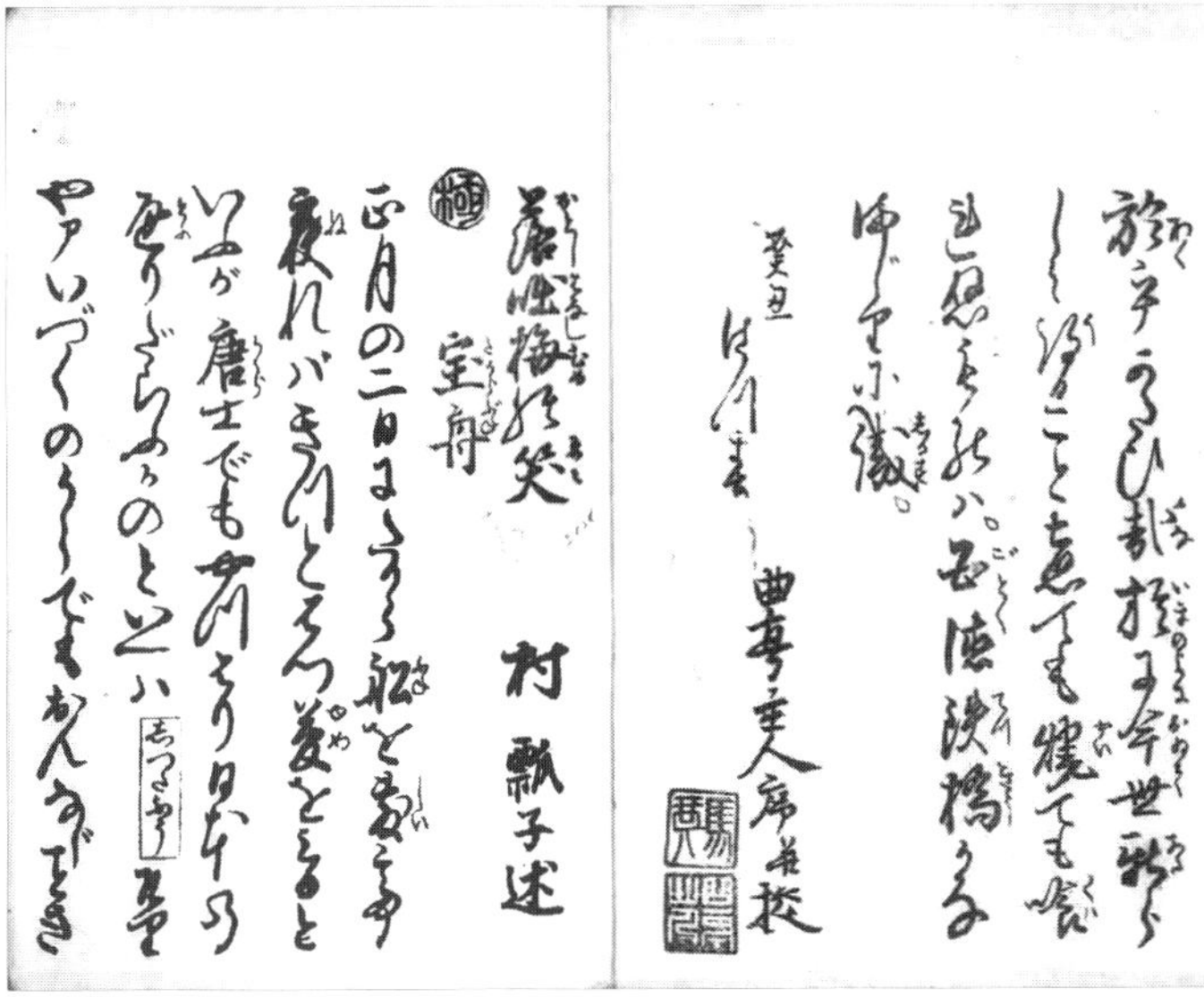

似たり（下略）」と述べる。[25] 序の文辞をすべて真実ととることはできないものの、先述した箱と庵点の併用という独特な表記手法を馬琴・鬼武・百成の三者がいずれも試みている点を勘案すると、彼らには噺本を介して何らかの影響関係があったものと推察される。[26]

こうして蔦屋からの刊行を契機に、あらためて自身のペースで噺本の執筆を再開した百成であったが、彼の文芸活動は噺本や滑稽本のみにとどまることはなかった。並行して、当時多くの文化人がそうであったように、百成もまた狂歌師・俳諧師として積極的に活動を行っていたようである。

百成の狂歌師としての足跡は、管見の限りではあるが、桑楊庵頭光の七回忌追善集として板行された『狂歌萩古枝』（享和二年〈一八〇二〉浅草庵市人編、北尾重政画）における「福部百成」の名での入集が早い例といえる。「福部」が「瓢」と同音であること、巻末の「集中諸国作者」においてこの「百成」の名が「上野」の項に類されていることから「福部百成」＝「瓢百成」であることが確認できる。

その後、文化六年（一八〇九）の『狂歌当載集』（千秋庵三陀羅法師編）には「上山中　浅笆庵百成」として四首、文化九年の『狂

【図2】『狂歌若緑岩代松』（国立国会図書館蔵本）

歌若緑岩代松』（浅草庵市人序、時雨庵萱根編）では一五点作者の部に「浅笆庵百成」として一首、一〇点作者の部に「浅巴庵百成」の表記で二首入集する。[27] 特に一五点作者の丁には百成の歌の傍らに狐忠信に扮した役者の姿絵が掲載されているが、この役者の着物とその背後には梅の枝とともに瓢箪が描かれていることから、この絵が「瓢亭」を号していた百成を模したものであることが知れる（【図2】参照）。

また、文化十年『狂歌関東百題集』（鈍々亭和樽編）では「上毛山中　浅笆庵百成」として、平秩東作の狂歌と併記され、文鼎の挿絵が添えられるなど、享和・文化期にかけて多くの佳作を残していたことがわかる。また、浅草庵市人の追悼集『あさくさ〳〵』（文政三（一八二〇）、四年頃）が板行された折には「上野山中」の項に同郷の狂歌仲間と考えられる「壺順楼鐘成」「壺川楼細成」らとともに「跡追うていなんと思ふ友すてゝなといそきけん法の花見に」という追善狂歌を「浅笆庵百成」の名で寄せている。[28]

篠木弘明氏らの研究によって、百成はまず浅草庵市人の弟子となり、市人の没後、二世浅草庵大垣守舎につき壺側判者として活躍したとされる。[29] しかし、この具体的な時期、とりわけ市人への師事の時期などについては明らかとなっていない。

この実態を知る上で一つの手がかりとなる小咄を、今回初めて百成の作と特定し得た噺本『福山椒』（享和二年）に見い出だすことができたため、次に示す。（傍線筆者）

狂哥

ていしゆ　イヤ貴公ハ狂哥をなさるとうけたまハつたが、まことでござりますか。客　いかにもせつしや、狂名ハふくべの百なりと申ておそらくつゞくものハ一人もござらぬ。てい主　それハさつぱりそんじまませぬ（ママ）。して、何ぞ御しういつがてうもんいたしたい　客　されバさ、此間も遊里へまいつて一首いたしました。お聞なさい。〽じやうはりのかゞミがいけのあつごほりうつしてミたきけいせいのうそ、とつらねました。ていしゆ　イヤそれハたしか市人せんせいのうたにござつた　客　はてなその哥ハどちらがせんでござつたか

本話は、狂名を「ふくべの百成」と名乗る客が亭主の前で、「市人せんせい」つまり、浅草庵市人の有名な狂歌「じやうはりの鏡が池のあつ氷うつしてみたき傾城のうそ」（天明六年『吾妻曲狂歌文庫』蔦屋重三郎板）を自作として得意げに披露するも、すぐに自ら嘘であることを露呈してしまうというオチになっている。この小咄は前掲の「ていしゆ」同様、作者である百成自身が話中に登場する点でも珍しい咄といえるが、何より興味深いのはこの時点で浅草庵市人との関係が垣間見える点、そして百成が狂名として「ふくべの百なり」を称していたことがわかる点である。

この狂名「ふくべのひやくなり」が確認できるのは、前述した享和二年の狂歌集『狂歌萩古枝』、右の「狂哥」を収める『福山椒』（享和二年）、そして『百夫婦』（文化元年）の三作のみである。文化七年以降の狂歌集では「浅

笆庵百成」を号していることを考え合わせると、百成が当初「瓢百成」として市人に師事し、その後、文化二年から六年頃に市人から「浅」号を許され、それまで同一のものを使用していた号を、噺本における戯号と狂名とで意識的に使い分けるようになったものと推測される。[30]

その他、刊年の不明な一枚刷りや狂歌集にも「上毛山中」の百成として狂歌を数多く残すことが確認でき、また本多夏彦氏の調査や高橋章則氏の紹介によって、当座判者として活躍していたことも明らかとなっていることから、百成が狂歌の面においても才能を発揮し、狂歌仲間から高い評価と信頼を得ていたことがわかる。[31]

次に、俳諧に関しての百成の足跡についてみてゆきたい。この百成と俳諧との関係を解く鍵となるのが「六草庵」なる号である。

百成の晩年の作である『瓢孟子』『山中絹』『初夢漬』の三作には、いずれも一丁オモテに「六草庵」と称す人物の発句が口絵と併せて掲載されている。

この号については『国書総目録』[32]において、『春興集(しゅんきょうしゅう)』(文化十三年)、『聖節(せいせつ)』(文政二年)、『抱鹿句巣(ほうろくくそう)』(文政二年序)といった俳書の編者として「六草庵仙瓢」という人物の名を確認できる。しかし、この「仙瓢」の人物像に関して詳細のわかる文献は少ない。

唯一、その出自を知る手がかりとなるのが、『俳諧人物便覧』(三浦若海著、弘化元〈一八四四〉~安政二年〈一八五五〉頃)である。本書には「仙瓢」の俳名が次のように立項されている。

仙瓢　六草堂(ママ)　秋瓜門　對州家士村氏　喜兵エ[33]

この記述から、「仙瓢」が対馬藩村家の出身である百成と縁のある人物であることがわかる。対馬藩邸において「村喜兵衛」を名乗った人物は百成の父、そして弟の二人である。この当時、父の一定はすでに亡くなっており、また二人の弟のうち末弟の米之介に関しては、自身に子のなかった百成が養子として黒沢家に迎え入れていることから、この「村喜兵衛」は百成が隠居を願い出た際、村家を委ねた長弟を指すものと考えてよいだろう。諧謔を好み、噺本や滑稽本にその才を発揮した百成に対し、弟の仙瓢は右に挙げたような俳書や歳旦を多く手がけ、とりわけ編者としての手腕を奮っていたことがわかる。

百成の晩年の噺本のうち、三作の巻頭に仙瓢が句を寄せている点、百成の号に因んだと思われる「瓢」の文字を号に取り入れている点などを勘案すると、対馬藩邸に残した家族と百成との関係は断絶していたわけではなく、むしろ良好であったものと思われる。(34)

このことは、仙瓢の『春興集』(文化十三年)に三句、『丙戌歳旦』(文政九年)に四句、「上毛山中」あるいは「上州山中」の「瓢子」(百成の別号)の名で寄せた句がみえることからも確認できる。これらの俳書には当時、百成同様、多病を理由に寛政年間に隠居し、自適な生活を送っていた五梅菴畔季、すなわち七代目八戸藩主南部信房の名もみえるなど、弟の仙瓢を介してその文化的ネットワークは意外な広がりをみせている。

最後に、百成の文芸的精神が江戸の村家にも受け継がれていたことを、仙瓢の息子、百成にとっては実の甥にあたる「瓢長」の存在によって確認してみたい。瓢長の生涯についても不明な点が多いが、『柳幕魁双紙(やなぎのまくさきがけそうし)』(安政元〜四年刊)をはじめとする合巻作者として幕末の文壇にその名を残す。『国書人名辞典』(35)の記述には、初世為永春水の弟子として「為永瓢長」を名乗ったとあるが、彼の著作において序を引き受けた二世春水が「門下と言はんも烏滸(おこ)がましけれど。戯遊仲間(いたづらなかま)の瓢長子(ひょうちょうし)が」と述べていること、活躍期の重複、ともに江戸対馬藩邸の出であり、著作の中心が人情本ではなく合巻であったことなどを踏まえると、瓢長は初世春水ではなく二世春水、すなわち染崎延房の弟子であったと考えられる。

遺作『濡衣女鳴神（ぬれごろもおんななるかみ）』において、瓢長は初編当初の「為永瓢長」から「瓢長更　為永千章」、「瓢亭」を経た後、初代春水の亭号である〈教訓亭〉ならぬ「瓢訓亭」から「福辺家」へと、百成の号を意識的に踏襲した名を用いるようになる。ここに父仙瓢、そして亡き伯父、百成のたしかな影響の一端をみることができよう。

以上みてきたように、上毛への移住後も、百成が江戸においてさまざまな活動を継続し得た背景には、家業の養蚕や紙・煙草の出荷にともなう上毛・江戸間の頻繁な往来に加え、江戸における自身の実家、すなわち対馬藩邸の長屋と、そこで自らも積極的に文芸に携わり同好の士との交流を深めていた弟の存在が大きく影響していたと思われる。

おわりに

百成はその自序において「作者百成ハ山中の人、されど深山の鹿猿を友とするにあらで」（『瓢百集』）、「山中無歴日、寒尽不知年とは昔々の毛唐人の寝言にして、今や吾上毛山中の繁栄ハ、中々花の都にもならびつべう見えける」（『山中籔過多』）のように、山中が辺境の地ではないことを強調し、他の地域と比しても引けをとらぬ豊かさや賑わいぶりであることを書き綴っている。ここに「上毛山中」の人間として江戸の人々にも広く山中領が認知されることを強く望んだ百成の姿と、当地を治める者としての矜持ともいえる強い思いを垣間見ることができる。

本章では、これまで十分な検討がなされてこなかった瓢亭百成の文芸について、その経歴を踏まえた上で具体的な作品の検証を行い、そこに見い出せる特色と執筆意識について明らかにした。また、他の噺本作品との関係性について考察し、百成の文学的下地が形成された時期を特定するとともに、彼の手がけた小咄の要素が現代に息づく古典落語にも通ずるものであることを指摘した。

名主という立場で上毛と江戸とを往来しつつ、生家である村家の人々との交流を足掛かりに、百成が築いた文化的ネットワークは馬琴や鬼武、浅草庵市人や守舎、八戸藩主南部信房をはじめとする文人らにも連環してゆく。こうした交流の諸相について検討することで、当時の地方と中央文壇とのつながりや交流の一端、そして近世後期の文芸がこのような人物によっても支えられていたことを確認することができるのである。

注

(1) 本多夏彦氏「黒澤覚太夫傳」(『山中籔過多』、上毛民俗の会刊、一九五一年)

(2) 『滑稽本集』(日本名著全集刊行會編、一九二七年)・『小噺再度目見得』第十二冊(宮尾しげを編、一九三四年)、『噺本大系』十四巻、十五巻、十九巻(武藤禎夫編、一九七九年)

※篠木弘明氏は『上毛文藝叢話』(名雲書店、一九九九年)においてこの問題点を指摘し、その必要性について言及している。

(3) 本文書は割元名主として百成自身が記録した歴史的史料を多く収めるが、まだ体系的な整理はなされていないのが実状である。

(4) この点について記載される史料「瓢亭事績」の所在は現在不明だが、本多氏の調査により、阿比留惣四郎(儒学)、安原方斎(漢学)、松井藤吾(算学)、中沢道二(心学)、林笠庵萩原周鯉(諧)、深川湖十(俳諧)らに学んだことが明らかとなっている。また、本多氏の記述に「殊に中沢道二に従って心学を執し遂に発語相済・断書副書を授かり(中略)潜心するところがあった」とあるように、とりわけ中沢道二の影響は強かったようで、寛政六年には間引きを禁ずる村内新法も立てている。

(5) 「山中領中山郷肝煎名主黒沢家由緒書」(文化二年十一月)。※『群馬県史』資料編九近世一(一九七七年)に翻刻あり。

(6) 寛政三年は、各地を遊歴していた市川鶴鳴が高崎藩主の求めに応じて藩儒として帰郷した年でもある。百成自身が「紹介者有て」と明言を避けているため推論の域を出ないが、かつての師、またはその周辺の者が百成に相続の縁を持ちかけた可能性も考えられる。

（7）前掲注（5）参照

（8）百成は山中へ移住した寛政三年から病に倒れる天保二年まで、各年の養蚕状況について記した『養蚕私記』を残している。

（9）『花折紙』（享和二年）の記述に「当世のしやれほんに箱をかきますも」とあることから、本章では□の表記を「箱」と呼ぶ。

（10）第二部第一章参照

（11）前掲注（5）の「由緒書」には、百成の父が息子に祖先である富山藩の村家へ武士として拝謁することを願う遺言を残したことが記されている。しかし、百成は父の願いを果たせぬまま黒沢姓を名乗ることとなる。この点にまだ「村定重」としての自分を捨てることに対する百成のためらいが垣間見える。

（12）『福山椒』の作者は原本の破損により判然としておらず、これまで序者である「万歳庵亀人」の作とされてきたが、今回、同一板木を用いたと考えられる後印本『華の山』（文化二年、著者架蔵本）を確認し得たことから、百成の初期の絵入小咄本であることが判明した。

（13）『国書総目録』には『舌の軸』として記載されているが『舌の軽わざ』の誤り。『とらふくべ』と別に立項されるが、実際には二作を合綴したもの。

（14）『水屋の富』と「富札」については武藤禎夫氏（『江戸小咄辞典』東京堂出版、一九六五年・『定本落語三百題』岩波書店、二〇〇七年）の指摘が備わる。

（15）紙面の都合上、落語および例示した小咄の初出が確認できる『笑話出思録』（宝暦五年）などの漢文体笑話本以降の咄の流れについて例証を挙げることができなかった。稿を改めて検討したい。

（16）写本一冊。『山中籔過多』（前掲注（1）参照）に翻刻あり。現在、原本は所在不明。『群馬県史』に本文のみ再録。伝本の存在が確認できないことから、公刊に至らなかった可能性が高い。

（17）山県浩氏「近世後期の群馬方言資料—群馬方言史の試み—」（『群馬大学教育学部紀要（人文・社会）』第四十二号、一九九三年三月）

(18)水野稔氏『洒落本大成』第十三巻解題(中央公論社、一九八一年)

(19)本田康雄氏『式亭三馬の文芸』(笠間書院、一九七三年)

(20)狂歌仲間や板元を通じての交流があった可能性も含め、今後の研究課題としたい。

(21)本章で明らかとなったように、百成作品には安永・天明期の作品の影響が強く表れている。『山中竅過多』のタイトルに関しても芝全交の評判記形式の滑稽本、『八百八町穴だらけ』(安永期)の影響を指摘できよう。天明七年『田舎芝居』以降の作品群についても江戸在住時に百成が手にとっていた可能性は高い。

(22)〝田舎芝居物〟の系譜については、吉丸雄哉氏『式亭三馬とその周辺』(新典社、二〇一一年)に詳しい。

(23)高木元氏は『一雅話三笑』について巻末の蔦重板「晒落本類目録」に寛政三年の京伝三部作が掲載される点、「京伝門人」と称する点等を勘案し、従来、文化年間とされてきた刊行時期を寛政三年頃まで遡るのが妥当としている(「感和亭鬼武著編述書目年表稿」『研究と資料』十三号、一九八五年七月)。本論でもこの説に従う。

(24)この時期、蔦屋は積極的に南畝の黄表紙を噺本に仕立て直し、改題改竄本として売り出していることから『笑府衿裂米』の板行も蔦屋による一連の企画の中で発案されたものと考えられる。

(25)馬琴の『滝沢家訪問往来人名簿』には「ふくべの百成」について「水戸 小石川 水戸様小石川御家中 ふくべの百成 吉田三助殿」と記されている。「吉田三助」については『水府系纂』(六十九巻)に「吉田三介(通称吉田種泰、計良)」の名が確認できるが、元対馬藩士であり、後に上毛の名主を継いだ百成との共通点は見い出せない。

(26)鬼武作『富貴樽』(寛政四年)『華靨』(寛政五年)、馬琴作『六冊懸徳用草紙』(享和二年)等の作品に箱と庵点の併用が確認できる。

(27)石川了氏が指摘するように(「三世浅草庵としての黒川春村」『文学』第八巻第三号、二〇〇七年五月)本書は編者の時雨庵萱根が郷里下野宇都宮で編んだもので、下野と上野の壺側社中の狂歌作品を収めるため入集者全員に国付けがない。つまり百成が『岩代松』以外の作品すべてに「上毛山中」の国付けを記していることがわかる。

(28)本章における狂歌は『江戸狂歌本選集』第一巻〜第十五巻(江戸狂歌本選集刊行会編、東京堂出版、一九九八〜二〇〇七年)

によった。

※「山中領黒沢家文書」中に所収される一枚刷にも百成の狂歌とともに「瓢季成」「尾上鐘成」「金亭山成」「山路細成」「壷洞楼駒成」「壺銭亭盛兼」らの作詠が確認できる。

(29) 注(2)参照。

(30) 浅草庵の系譜をまとめた黒川春村の『壷すみれ』においても百成が市人から浅号を許された時期のわかる記述は確認できない。

(31) 高橋章則氏「「当座」という歴史空間―「狂歌」を歴史資源化する」(『江戸文学』第三十九号、二〇〇八年十一月)

(32) 『補訂版国書総目録』(岩波書店、二〇〇一～二〇〇三年)

(33) 「六草堂」としての記録は管見の限り確認できない。庵の誤りか。

(34) このことは百成の孫、軍治の手による「親類書」に村家と黒沢家の人々の名が併記されていることからもわかる。内容は次の通り。
「祖父 郡中取締役 名主物帝 黒沢覺太夫/祖母 黒沢家女/(黒沢)米之助/母 黒沢覺太夫娘死/弟 黒沢徳三郎/弟 同千代吉/叔父 村喜兵衛/同 黒沢八右衛門/大伯父 村左兵衛/従弟 黒沢治郎右衛門/同 村兼八/黒沢覺太夫嫡孫承祖 黒沢軍治」

(35) 『国書人名辞典』(岩波書店、一九九三～一九九九年)

第二章　瓢亭百成の著作―未翻刻資料の書誌および翻刻―

【凡例】

翻刻にあたり、おおむね次の要領に従った。

一、仮名遣いは、原本に従った。表現上に不備がある箇所もそのまま記した。
一、旧字については、通行の字体に改めたものがある。
一、汚損・虫損・掠れなどによる難読箇所は、□で示した。

―『福山椒（ふくざんしょう）』（享和三年〈一八〇三〉）

【書誌】

底本　東京都立中央図書館蔵本東京誌料本（445-9）
体裁　小本一冊
表紙　改装　貼題簽「落語福山椒」、一七・二×一二・〇糎

序　半丁、丁付「はなし一」、癸亥はつ春　万歳菴亀人（亀の略画）
構成　序半丁、本文九丁半、以上、全十丁
序題　なし
丁付　「はなし一」～「はなし五」（上部に黒魚尾）、（間紙一丁）、「はなし六」～「はなし十」（下部に黒魚尾）
著者　瓢百成
匡郭　一四・三×一〇・三糎
挿画　「一丁ウ～九丁ウ」、九丁裏に「長喜画」とある（栄松斎長喜）
奥付　なし
広告　なし

【翻刻】

序

豆とはおかしく豆とはめでたし。春の朝の笑初に皺を伸せし、梅干の粋とハむかしの通りもの。短羽織の蝙蝠ならで唯三笑のひゞきをかり、福山椒と題せしは笑ふ門には福茶をわかす御臍をかゝえて見る故と尓云

癸亥はつ春　万歳菴亀人（亀の略画）

○たから舩

としたちかへるあしたとて、ミやこのはるハいふもさらなり。はし〱かみゆひ床でさへ、さかやきたらひに〆かざり。弟子のかミゆひ吉 吉もしおやかた、わつちやアあのたからぶねをもつた舟宿へ出入て、どふぞ弁てんさま

のおかほがすつてあげたうござりやす。といへバ おや方ム、おらあ又ふくろじゆからはつずりのしうぎがとりたい

○もんもう

しごとしの子、おやぢのしごとバへゆき 子コレとつさん、けふおしせうさんがかけものにしてもらへといつて、こんないゝゑをくだすつたよ。これミなせへ 父ム、なるほどいゝゑハ絵だが、此かつぱハ二ひきながらごうせへににんさうがよすぎるぜ 子とつさん、こりやアかつぱじやねへよ。おしせうさんがいゝなさるにハ、このゑハ寒(かん)山拾得(じつとく)といふものだとさ 父何さ、かつぱがこうろうへると、かん山じつとくになるもんだ

○馬屋

さるおぜうさま、お庭ぐちから馬屋へゆき 娘コレまや介、細(さい)く物につかう程に、馬のけを二三本ぬいてたも 奴ハイかしこまりました。といゝさまそでをひかへ、もしおそれおほひがほれました。娘エ、なんといふ、マアあろうことか主をとらへてほれたとハ、よふいわれたものじや。あの馬やのうまでさへ哥に、牛馬はミな牛馬とよばるれど人のミ人とよばれかねぬる、といふ古哥もある。馬におとつた人でなしめが 奴人てなしとハよく〳〵せうち。さりながら迷ひやすきハいろの道。こいの奴のまや介がかり事かすらぬほうもあれ、いろのはじめのはるごまにせめてひとくらのりたやと、わら打たゝく其ひまにもあなたのおかほが目にちら〳〵 娘ム、そのしんていをきくうへハとひつたりいだきつき、毛のむまごとさいちうにむまやのうちから馬が〽ヒヽンちくせうめ

○あんま

万ぷく長者のいんきよどの、出入のあんまべく市にこしをもませながら いん居 イヤ此十五日にハおびときのいわひをするから、むかふがしの野沢をよんで、しうけんをかたらせるつもりだ。其時ハきゝにきさつしやれ。又あのてやいハおなじめくらでもちがつたものだ あんま おまへがたハさやうおつしやるが、ぜんたい座頭の格式(かくしき)といふものハきまつたもので、あいつらがやうな三味ひきのどうめくらなどハ、わしらがまへゝ出るとちひさくなつてけつかります いん居 それでもこなた衆よりハいくらか人にあがめられるハさ あんま へエさやうならあいつが祝言をはじめるとごろうしろ いん居 どふする あんま ぶちころしておめにかけませう

○あくぐち

あるときべく市いんきよどのをもミながら心に思ふよふ、此よふにもあたじけなひいんきよもねへもんだ、とあたまをもミながら左右の耳(ミゝ)のあなへゆびをしつかりといれておいて べく これやい、しわくただらけのしわんぼうめ、うぬがやうなごう人ハなそのやくわんあたまをたゝきつぶして、ぢごくのふるかねかいのミせへうつてやるぞ、と思いれあつこうして耳のゆびをぽんとぬくと いん居 ア、いゝきびだ

○なべ祭

筑摩(つくま)まつりハ其里の女子おの〳〵肌(はた)ふれし男のかずほどなべをあたまへかぶりて出るならハせなり。こゝに一人の女なべを五十まいほどかふらねばならぬはづの女、どうも人ミへがわるくてかぶられねば、いろ〳〵といゝわけをすれど、宿老まゝ聞入ず 宿 イヤ〳〵そんな事いふてハ所のほうがたゝぬ。サアきり〳〵かぶらしやれとしかりつけられ、なく〳〵なべを五十枚かぶりながら 女 エ、此くるしミハたれゆへぞ、いとしかわいひミなさんゆへ

○山でら

さる山寺の小ぞう、おせうにかくし、かばやきをくひしことあらハれしかバ、おせう大きにいかり、なわをもつてしばらんと出給へバ、小ぞうおどろきはだしにてにげいだし、いなりのやしろへはいり内より戸びらをおさへてゐる。おせうハおのれにつくひやつとおひ来り尋けれ共見へず。さてハ此いなりの内こそいぶかしと戸ひらをあけんとすれバ内より小ぞう〽エヘン〳〵

○つんぼ

つんぼの客のまくらもとにて、かむろが火ばちへ火をおこしながら、こへをたかくして、[かむろ]もしいんきよさんへ、ぬしハなぜつんぼでざんすねへ[つん]これはのぼせのせひで、近ねんとふくなつたのさ[かむろ]そんならもとハきこへんしたね[つん]さうさ、きこへたとも〳〵といへば[かむろ]どうりでやつぱり耳がつひてゐんすよ

○こんれい

にしの国にて百万石おとりなさる御大名より、また百万石の御大名への御こんれいとて、長持たんす其外いろ〳〵の御にもつ廣間せばしとならべたて、御使者石部金太夫はなたか〳〵と口上をのべ、御こんれいもしゆびよく相すミおめでたの御しうきにて大さわぎ。おくがらうの弁藤別当どのも御酒てうだいめしいだされ、ほろゑいきげんでおつぎにさがりきうそくしてゐたりしを、茶ぼうずのゐき才夢にもしらず、どうも道具がたらねへといふを弁藤きゝつけ、ゐき才をよびつけ[からう]ヤイ御道ぐがたらぬとハ何がたらぬのだ、ときめつけば[ほうす]ハイおよめ子様のおかほのどうぐが

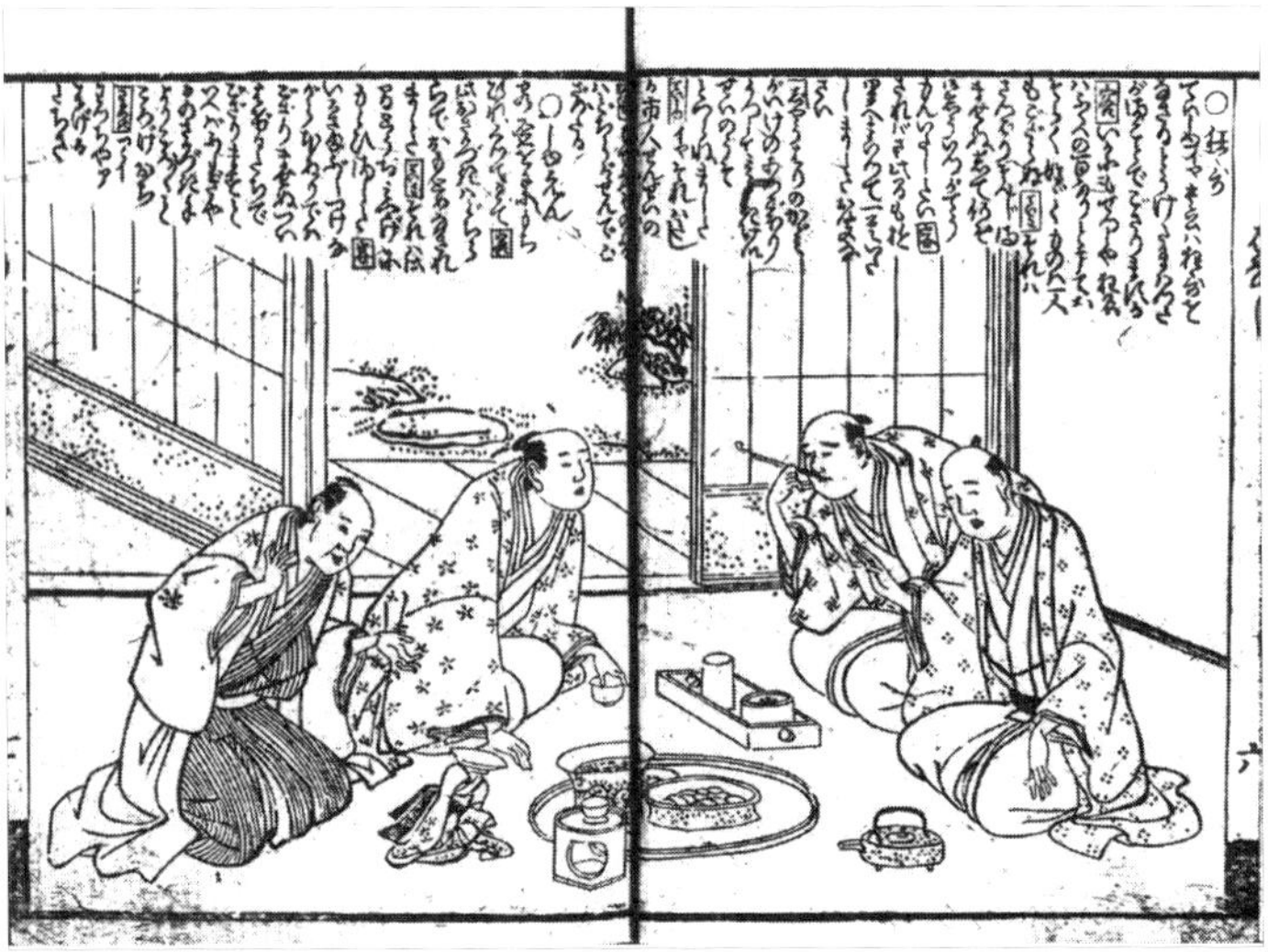

『落語福山椒』「狂哥」「しゆえん」挿絵（東京都立中央図書館蔵本東京誌料本）

○狂哥

ていしゆイヤ貴公ハ狂哥をなさるとうけたまハつたが、まことでごさりますか 客いかにもせつしや狂名ハふくへの百なりと申ておそらくつゞくものハ一人もござらぬ。てい主それハさつぱりそんじまませ（ママ）ぬ。して、何ぞ御しういつがてうもんいたしたい 客されバさ、此間も遊里へまいつて一首いたしました。お聞なさい〽じやうはりのかゞミがいけのあつごほりうつしてミたきけいせいのうそ、とつらねました ていしゆイヤそれハたしか市人せんせいのうたにござつた 客はてなその哥ハどちらがせんでござつたか

○しゆえん

水盃を手にもち、ひねくつてミて 客此おさかづきハどちらら（ママ）でおもとめなされました てい主それハ此間とうぢみやげにもらひました 客いかさまぶしつけながら本ぬりでハござりませぬ。ついはげるたちでござりますといへば、ふしぎやかのさかづき手よりころ〳〵ところげおち さかつきアイわつちやアはげるたちさ

○古方

こほうのせんせいの弟子仲景（けい）の道をとふ。せんせいのいわく、医ハ古方にとゞまり。しかれ共世俗ハくすりのめんけんにおそるゝによつて古方をきらう。あゝかなしいかな 弟子 ヘエさやうなら、古方のなをりがめんけんいたしましゝとハ、どのよふなものでござりませふ 先生 おゝひに吐（ど）し大に瀉（しゃ）し心腹ゑ痛（つう）す 弟子 ハアきびしいものでござります。そしてもつとよくめんけんいたしましたハ せん生 たちどころにごろり

○ぬけさく

友人 コレサぬけさくとの、きさまハつね〴〵おないぎにあやまりづめとうけたまハつたが、とかく女ぼうと申ものはおつとにあやまりづめにあやまつているやうに、つねにきびしくしつけておかねバ家がおさまらぬものでござる 抜 これハ御しんせつの御いけん、忝のふぞんじますとかんしんして内へかへり、まづものいはずに女ぼうをけたをしせぼねをしつかりふまへて、ヤイあまめあやまつたか、といへバ女ぼうひつくりして 女ほう 是ハまあどうしなさる。きでもちがつたそうだとふまへし足をとつてはねかへせば、うしろへあをむけにたをれ、やう〳〵おき上りこしをすへて 抜作 サアこれからがしんけんだ

○しちや

地まハり、しちやのミせへきたり ち廻 こればんとうさん、このはんてんをちつとミてくんねへ はん このしなハ二朱ほかつかねへが、おめへのかほに二百かして弐朱と二百かしやせふ ち そりやアおかたじけ。こふいつちやあミそらしいが、わちちがかほハどこへもつていつてもいつでも二百つうようのかほさ

○あばた

大あばたのかミさん、何かていしゆとけんくわをはじめけるが【てい主】この女ハふてへやつた。うぬがつらでやきもちもすさまじい。おきにしろといへバ【女房】つらもすさましい。おめへのかほはそして何た【てい主】こいつハごうぎをいゝだしてよこつつらをまげられるな。うぬがはらをたつた其つらをミろ、とんとゆずを見るやうだ。ゆずめ〳〵とはりこまれ、女房くやしがり身をぶる〳〵とふるハせ、ゆずといわれたがくやしゐとはきしりをするひやうしにつゐうぬがくちびるヲかじり、いたさもいたしまけをしミに【女ほう】エ、まさかすつぱくもねへ

○あしがる

大ミへほうの足軽花の三月きう金をとり、せうぶかわに引かへてミなかり物のれき〳〵仕立にてよしハらへゆき、何とぞ一生のねかひに座しきもちの女郎をかわんとさる茶やへゆき、角の玉やの玉のゐといふ女郎をしまいにやり、なんでもこんやハ大もてにもてるつもり。あしがるとミられてハかぶじまい、なんでもだんなしと見せねバならぬとむせうにもつたいをつけている【女郎】もしはゞかりながら、おあげもふしんせう【足軽】ソレハくわぶん。さりながらも一ツかさねてさしやれさ【女郎】そんならおゝさへかへといへバ【足軽】イヤおさへに出るハ御やとひの時ばかりさ

○にんさう

ふうふの中におきこたつ。あたりさわりもかまわぬむだばなし【女房】モシおとなりのだんなどのハなるほどうつくしい、いゝにんさうだねへ。とんと古人門之介のようだとさ。此間もよこ丁の画師がなりひらの画をかきかけて、かほをかりにきてうつしていつたとさ。といへバ、ていしゆすこしむねわるくにがわらひしてゐる折から、おもて

のかたより仏師チトごめんなさりませ。わたくしハしんミちの仏師で御ざりますが、ぶしつけながらだんなのおかほがちとおかり申て見ましたく、それゆへまいりましたといへば、ていしゆ大きによろこびてい主それハよふこそお出下された。まづお茶一ツおあがりなされ。してわしが顔をかりて何をおきざミなさるといへば仏しハイ只今ゑんまさまをきざミかけて参りました

○年の市

あさ草の市へ行しに、あまり人にもまれて思ハずへをひりければバ、此くさミにおそれてさほどの人こミもよけてあるくゆへ、こいつハよいと又ひとつひれば人々大きにおそれ、これハたまらぬくさいく〳〵と右往左往にさんらんす。かの男つゞけさまにぶいく〳〵とひれば、参けいの人々よけてはなをつまミながらとふる。へひり男ゆうく〳〵ぜんとしてあたりを見まわし、ハ、アよほどすかした

長喜画

瓢百成戯

=『華の山』（文化二年〈一八〇五〉）（『福山椒』改題本）

【書誌】

底本　著者架蔵本

体裁　小本一冊、一七・四×一二・七糎

表紙　藍海松茶。一七・四×一二・八糎

序　半丁、丁付「はなし一」、乙丑の孟陬　万歳菴亀人（亀の略画）
構成　序半丁、本文九丁半、以上、全十丁
序題　華の山
丁付「はなし二」～「はなし五」（上部に黒魚尾）、「はなし六」～「はなし十」（下部に黒魚尾）
著者　瓢百成（瓢亭百成）、（万歳庵亀人序）
匡郭　一四・四×一〇・八糎
挿画　長喜画（栄松斎長喜）全丁挿絵あり、画面上部に咄、下部に挿絵
刊記　なし
広告　なし

＊享和三年（一八〇三）『福山椒』の改題本。序者は同じ万歳庵亀人だが、序文の内容が変わっていること、また、序末の署名の字体や位置が異なっていることから、改題本の板行に際し、亀人が新たに書き下ろしたものと思われる。万歳庵亀人については未詳だが、その他の著作に文化七年（一八一〇）刊の合巻『佛実兵衛藁科日記』（全三冊、勝川春扇画、蔦屋版）がある。

【翻刻】

華の山序

山とは何ぞ。翁か柴刈かち〳〵山、兎の手がらの発端にして、咄しの山とハ落すをいふ。其道行は狂言の山なれバ、御目出度厶り升と言葉の華の山。笑ふ春のはじめに口をひらく

乙丑の孟陬　万歳庵亀人（亀の略画）

『落語福山椒』（東京都立中央図書館蔵本東京誌料本）

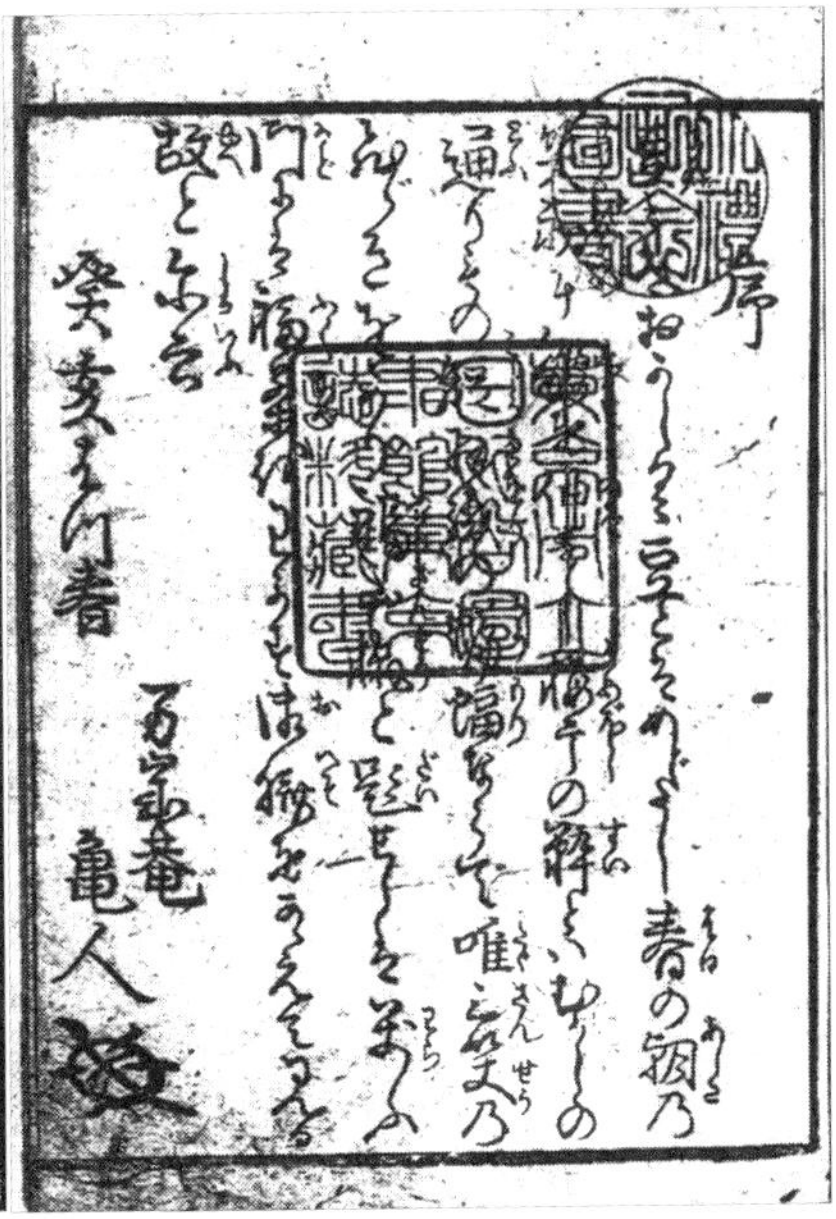

序

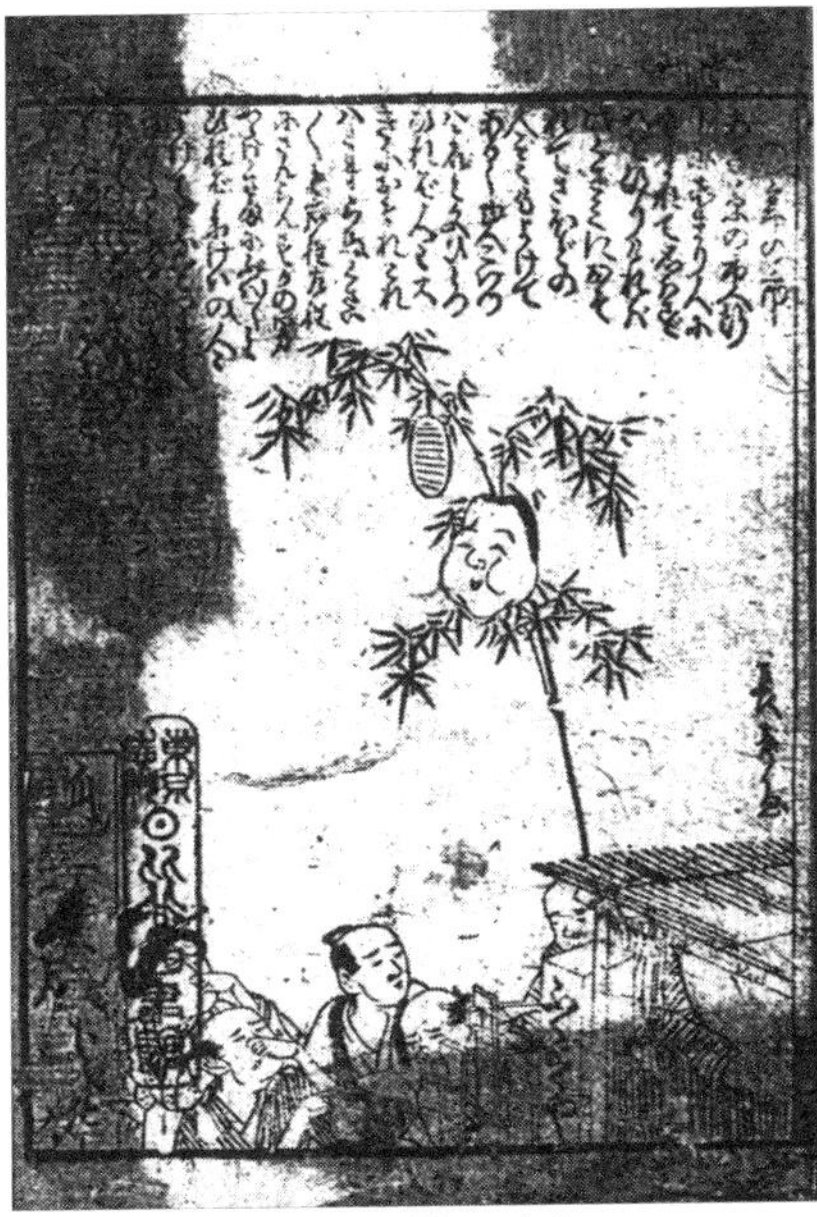

最終丁「年の市」

『華の山』（著者架蔵本）

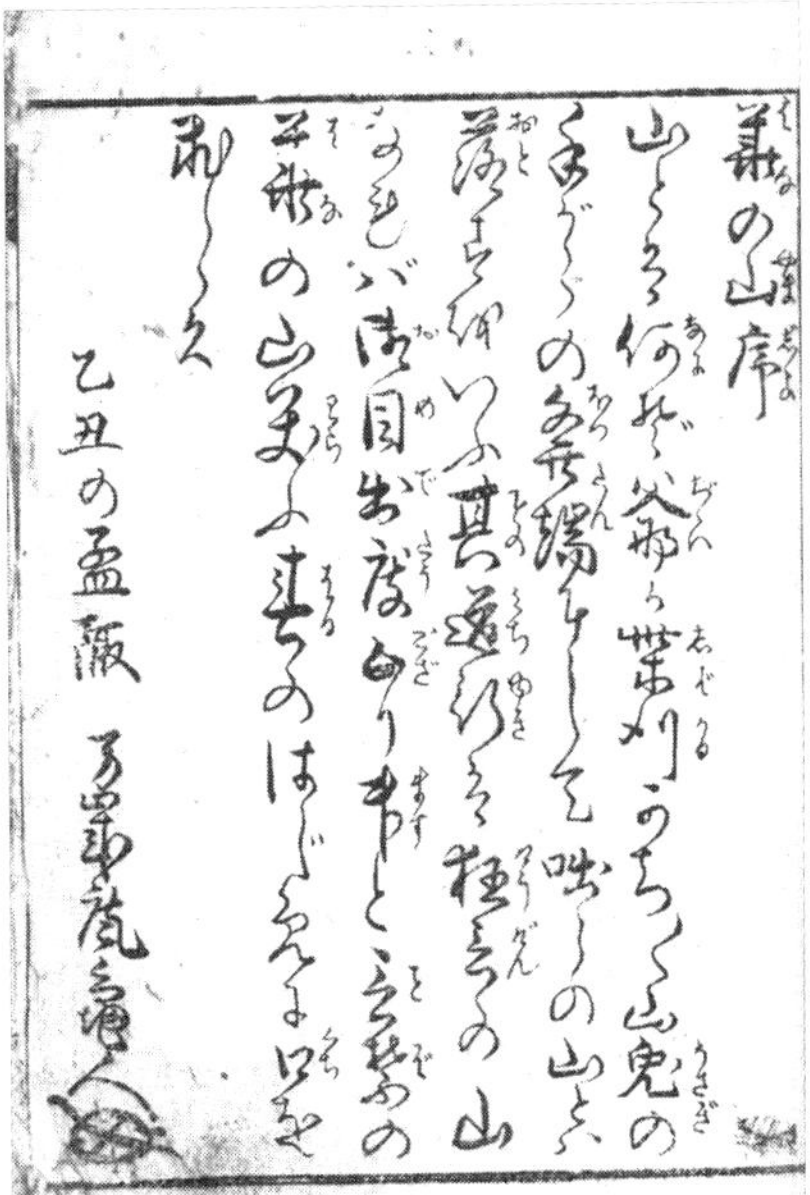

序

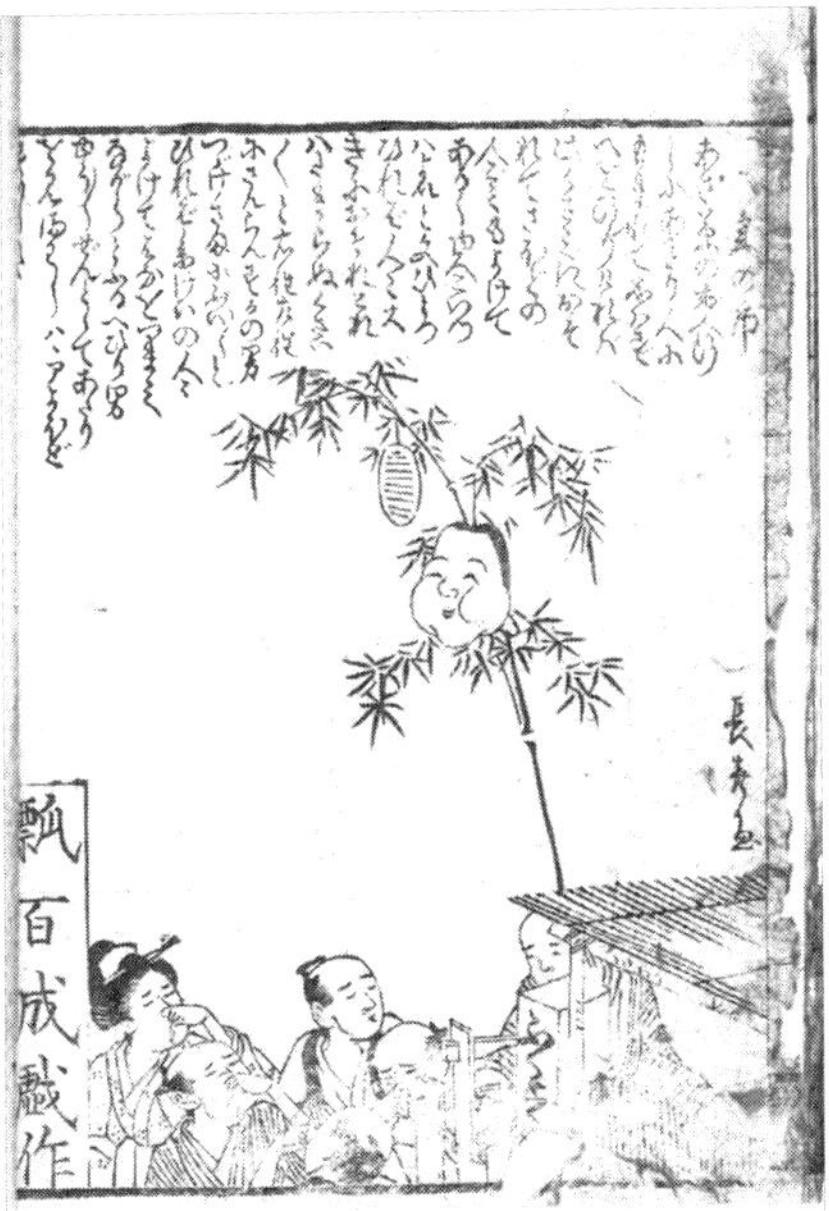

最終丁「年の市」

三『百夫婦』（文化元年〈一八〇四〉）

【書誌】

底本　国立国会図書館蔵本（二〇八 - 七三）

体裁　小本一冊

表紙　鈍色、縦に縞模様、題簽なし（直接書き入れ）、左肩に「文化元　落噺百夫婦」、十七・二×十二・三糎（改装後

題簽　左肩「落噺百夫婦　全」）

※裏表紙に「文化元四月　あら井傳吉」と持ち主の名が記されている

構成　序半丁、本文九丁、以上、全九丁半

序題　百夫婦

丁付　六丁目の板心下部にのみ「二」と記される以外、丁付なし

著者　瓢百成

匡郭　一五・〇×一一・〇糎

挿画　「一丁ウ～四丁ウ」、四丁ウに「杰林斎秀麿画」とある

奥付　なし

広告　なし

『国書総目録』では、序に名のみえる「並木丹作」を作者とするが、十丁ウに「上毛山中　瓢百成作」とあり、また一話目の「てうしゆ」内に「さくしやふくへ百なりいわく」とあることから、瓢亭百成の作であることが知れる。

【翻刻】

百夫婦の序

夫太極わかれて陰陽を生す。阴阳は天地なり。天地ハ夫婦なり。ふうふをもつて人倫の始とす。其夫婦に三夫婦あり。親夫婦子夫婦孫夫婦これを世に目出たきものとす。三夫婦すら然り、況や百夫婦においてをや、めてたひ事限りなし。其めて度と限りなきを落し咄の種となしてはつ春のミものに備ふるもの、その題号も其侭に百ふうふと名つくるものならしと云ふ

甲子ノ春　並木丹作述　[丹並]

てうしゆ

さくしやふくへ百なりいわく、はつはるの御ことふきいつかたも同じ御事といふ中にも、わがとうきやうなるかふつけさんちうの与左衛門ハ、ことし百十才、其つまのまて女も百五才になりて、たくひまれなることふきなり。されば百なりも与左衛門かいへえねんれいにゆき、れいの正月ことはあまたありて[百なり]イヤそこもとふうふのてうしゆ世の人あまねくしれり。よつてこのはつはるのしんさくはなしに、そこもとふうふのてうじゆをたいかうとして編内にあやからしめんとほつす。またためでたからずや[与左]それハくわぶんなるこゝろさしなり。さりなからわれらふうふのめつらかなるてうじゆをたねにして、なんじさうしをあまたうらんとのたくミでハないか[百なり]これハめでたいいきすきじや

ゆきミち

ゆき見まいにゆくミちすがら、とものでつちすべつてころびければ[だんな]イヤべらぼうめこの雪ミちをそのよう

『百夫婦』（国立国会図書館蔵本）

「てうしゆ」（1丁ウ）

「ゆきみち」（2丁オ）

「ゑんだん」（2丁ウ）

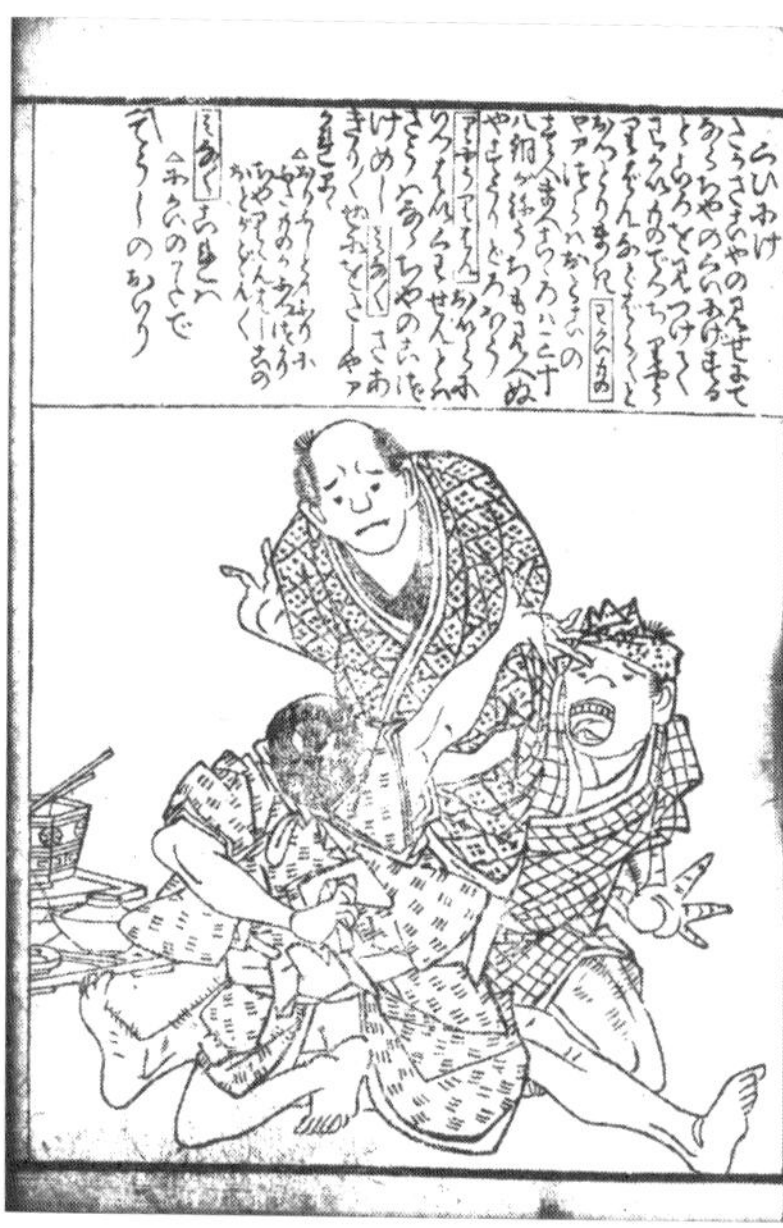

「くひにけ」（3丁オ）

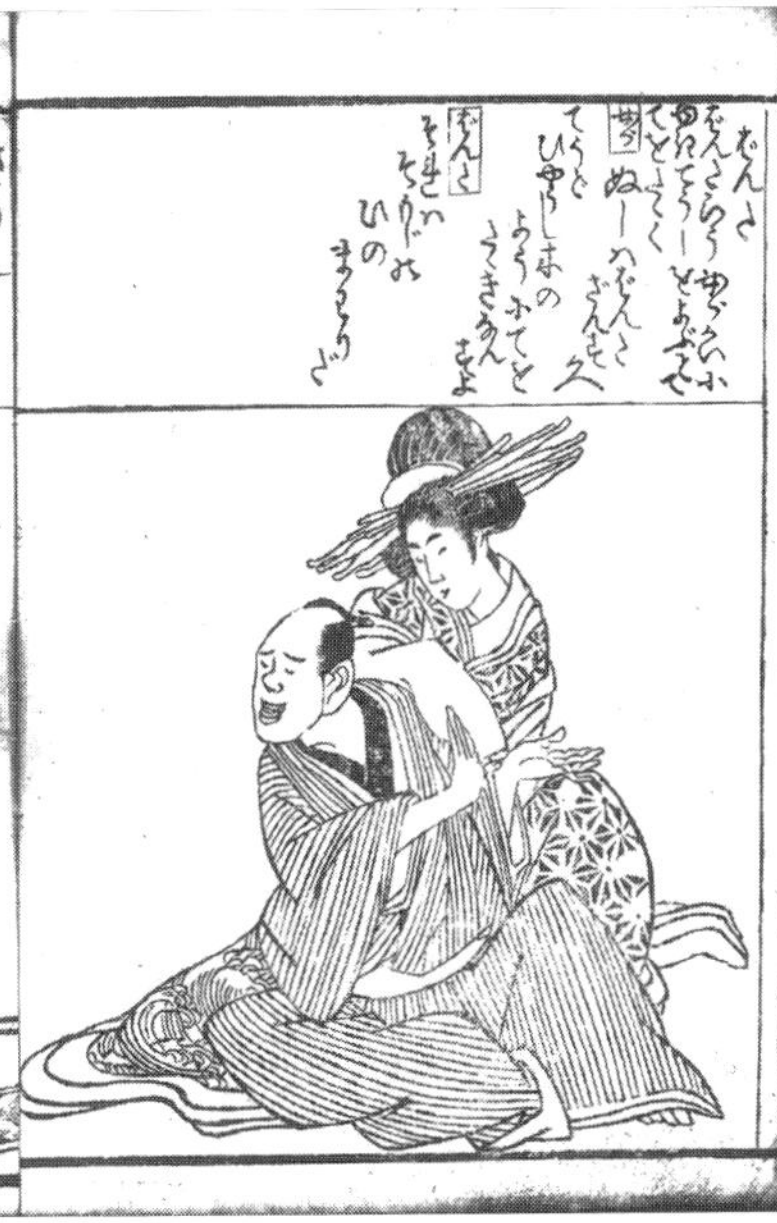

「ばんた」（3丁ウ）

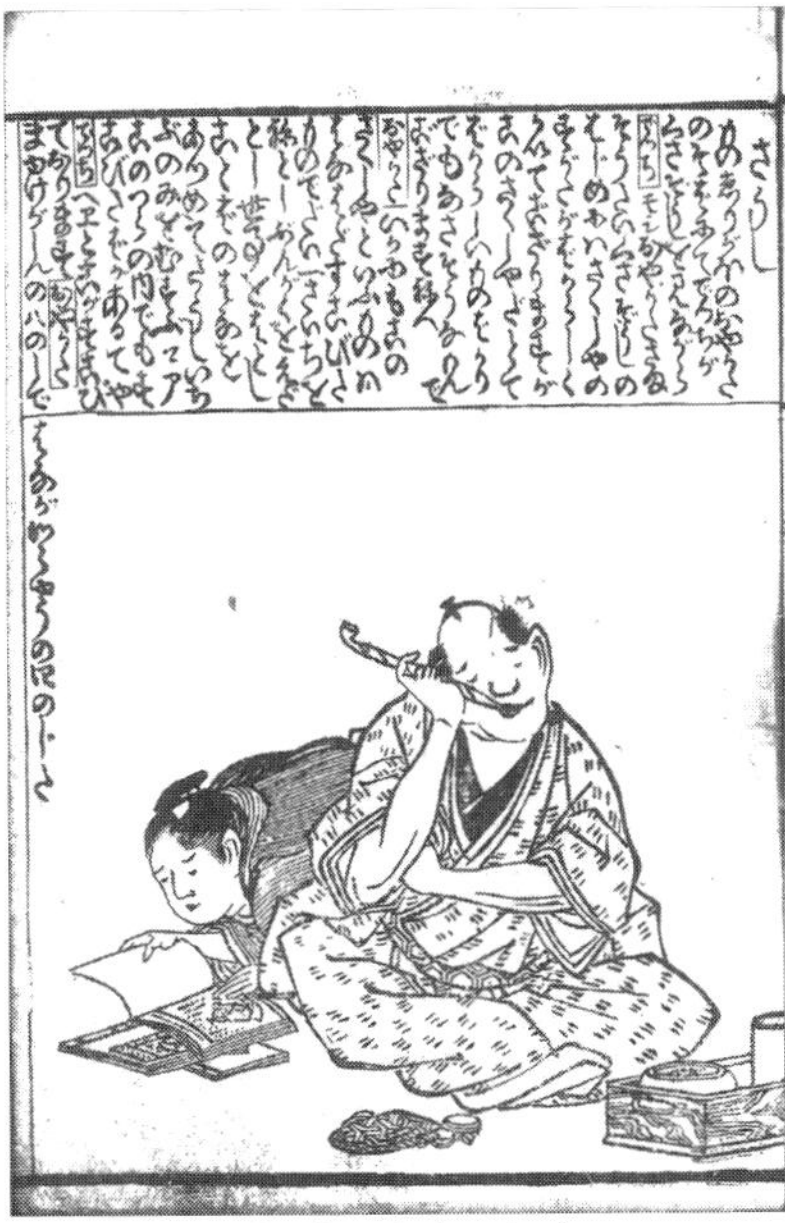

「さうし」（4丁オ）

「ゆいなう」（4丁ウ）

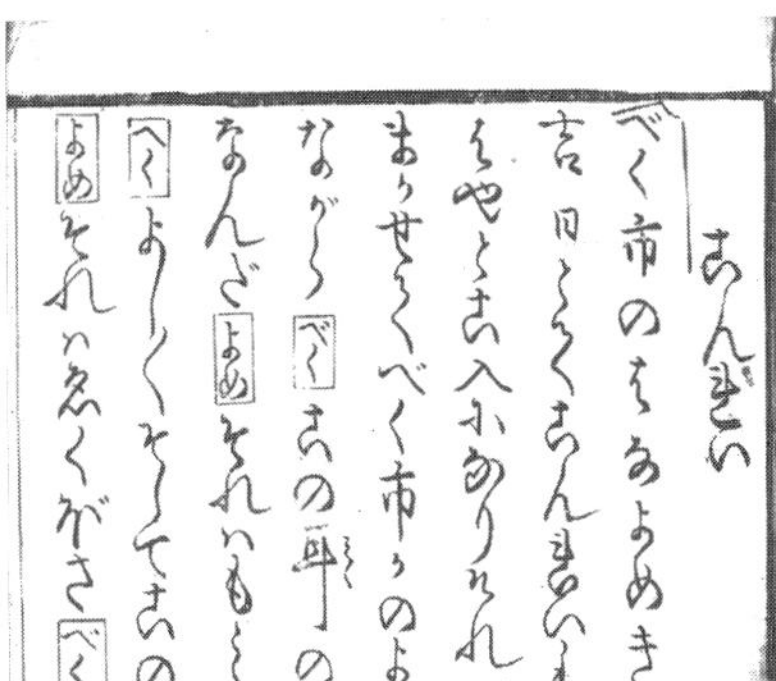

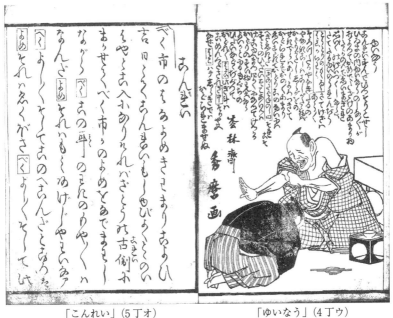

「こんれい」（5丁オ）

にひよこ〳〵とあるくからころぶハさ。そうたいゆきミちをあるくにハ、こうこしをすへて、こうあしをしつかり〳〵とふミつけてあるく物じや、としかりながらだんなするりとすべつてころび、やう〳〵おきあがり だんな こしがすわらぬとこのとをりだ

ゐんだん

きやく このごろこちのとのさまのおひめ様を御ゐんだんあらるゝやうに、内々とりもちました所が、おひめさまがしつとぶかひとあつてできかねるおもむきでござるが、ア、おしいことでござる ていしゆ そして其おひめさまのおとしハ きやく お二十お二になりなされた ていしゆ そこでいやじやになつたらう

くひにけ

たかさこやの見せにて、ならちやのくいにげするところを見つけて、わかいもの、でつち、りやうりばんなとばら〳〵とおつとりまき わかいもの ヤアつらハおとこの壱人まへ。こゝろハ三十八銅がねうちも見へぬやすうりどろほう りやうりはん おいらにいつはいくわせんとハ、さうハならちやのこづけめし ミな〳〵 さあきり〳〵ぜにをたしやアかれ。エ、△おりふしとんふりにふたものかふつつかりちやりゝん。はしこのおとがどゝん〳〵 ミな〳〵 これハ△にかいのうたで〽てうしのおいり

ばんた

ばんたらう女郎かいにゆき、てうしをよぶとててをたゝく 女郎 ぬしハばんたざんすかへ。てうどひやうし木のおようにてをたゝきなんすよ ばんた それハそもじのひのわまりだ

さうし

ものしりがほのおやかたのそばにて、でつちがくさそうしを見ながら［でつち］モシおやかたさま、そうたいくさぞうしのはじめにハ、さくしやのすがたがばからしくかいてござりますが、このさくしやだとて、ばからしいものばかりでもなさそうなもんでござりますねへ［おやかた］いかにもこのさくしやといふものハはなはだすこびたもので、だい一さいちをねとし、ぶんがくをえだとし、世事をはとし、ことばのはなをあつめてさうしいちぶのみをむすぶ。マアこのつらの内でもすこびたばがあるてや［でつち］へエとこがすこびております［おやかた］まゆけがしんの八のしで、はながからやうの四のじた

松林斎秀麿画

ゆいなう

こんれいすんでひつそりとせしひろまの内、ゆいなうのしな〴〵が打よつておめでたざけのあまり物、したゝかのんでゐいまぎれ、思い〳〵のげいづくしならべたてたるゆいのうれんぢう［とうとりのもくろく はこかいわく］さて、げざハあら〳〵そろつたか、やなぎだるのやなきごしハ、こしがたゝねバおどりがたし。しらがをのせきでらハあし、よろつきておどられず。おの〳〵あまりゐいすぎて、おどりこのないにハへきゐきだ［一ざのたばねのし曰］それこそすミのひだいばこ。あいつハげこゆへまつ四かくになつてけつかる。おどりのすい物わん久ならよいかとにるもくぐちのひだいなどゝぢぐつておどれ〳〵［はこ］此ぎ斗ハごめんくだされ［ざ中］そりや又なぜ［はこ］ハテしらきでハおどられませぬ

こんれい

〽べく市のはなよめきわまり、こよひ吉日とてこんれいもしゆびよくとゝのい、はやとこ入になりけれバ、ざとうの古例にまかせて、べく市かのよめをなでまわしながら［べく］この耳のわきのもや〳〵ハなんだ［よめ］それハもミあげじやわいなア［へく］よし〳〵そしてこのへこんだところは［よめ］それハゑくぼさ［べく］よし〳〵そして此目のうへのだんごに似たるものは［よめ］それはづかしながらこぶじやわいなア［へく］それでとりちかへぬでなをよし〳〵

虎屋

〽江戸中ひろしといへどもまんぢうはとらやのことだの〽アイまんぢうのこんげんといふはとらやさ〽また此頃ういらう餅をとりよせやしたが、虎やハういらうもいゝねへ〽アイ外郎餅のほんけもアノ虎屋藤右衛門さ

しあす

〽ひんぼうもの、しあすの二十八日に上野の大師へまいり、なにとぞ此せつきのひん苦をたすけたまへといのり、それよりかへりかけひろこうじへかゝれバ、植木あまた出てゐる中にもふくじゆそうのはち植をなかめて［びんほう］もしへ、ふくじゆさうはぐわん日草ともいふてくわん日にさくはづのものしやが、とふしてしあすさきましたねへ［植木屋］これは室へ入てあたゝめると、もふはるかと思つてだまされてすぐにさくのさ［びんほう］へヱハテそんなら大晦日をむろへいれて、すぐにぐわんじつにしたいものた

せつぶん

〽あるおとこ、としこしの日にうらだなへ見まい、しうぎをのべてゐるところへ、りんかの婆ァ、御茶がわい

ておりますかへといふてはいる おとこ もしおまへのおてにハなま〳〵しい血がついておりますといへバ ばゝ ホゝゝゝゝこれハ血てハござりません。今舂入のかちんをこねかけてまいりましたのさ。ホゝゝめでたい〳〵とわらふてかへる。おとこ これわしたり。わしとした事がとしこしの日に、てに血かついたなど〻そさうを申てきのどくせんばん。さりながらあの婆御ハまことにかをおつたけん女で、いつこうはらもたてずにきけんよくゆかれましたが、あの人はマア何人でござります ていしゆ あれはとりあげばゞアさ

わたしぶね

〽すミた川のわたしぶねにて、アレ都鳥ミやこにもありやなしやのふりそでに、つい手かさわりあしがさわりおつな咄しになりひらおとこ おとこ そしてぬしの内 おんな あたらし橋さ おとこ なんしやまだていらすの新橋とハありかてへ。そしてしやうばいは 女 けまりしじやわいなァ おとこ 柳ごしのけまりやこいつハめうた。そんならかならずゆふくれころにしのひゆかんと約束してわかれける。さて男ハこゝろもせき、このゆふくれに町つゞきやかて新ばしへ行、けまりやのかんばんをのミとりまなこにてたづねしに、あるろしくちにくたんのかんばん。かたじけなしと彼ろじへはしり入うらだなのせうじさして、女のすがたと見るよりはやくたきつきしに、こわいかに六十ばかりのばゞア。なむさんほうとにげいたし、彼ろじくちのかんばんをよく〳〵見れは、ひめのりあり

見まい

〽もしおむかふのおばァさん、おやどでござりますか。このごろは内のよめがあんさんをいたしまして、こちのよめこさまのおちゝをおつけくたされましておこと多ひなかの御せわさま。まことに〳〵ありかたうそんじまする
〽なにさとふいたしまして 〽それにまたものごとにお気のついたよいよめごさまでござります 〽なにさどういた

しまして〽そしてたつふりとした御ちゝゆへ、おかけでやゝめもじやうふにそたぢ(ママ)そうでござります〽なにさどういたしまして

ばんたらう

〽はんたらうつく〳〵とおもふハわれも同しにんげんにて、せけんの人にやすくされるさんねんさよ、といろ〳〵工夫(くふう)してそれよりそんりやうじたくのこそてぐるミ、よしわらへとてかけるおりから、浅くさくわんおんへまいり見けれバ、もしだんなとちらへといへハそりやこそりつはなたんなふうに見られたり、とよろこびなからよく〳〵見れバ、しやう見せのせつたなをし

上毛山中
瓢百成作

Ⅳ『舌の軽わざ／とらふくべ』（文化三年〈一八〇六〉）

【書誌】

底本　東京大学総合図書館所蔵霞亭文庫本（A00-霞亭-547）

体裁　小本一冊

表紙　鳥の子色、格子柄、一七・三×一二・五糎

序　半丁、丁付「一」、ひのえとらのはつ春　上毛山中　瓢亭百成作

題簽　後補書き題簽、左肩「舌の軸」、一三・〇×二・二糎

構成　序（半丁）、本文（八丁半）、広告（半丁）以上、全九丁半

序題　なし

丁付　序に「一」本文に「二」～「四」、五丁目の裏ノドに該当する箇所に「とらふくべ壱」「とらふくべ二」「とらふくべ五」「とらふくべ六」「丁付なし」、跋「丁付なし」

著者　瓢亭百成

匡郭　一四・八×一一・〇糎

挿画　「一丁ウ～四丁ウ」『舌の軽わざ』部分に挿絵あり、五丁目以降は文章のみで構成される

奥付　義太夫板木　新六行問屋／とをり油丁　濱松屋幸助板

広告　「寅春新板即興跡引上乎（そくきやうあとひきしやうご）　小冊　十返舎一九作／ちゝのなき子をそだてる薬　一包代八十文」

本作は『国書総目録』に『舌の軸』と記載される作品に該当する。題簽にも『舌の軸』とあるが、これは序文中の「舌の軽（わざ）」を読み誤ったまま付けられた仮題であろう。本来、別々に成立した『舌の軽わざ』と『とらふくべ』の二作を合綴したものと考えられる。それぞれの作者については『舌の軽わざ』の序に「瓢亭百成作」、『とらふくべ』の本文末尾に「瓢亭百成草稿」と明記されていることから、どちらも百成の手によるものであることが知れる。また『舌の軽わざ』（一丁ウ～四丁ウ）の挿絵師に関しては署名もなく未詳であるが、百成の他の噺本数種に挿絵を描いている点、また、壁や庭、火鉢といった背景の描き方が特徴的な点を勘案すると、栄松斎長喜である可能性が高い。

【翻刻】

さて〱〱〱此舌（このした）の軽（かる）わざハ、昔牛若五條（むかしうしわかごでう）の橋（はし）でおとし咄（ばなし）をなされた時（とき）、ちゝいハ山の二ほん竹、ばゝあは川の綱（つな）わたり、兎（うさぎ）と狸（たぬき）の中（ちう）がへり、猿（さる）と蟹（かに）とのしやちほこ立（たち）も、たゞ口あひと曲尺（かね）合の野中の杉（すぎ）の一本立其（その）神もどれ

バ山雀(から)の餌(ゑ)をとしならぬひやうしをとし仕(し)かた咄をそのまゝに、よいさて〳〵の声(こゑ)もろともお子さんたちどつと誉(ほめ)めたり

ひのえとらのはつ春　上毛山中
瓢亭百成作

初あきない

おさへ〳〵よろこびありや〳〵。わがおふきミの御代の春ほかへはやらぬときつ風つねにとふたる出入のなうり、だいどころからようがましく［なうり］もしだんなさま、けふあきなひのはつぶたいにかく申ス。わたくしがせんざいにできた、ふきなともふすなをちさんいたしました。四わばかりよつておきませうかへ［だんな］マア三ばでよし〳〵

水練(れん)

あるむすこ、水のけいこからかへつてもとかく川のきにばかりなつてうろ〳〵する。ある日、おふくろがサアすへふろがわいたからはいりやれといへば、むすこ手ばやくおびをとき、川小屋のきどりにてずつとすへふろへとびこミ、ういつしづんつぬきでをきるひやうしにかまにてしりをやき〽ヲツトかつぱがつてん

地主

［友だち］これ八兵へとの、わしハきのふおもてのぢぬしさまへいつて、おけいはくをいつたら大気なぢぬしさまで、わしにこんなよいかハたびをくださつた［八兵へ］それハとんだもふけものだ。そんならわしもいつてもらつてこよ

うとそれより地主さまへゆき、いろ〳〵おけいはくをいへども何もくれず。きをもミながらぜひもらふきでおけいはくをいふ 地主 さても口まめな男じや。酒でもふるまハふが酒ハできるかな 八兵へ ハイ、酒ものミますかハたびもはきます

○からし

〽コレ八百屋どん、からしを一合下され 〽ハイまけて上ます 〽何これが一合あるものか。からしより升がからひやつさ 〽そうはらをたゝせてうらぬとからしがきゝやせぬ

御製

自身番のまへの日なたぼこに、しかつべらしき大屋どの、のびしはなげをぬきながら 〽けふ君が代のゆたかさハ、はんゑいならぬさともなし。むかし仁徳帝(にんとくてい)の御(ぎよ)せいに、たかきやにのぼりて見れバけふりたつ、との御哥もおもひ出さるゝといへば、しつたぶりなるゆやのいんきよが 〽ア、そのころハまきもやすかつた

辻君

大道なかのたかぢやうしハ、かんばんにいつハりなき折介どしのむだ口にて 〽マアよくつもつて見やれ。くれがたの折介を見るとせけんのさる松めらが、あいつハよたかきやくだなどゝいやしめをる。まさかよたかのきやくだとていゝだんなもあるめへもんでもねへナア 〽ヲ、ヨ、此ごろもさるゆふしよで哥を一首やらかしたきやくがあつたと 〽はてな 〽さる沢のさるつらなるよたかでも うねめがはらにのぼるとおもへバ 〽そりアなんといふものゝ哥だ 〽人わるのうたさ

せいぼ

女郎此ごろそめ衣さんのきやくじんが、いゝせいぼをいゝなんした。まちどをなはるよせいぼのさくらずミとさ。どふもよふおすねへ。きやくマアたいかいなせいぼだ 女郎ぬしもなんぞせいぼをかんがへなんしたかへ。きやくおれハしほびきのばをごぼうですまそうとかんがへた

若戎

若ゑびす売の親かたが、子ぶんとうりたての勘定するとて 〽ゑびすのしゆびハどうだ 〽イヤもふことしハおもいれうる気で初がらすよりさきにとび出し、きつきやうの若戎〳〵と呼まわりました所が何がうれる程に〳〵あまりうれしさにやたらむせうとびまわる内にきつとうれがとまつて大ふけいき。是ハふしぎとよく〳〵見れバとうりたるは寺町であつた。くやしひ事をいたしましたといえば 〽それはきつけうの若大こく〳〵とよべバよかつた

間ちがひ

〽本朝二十四かうといふ浄るりハおもしろい物だそうだねへ 〽そんな事ハきかぬが本所廿四相といふのハ聞た。是ハよしだ丁から出たものさ 〽ム、何だか五ツ目がよいそうだねへ 〽五百らかんもよい所さ

長つぼね

〽又ばしたが寄合にてのあだ口はなしに 〽コレおふく様、わしハ昨日お姫様のおひるねをそつと見上たがおつかれ遊ハしたやら、おかいまきのすきから雪のよふなおいしきをすこし出しておしづまつてゞあつた。其おいしきに

はいが手を合せておかミながらとまつていたわひなア　〽（おふく）そりやわたしがいしきでも同し事さ　〽（ほうはい）どふして同し事で有ふぞ　〽（おふく）そんならごろうじろとぐつとしりをまくつてうつむけにねると、はいがぶん〳〵ととんでくる　〽（ふく）どうだおがむか〳〵　〽（ほうばい）なんのいなアはいか飛のいて両方の手で鼻をつまんでゐる

からし

〽コレ八百屋どんからしを壱合くだされ　〽はい、まけてあげます　〽ナニ是が壱合あるものか。人をはかにしたからしより升目がからひやつさ　〽そう腹をたゝせてうらぬとからしがきゝやせぬ

すゝはらひ

〽はやすゝはらひも昼さがり。つかれをしらぬのらくらむすこがあたまに紙ふくろ、からだにかハはをり手にくさ箒しやにかまへ、にわの箪笥へつつたちより　〽（むすこ）ヤアくせものまてといへバ、のらくら手代が五月のかぶとにあさかんばんのうわつぱりさゝの葉箒小わきにかいこミ　〽（△手だい）何がなんと　〽（○むすこ）平家のおごり二十余ねん。したゝかたきし松まきのけふりの果のすゝさむらひ。すゝにおもてをくろめくもところ〳〵のまだらはげ清　〽（△手代）ヤアはき出したりな、がらくた武士いらざる天井まもらんより、せうじのゴミても畠山△（でつちが竹ふりの上てたゝミを）ばたり〳〵ばた〳〵

かつほ

〽（つり人）此ごろかつほつりにいつた所がとんだめづらしいかたがかゝつた　〽（友たち）はてどれほどあつた　〽（つり人）てうど六尺八寸さ
〽（友）その尺ハくじらでか　〽（つり）ナニやつはり鰹の大いのさ

眼療

〽目ゐしやの所に寄あつまりし人々、療治まつ間のつれ〳〵に地口のしやれをはじめける 〽(やん目)たゞれめ見合かほと皃めうか〳〵 〽(かため)目かちハめかち今ハ今はどうだ 〽(どりめくら)ア、一がんもねへ

茶屋

〽御酒御さかな、いろ〳〵二八そばうんどんさとうもちあり、こハめしにしめ大やすうりと一枚のせうしにごた〳〵しるせしハ、木曾路の宿はづれの馬かた茶やとしられたり 〽(たび侍)イヤ御ていしゆ、たゞ今の馬士とものけんくわをこゝで聞ておいたが、さて〳〵しやうばいとハいひながら、あのよふな客人にハ嘸おこまりであろふ 〽(ていしゆ)なにさ、あれもひつきやう酒ゆへのろんでござります 〽(侍)それハもちろんさ 〽(ていしゆ)いゝへ、もちにハろんハござりませぬ

さい日

〽ことハさに、きやうだいたにんのはじめとかや。やゝともすれバいがミあふも元心やすだてならめ 〽(弟)兄き、わしもけふさいにちゆへ、ゐんままいりをしました 〽(兄)コレ〳〵ゐんまとハもんもうな。ゐんら王といふものだぞ 〽(イ・エ)それハまちがひ〳〵ゐんまがほんの事さ 〽(兄)いゝやゐんらだ 〽(弟)イヤまだ 〽(兄)イヤらだ 〽(弟)まだ 〽(兄)らだとたがひにあらそへバ、おやぢがすりこぎをふり上て 〽カア引

火動

〽(しんそう)もしへおいらんの客人ハ此比あごてはいをおつて斗おいでなんすとさ。其病気の名ハ。ア、何とか六ツかしい名でありいした。おいらん覚へておいでなんすかへ 〽(おいらん)アイ、隠虚火動と申いすとさ 〽(しん)へエ若いもの、いんきよ

もありすかねへ

三峯(ミつミね)

〽(かうぢう)あの三ツミね山のおいぬ様の御札(ふだ)をいたゞひて、門口(かどくち)にはりておくとぬす人のはいるきづかひはなひ　〽(友だち)それハうそらしひの　〽(かう)うそでハない。ひよつとぬす人がはいろうとすると、お犬様がひどくほへておふせぎなさるとさ　〽(ともたち)ム、、もしぬす人が其御札をひつへがしておいてはいつたらとうたらう　〽直に尻へおくらひつきなさる

瓢亭百成草稿　【瓢箪印】

うぬぼれ

〽あるうぬぼれの男友たちにむかひ　〽(うぬほれ)何とわつちかかんはせハ在原氏に見へやうかね　〽どふも京そだちとハ請(うけ)合れぬ。芋(いも)ほりのざいご中将(ちうせう)だ　〽(う)それてもすかたのミやぶりバむかしおとこにちかひあるまい　〽(とも)なるほど、としよりふけたむかしおとことハ見へるのさ　〽(うぬ)それでハなりひらあゝそんだぞ

寅春新板　即興跡引上乎(そくきやうあとひきしやうご)　小冊

十返舎一九作

ちゝのなき子をそだてる薬　一包代八十文

義太夫板木　新六行問屋　とをり油丁

浜松屋幸助板

V 『申新版落咄 瓢孟子』（文政七年〈一八二四〉）

【書誌】

底本　東京都立中央図書館蔵本加賀文庫蔵本（108-13）
体裁　一六・二×一一・三糎
表紙　無地
序　自序一丁、丁付なし、申の春　上毛山中耄作　瓢亭百成述
構成　口絵半丁、自序一丁、本文四丁半、以上、全六丁
題簽　なし、刷り外題、「申新版　瓢孟子　全」
序題　なし
柱刻　なし
丁付　口絵（丁付なし）、自序（丁付なし）、三丁目裏ノドに丁付「二」～「五」（丁付なし）
著者　瓢亭百成
匡郭　なし、字高一二・七糎
挿画　一丁ウに瓢箪と梅の枝の口絵あり／筆置けは 蝶の飛しか ましてしはし 六草庵
刊記　なし
広告　なし

本作の刊年については自序の末尾に「申の春」と記されているのみだが、きわめて少ない丁数から成り、口絵に六草庵の発句が添えられる点で、『山中絹』（文政十二年）『初ゆめつけ』（文政十三年）の二作と酷似した形式をもつ

ことから、同じく文政年間に刊行されたものと考えられる。さらに、自序の中で、自身を上毛山中の「毫」や「爺」と称しており、百成晩年の作品と推測されること、また「前 癸未發の筈」の語がみえることから、「癸未」の翌年、すなわち文政七年（甲申）の刊行としてよいだろう。

【翻刻】

自序

孟子口を開けバ便仁義を説く。瓢子口を開けバ落咄を説く。それ彼岸桜の花の香にて、我よく香煎の気を養なふて、それハ上野の山遊び、こは上野（かみつけ）の山中に御ぞんじの作り瓢（ふくべ）、曲り形なる趣向でも御馴染たけの御ひゐきに古びてひねつた所か面白い。朝皃のその日暮しや笑ふらん みもちかた気な夕かほの花。こは爺が若き比詠せしされ哥也。其干瓢のむき〳〵に甘つゆも苦ミあり。善悪邪正を一桶に抓ミ交たる五目酢咄の塩梅よい〳〵との御評判を願ひます。悪口作ハそつちでせい。性は十里百歳爺今朝屠蘇酒の酔さめに前癸未發の筈を遺こと然り

上毛山中毫作
瓢亭百成述

申の春

中間（けん）

出羽からかけだしの中間か、くにやしきのへやにて、イヤけふごよう人のめろさいにたのまれてごふくやへゆき、かひあしやうとした所か、なんたかわからねへとぬかしてうらねへやつさ［へや頭］てめへハなんといつた［中間］ひんろうどうのきれサアくんされとさ［へや頭］それハあんまり長過たからわからなんた。もつとミしかく、ひろうどの

きれといへば賣るのさと聞てまた呉ふくやへゆき、もしびろうどのきれをくんされ **手代**ハイごらうじませとだして見せ、尺ハなにほどごようでござります **中間**なんかしり申さねへ **手代**何になさるのてこさります **中間**きちやくにするのさ

飯炊

旦那と御新造とのたハればなしに **旦那**アノ忠臣蔵を見てもおかるが勘平への仕うちまた小波が力弥への仕うち皆女のほうからばかりしかける。ア、どうでも女子ハ悪性ものだなアといへバ、飯たきのさんが曲窯のまへで鍋炭だらけの顔をかくしエ、はづかし

母親

母わしが覚へがあるが夫婦中でやき餅のやけるほど胸のくるしい事ハない。そこで親の慈悲で、聟に不男をゑつてあんな真黒なひつつりだらけなのを聟によんだから、悋気する世話がなくて楽であらうがの **娘**アイあんまり楽過て胸のわるさ

隣家

内義あれみや、お隣のむすこさんハ高いせいだの。こちの娘ハせいひくなり。自由にならバこれを臼にいれてつきまぜたらよいせいかつこうが二人出来やうな **下女**ナニ御無用でござります。あのおふたりをつきまぜたら直にやゝになりませう

馬方(うまかた)

問屋場(といやば)で帳付(てうつけ)がじんぶつくさく、コレ八や、われハ馬(うま)をむごくつかつて悪(わる)い事だ。マアよくつもつて見ろ。馬のおかげでわれもかゝアもくつてゐるでハないか。そんなら馬ハ命(いのち)のお主(しゆう)さまだから、是(これ)からハまづ朝起(あさおき)たらまづ直(ぢき)に馬(うま)をよく〱おがミ、それそれから飼葉(かいば)にかゝり一番(ばん)に馬にくはせて夫からわいらハくふがいゝ。そうしねへ。と馬のばちでづでへいゝ駄賃(だちん)ハさづからぬよときめつけられ、かんしんして翌朝(よくてう)おきるとまづかひばをにかけ、さて厩(うまや)のまへにすハりて馬(うま)をおがミ、南無(なむ)ほてぷぱら大明神(だいめうじん)

盲人(まうじん)

夏(なつ)の夕ぐれに、按摩(あんま)〱を見渡(みわた)せバ折(をり)しも夕立あがりのすゞ風に行水(ぎやうずい)りやうぢのうさはらし。外へもらさぬ一升(せう)ちよろり一升樽(だる)ともろともに、ころりと寝(ね)たるたわいなし。めんない千鳥(ちどり)のちん〱かね。時にごぜハ別(べつ)して酔(ゑひ)つぶれ大(たい)そうないびきをかく。さとうめさましねほけながら両手をくミて〽今の物おとハさいぜんのひッかりごろ〱がすと落たにちがひないとそはをさぐり見るに、ごせハ逆さになつて枕に足をふんはつてねて居るにぞまづあたまのほうをさぐりて〽扨こそ足に毛がふつさり。是ハらいちうなりと打うなづき、また足のほうをさぐりてハテおそろしいけだ物かな。頭に爪がはえている

問答(もんどう)

和尚(おせう)うなぎにてねさけをはじめかける所に、小ぞう法もんきどりにすゝミ出て〽貴前ハ道に魚鳥をいましめながら此体はいかに。人になまぐさ道心などいはれたまハん〔おせう〕汝しらずや木魚ありらんとうありこれハ魚鳥の名にしてふつきにあらずや〔小ぞう〕どうりて此頃わかいたぼをめんそうへつれこミなさつたとき、くりでみんなが〔お

せう何といふた小そうちくせうめ〳〵と

洗場

ふたりづれが金杉の洗ひばをとふりかゝり おく女もしおかミさん、その洗つてござるものハ何といふものじやへ〽何首烏さ。おく女ひどい毛だらけなものじやの 〽アイこんな毛むくじやらなものさトいへバ、何首烏手からころげおちて 〽アイわつちやァ毛むくじやらなたちさ

瓢亭百成作

Ⅵ『一口初夢漬』（文政十三年〈一八三〇〉）

【書誌】

底本　東京都立中央図書館蔵本加賀文庫本（108-12）

体裁　小本一冊、一五・七×一一・三糎

表紙　無地、御納戸茶

序　半丁、丁付なし、庚寅春　上毛山中　瓢亭百成作

構成　以上、全七丁

序題　なし

柱刻　なし

丁付　なし

著者　瓢亭百成
匡郭　なし
挿画　一丁裏に口絵半丁／寒いとてすてる朝なし三ケ日　六草庵
奥付　なし
広告　なし

【翻刻】

序

初日影の雛霍ハ松か枝田麩に休らひ、霞隠れの黄鳥ハ梅醤に宿る頃、年々歳々花相煮山椒の辛き趣向も只相変ぬ常盤ミその兄弟ぶんなる初夢漬と題せしをよき塩梅の年玉とやたら漬のやたらむせうに御評判下さらば、作り瓢ハ曲物のふたつなきさちと云ん

庚寅春　上毛山中
瓢亭百成作

猿丸

はや春の日も七ツ下り仕事師の八が娘が、百人一首の浚ひ初をする所へ、八ハ丁場からづぶろくにて帰り 八 なんだ、いつでも一ツ事ばつかりうつとうしい。よしやァがれ 女ほう それでも百人一首ハ女の子のよまにやァならねへもの。おまへは文盲だから、そんなむりばつかりいひなさる 八 ナニもんもうだ。こいつハふてへあまだ。百人一首ぐらいハ、おいらハはゞかりながらこうしやくでもきめてきかせう 女ほう そんならまづ猿丸太夫ハどういふもん

だへ［八］ム、猿丸ハ毛が三本たらねへで人丸にならねへ

使者

今日はいたつて大切の御使者相勤めるなれば、手ちがひありてハすまづ。何とぞ首尾よく相つとめるやうにとかねて信心する所の光明真言を馬のうへにて一心に唱へければ、若黨も鑓持も同音にとなへ〳〵行と、はやむかふの御屋敷へつき裏門へかゝれバ、門番出向ふ使者馬からおりながら、はらはりたやおん〳〵と一礼すれば［門ばん］はらはり太郎さまおん〳〵いで

家相

［客］イヤ私も此度普請いたしましたが、その入料に毎度御無心ながら金百両拝借いたしたい［亭主］此ごろ貴公の新宅を見ましたが、どふも家相がわるうござるから是から身代がたりまへとぞんずるゆへ、まづ金子のぎハおことわりでござるとはねられ、ふせう〳〵にいとまごひして出かゝると手代が、モシ家相の小言が出たそうでござりますねへ［客］家相ならよいがかすまいによわつた

お七

吉祥院にお七かくまハれて居るうち、吉三が一間のうちにて手ならいしてゐるのをせうじに穴をあけてのぞく。弁長やきもちにて〽モシおせうさま、此せうじをお七がこんなに穴だらけにいたしました。これからハあの吉三めに切張をさせるがようござります［おせう］なるほどはらんでハわるい

医師(いし)

ある貧(ひん)医せつきのかけとりに何もかもとられふるつてゐる所へ【病人】たのミませう【医】どうれ【病】私ハづつうがいたし、やたらに汗(あせ)が出ます。どうぞ御らん下さりませ、トいへば医者脈(ゐしやミやく)を見て、おひかへなされといひ勝(かつ)手へ引込(こみ)、是桂枝湯(けいしとう)の證(せう)と考(かんがへ)しが、薬箱(くすりばこ)も薬だんすもなし。また銭壱文なし。そこで工風(くふう)して、まづ芍薬(しやくやく)ハとなりの庭(にわ)にあるをぬすミ来てきざみ干す。さて両国へとび行き、鮓(すし)のやたい見せにあハたゞしく、ソレやま犬がといへバ、鮓屋びつくりしてかけ出すうち生姜(せうが)一トつかミうばい、又堀金(ほりがね)の井のほとりに生(はへ)ていたる棗(なつめ)をもぎてとびかへり、サア桂(けい)枝(し)と甘草(かんざう)にとうわくといふところに【病】もふ日がくれます。お薬ハ【医】今少し待て下され【病】どふなされます【医】東(とん)(チヨツト)京(きん)へ一トはしり

山伏(やまぶし)

田舎(いなか)山伏江戸へ出たるが、ねからはやらず店(たな)夫きのどくがり〳〵おまへハいつさい田舎(いなか)風でさつぱりきがきかぬから、人が信仰(しんかう)いたしやせぬ江戸は法力(ほうりき)よりせじ第一さ。マア人の内へいつたら子供なぞをほめたり、なめつかわかしつすると親がのつてくるものさ。といへば山伏なるほどゝかんしんして、折ふし旦家(だんか)へきとうにたのまれ行そこらを見廻して【山伏】モシこなたにハお子様ハござりませぬか【旦那】イ、エござりませぬ【山伏】へエおかみさまハへ【旦那】今銭湯(せんとう)へ参りました【山伏】ハテお宿(やど)ならなめませうに

殿様(との)

ある百石ばかりの殿様、盆前(ぼんまへ)の御やりくり甚(はなハだ)むづかしかりしが、やつと切ぬけけふの十五日にもやう〳〵鑓持(やりもち)とざ

うりとりばかりつれて、二三軒祝儀廻りなされ 殿ヤイ鐺持の丹吾お草の八作よ、身供ハ大きに草臥たり。使者にやる侍ハもたず其方共大義ながらこれから當日の使者に廻れ 両人叱なりで御使者ハへんなものでござりませう 殿こりや主人のいひ付をそむきおるな〳〵丹吾と八作皃見合、なるほど中げんの御祝儀だ

瓢亭百成作

初出一覧

本書におさめた各論稿の初出は次の通りである。なお、既発表のすべての稿に加筆・補訂を施している。

第一部　「はなし」の定義
　第一章　噺本研究史（書き下ろし）
　第二章　「噺」と「咄」―噺本にみる用字意識の変遷―（書き下ろし）

第二部　噺本にみる表記と表現
　第一章　噺本における会話体表記の変遷
　「噺本における会話体表記の変遷―安永期江戸小咄本を中心に―」
　（『青山語文』第三十五号、二〇〇五年三月、青山学院大学日本文学会）
　第二章　噺本に表出する作り手の編集意識―戯作者と噺本―（書き下ろし）

第三部　謎につつまれた噺本の作り手―山手馬鹿人を中心に―
　第一章　大田南畝・山手馬鹿人同一人説の再検討
　「大田南畝・山手馬鹿人同一人説の再検討―『蝶夫婦』と南畝の洒落本を中心に―」

第二章　山手馬鹿人の方言描写
（『近世文藝』第八十七号、二〇〇八年一月、日本近世文学会）
「山手馬鹿人の方言描写に関する一考察」（『青山語文』第三十八号、二〇〇八年三月、青山学院大学日本文学会）
第三章　山手馬鹿人と洒落本
「山手馬鹿人の洒落本　―会話体洒落本における作り手の意識―」
（『日本文学』第六十巻第二号、二〇一一年三月、日本文学協会）

第四部　噺本作者の横顔　―瓢亭百成をめぐって―

第一章　瓢亭百成の文芸活動
「瓢亭百成とその文芸　―近世後期噺本作者の足跡と交流―」
（『近世文藝』第九十二号、二〇一〇年七月、日本近世文学会）
第二章　瓢亭百成の著作　―未翻刻資料の書誌および翻刻―　（書き下ろし）

あとがき

本書は、二〇一二年三月に青山学院大学大学院文学研究科へ提出した博士学位申請論文『近世噺本研究』を基に加筆・補訂したものである。

私が江戸の文芸に初めて触れたのは小学生の頃である。もともと時代劇が大好きだったこともあり、当時は生まれ変わるなら江戸の町娘か侍に、と真剣に考えていた。そのため、町の図書館で江戸を舞台とした物語を見つけては、片端から手にとり読みふけっていた。そうしたなかで出会ったのが、興津要先生の『江戸の笑い』（講談社、一九九二年）であった。〝江戸文芸の笑い〟が凝縮されたこの本で、私は黄表紙や川柳・狂歌の楽しさを知り、そしてなにより噺本の面白さに夢中になった。

なんとかこの感動を伝えたいと思い、事あるごとに家族をつかまえては気に入った小咄を読み上げてみせたのだが、予想に反してあまり芳しい反応は得られなかった。今思えば子どもの拙い音読ではそもそも内容を正確に伝えられていたかどうかも怪しいものだが、当時は、なぜ文字で読むとこれほど面白いものが、音になった途端、伝わりにくくなるのであろうかと不思議でならなかった。このとき感じた疑問が、近世における噺家の出現の意味を考えるきっかけとなり、さらに、話芸と表裏一体の関係にある記載文芸としての噺本が求め続けられたことの意義、という現在の研究テーマにつながっているように思う。

小説とよぶには短く、川柳や狂歌よりも長い、絶妙な分量の小咄で構成される噺本は、時代の空気を敏感に反映させ、さまざまに姿を変えながらも、根幹となる笑いに関しては時代を越える普遍性を保ち、人びとに愛され続けた。この噺本の魅力を多くのひとに知ってもらいたい、今もこの気持ちは変わらずにある。先学の尽力によって、近年、噺本というジャンルの認知度も上がりつつあるが、研究に関しては依然として活発になされているとは言い難い。しかし、当世の笑いを映し出す鏡でもあり、つねに人びとの日常に寄り添っていた、飾ることのない〝普段着〟の文芸であったこの噺本を通すことで、みえる景色があると信じている。これからも噺本の観点から、さまざまな文芸、そして文化へと研究をひろげ、その可能性を提示し続けてゆくことができれば、これ以上の幸せはない。

幼いころの漠然とした疑問からはじまり、私が本書の刊行にまでこぎつけることができたのは、ひとえに大学、大学院、そして現在に至るまで長きにわたってお世話になり続けている武藤元昭先生、篠原進先生のおかげである。

江戸の笑いをもっと知りたい、その一心で大学へ入学した私は、当時黄表紙を扱っていた武藤先生のゼミに飛込み、一つでも多くの文芸作品にふれること、広い視野で近世文芸における噺本の意義を見い出すことの大切さを学んだ。先生が常におっしゃっている「どんなに小さなことでも良いから、文学史を変えなさい」というお言葉は私にとって、これまでもこれからも、目指すべき大きな指針となっている。篠原先生からは、一つひとつの作品と真摯に向き合うこと、つねに目標をさだめ、前へ進み続けることの大切さを教わった。立ち止まり、迷ってばかりいる私に、いつも懇切なご助言をくださり、進むべき方向を示してくださる先生に、何度背中を押していただいたかわからない。お二人の先生と巡り会えなければ、今の私はなかったであろう。心から深く感謝申し上げたい。

また、博士論文の審査で副査としてご指導を賜った佐伯孝弘先生、佐伯眞一先生、廣木一人先生をはじめ、いつもあたたかく見守ってくださる青山学院大学文学部日本文学科の先生方に厚く御礼申し上げる。

学会で多くの貴重なご助言を賜った先生方、浮世草子研究会、人情本読書会でいつもお世話になっている皆様をはじめ、研究の途上において、これまで多くの方々にお力添えをいただいた。とりわけ若輩者の拙論にも穏やかに耳を傾け、「なでぎりですよ」と立ち返るべき場所を示して励ましてくださる濱田啓介先生には感謝の思いで一杯である。記して御礼申し上げるとともに、本書を皆様からいただいた学恩に少しでも報いるためのあらたな一歩としたい。

大学院に入ったばかりで右も左もわからない頃から「お仲間ですね」と笑顔で迎え入れ、いつもあたたかく励ましてくださった武藤禎夫先生、二村文人先生に、感謝の気持ちとともに本書を捧げたい。

最後に、本書の刊行をお引き受けくださった笠間書院の池田圭子社長、編集にあたり無理なお願いを一つひとつ汲み取って柔軟に対応し、お力を尽くしてくださった西内友美氏にこの場をお借りして心より御礼申し上げたい。

二〇一六年四月　桜花舞う日に

藤井　史果

索引（作品名）

・本書にあらわれる近世以前の書名を五十音順に配列し、頁を示した。
（第四部のみ明治期の書名も対象とした）
・図表中の作品名については立項していない。
・角書のある書名の場合、原則としてそれを外したものを本項目として掲げ、角書からでも引けるように矢印で示した。
例）話稿鹿の子餅→鹿の子餅

索引（人名）

・本書にあらわれる近世以前の人名を五十音順に配列し、頁を示した。
（第四部のみ明治期の人名も対象とした）
・主要な別号や別称は矢印で本項目に導いた。
例）奇山→小松屋百亀

［著者］

藤井史果（ふじい・ふみか）

1977 年　富山県生まれ
2001 年　青山学院大学文学部日本文学科卒業
2012 年　青山学院大学大学院文学研究科日本文学・日本語専攻
　　　　博士後期課程修了。博士（文学）
2015 年　第 31 回太田記念美術館「浮世絵研究助成」受賞
現在　　青山学院大学非常勤講師

〔主要論文〕
「大田南畝・山手馬鹿人同一人説の再検討―『蝶夫婦』と南畝の洒落本を中心に―」（『近世文藝』第 87 号、2008 年）「瓢亭百成とその文芸―近世後期噺本作者の足跡と交流―」（『近世文藝』第 92 号、2010 年）「山手馬鹿人の洒落本―会話体洒落本における作り手の意識―」（『日本文学』第 60 巻 第 2 号、2011 年）ほか

噺本（はなしぼん）と近世文芸（きんせいぶんげい）

表記（ひょうき）・表現（ひょうげん）から作（つく）り手（て）に迫（せま）る

平成 28 年（2016）5 月 20 日　初版第 1 刷発行

［著者］
藤　井　史　果

［発行者］
池　田　圭　子

［装幀］
笠間書院装幀室

［発行所］
笠　間　書　院
〒 101-0064　東京都千代田区猿楽町 2-2-3
電話 03-3295-1331　FAX03-3294-0996
http://kasamashoin.jp/　mail：info@kasamashoin.co.jp

ISBN978-4-305-70811-3　C0091　

印刷／製本　モリモト印刷